魔兽世界

沃 金
部落的暗影

[美] 迈克尔·A.斯塔克波尔 /著 江流 /译

新星出版社 NEW STAR PRESS

潘 达 利 亚

卓金村

影踪禅院

昆莱山

翡翠林

滨岸村

螳螂高原

魔古山宫殿

远古之路

锦绣谷

徒圣陵园

第 1 章

酿酒大师陈·风暴烈酒实在想不出有什么东西是他不喜欢的。不过说起来，还是有那么一些事情他不怎么热衷，比如说苦等着啤酒发酵成熟的过程。这倒不是因为他性急地想要知道它尝起来滋味儿如何——他酿的酒向来都毋庸置疑地美妙无比。困扰在于，每一次等待的过程中他都会萌发出各种奇思妙想，幻想出全新的啤酒配方，令他恨不得立即开始投入研制和酿造。

但酿制的过程需要花费时间和精力。酿酒坊的设备工具已经全部用于生产这一批啤酒了，想要酿造新品，唯一的选择就是等待。这就意味着他不得不找点儿别的事来做，以此分散自己的注意力，否则，脑子里不停冒出的各种新奇点子就会把他活生生逼疯。

在外面的世界——也就是艾泽拉斯大陆，想要找点儿事情分散自己的注意力确实轻而易举。在那里，你总能遇到不喜欢你的人，或是饥肠辘辘想要把你当作甜点的野兽。这些随时都会发生的状况填满了他那颗曾经清闲的脑袋，让它一刻也停不下来。在那片大陆上，有些地方曾经不停地变化或正在变化着；而有些地方，无论怎么改变，最终还是会回到之前的样子。在一路的旅途中，他看到了太多这样的地方，而且有时候，他还阴差阳错地卷入其中。

老陈微微叹了口气，望向前方沉睡的渔村。他的侄女丽丽正在应付一群滨岸村的小熊猫人。他们大部分是本地居民，只有一小部分是流亡过来的难民。老陈很确定丽丽原本是打算向孩子们讲述一个乘坐在大岛龟神真子背上四处周游探险的故事，但计划赶不上变化，这一次似乎大家都参与到了故事中来。这是一个关于战斗的"故事"，而主角正是被一群熊猫人幼崽团团围住的丽丽。

"一切进行得都还顺利吗，丽丽？"

这位身材苗条的姑娘突然间竟从那片翻腾的黑白海洋中浮出身子来，她大声叫道："一切都很顺利，叔叔！"但眼里的沮丧却出卖了她。她俯身弯下腰来，从一群熊猫崽中拽出一只骨瘦如柴的幼崽扔到一边，紧接着又消失在一群尖叫声中。

老陈想过要插手帮忙，但他迟疑了。丽丽是一个意志坚强的女孩，而且毕竟现在并不是处在真正的危险中。如果真的需要帮助，她一定会开口相求的，但如果在那之前就出手干预，只会让丽丽觉得他怀疑她不能好好照顾自己。这样她肯定会不高兴，而老陈特别不喜欢丽丽生气的样子。她甚至会因此愤慨地、不计后果地去做一些事情来证明自己的能力，而这只会带来更多的麻烦。

这只是他最初的担忧，蒋氏姐妹的窃窃私语和不断发出的啧啧声，给了他更多理由暂时让自己克制住不出手干涉。蒋氏姐妹已经很老了，老到应该还记得刘浪大师第一次离开潘达利亚时的情景。她们身上白色的皮毛已经远远多过黑色，但眼周还是明晰地保留下来了一圈黑毛。

她们大半辈子都待在潘达利亚,和那些居住在迷踪岛上的熊猫人几乎没有任何交集,她们甚至还打出了"驱逐海龟者"的口号。

在她们的眼中,丽丽无疑是一个疯狂的"海龟流浪者"。她性情冲动、热衷实践,还总是会把自己的能力高估那么一点点。这就是典型地接受了火金派哲学的熊猫人,他们义无反顾地乘坐大岛龟离开潘达利亚,去探索外面的世界。但在蒋氏姐妹看来,这可不是什么值得赞赏的事情,或者说根本就不是熊猫人应有的行为。

而与她同行的人,也一样荒谬且不可原谅。

以老陈的天性,自然不会待见蒋氏姐妹,但现在他正试着让自己喜欢上她们。在今后的日子里,潘达利亚将会成为老陈的新家。为了能够重新修整好风暴烈酒酿酒坊,酿出更多奇妙的美酒,他跋山涉水马不停蹄地巡视四方,希望自己能对这片大陆的万事万物多一些了解。当他看到蒋氏姐妹正为了修缮被野牛人糟践的小花园而辛苦劳作时,他伸出了援手。

蒋氏姐妹并没有主动请求过帮忙,但老陈却自顾自地加入到了她们的行列中。他修缮栅栏、铲除野草,用新石块铺好小屋门前的道路;他打扫、挑水、堆整柴火,各种杂务一件不落,并且还会在闲暇时表演喷火来逗乐她们的熊猫小曾孙们。对于这一切,两姐妹从未表示过赞许,但老陈依然故我地坚持着,因为他知道,她们对他的排斥正在动摇。

他埋头苦干了许久,她们也冷漠了许久。而当她们终于开口的时候,说话的对象却并不是老陈。姐妹俩只是望着老陈的方向,悠然地互相言语,年长的那位说道:"今儿要是能有条丝足鱼尝尝,就真是再好不过了。"年纪稍轻的那位点了点头。

老陈明白这是她们给他的考验,于是立即动身去做。他从海里钓起了三条丝足鱼。第一条太小，被他扔了回去；第二条硕大无比，被他送给了一位带着五个孩子逃难而来的卖鱼妇人；最后一条正合适，于是他留了下来，准备送给蒋氏姐妹。

老陈明白，如果将第一条鱼送给蒋氏姐妹，会显得自己做事马虎不够认真。如果把三条全部给她们，又变得像是在显露优越感一般。而最大的那条分量远远超过她们的食量，贸然送出只会显得自己行事草率、欠缺考虑。所以老陈选出了恰到好处的那条，展现出了自己的理智谨慎、思虑周全又富有爱心。

老陈知道，自己对这对姐妹所做的一切并不会带来友谊或是任何好处。他在旅途中认识的许多人都认为蒋氏姐妹薄情寡义、拒人千里，因此对她们避而远之。可是对老陈来说，她们却恰恰是一扇能让自己深入了解潘达利亚居民的窗户。在不久的将来，他们会成为邻居。

甚至是家人。

如果说丽丽是典型的火金派，那么蒋氏姐妹就是虔诚的土水派信仰者。她们习惯于深思熟虑、谨言慎行，把她们理想中的正义和道德作为行为标准。尽管这标准只在这个小村庄里适用，极度狭隘且具有地域限制，但在蒋氏姐妹看来，宏观意义上的正义和道德都只是些华而不实的东西罢了。

老陈更愿意认为自己是平衡两者的中间派。他身上兼具火金派和土水派的特点——至少在他自己看来是这样的。当在外面的世界探索冒险之时，他告诉自己要偏向火金派，满怀热情并且勇于行动。而在潘达利亚，在青山绿水间，在巍巍山峰下，在一个大多数居民都安享着幽静生活的地方，土水派的哲学似乎更为适用。

实际上，在老陈的内心深处，这才是他心烦意乱的真正原因。在未来的某一天，他不得不在这两种生活中做出选择。如果他把潘达利亚当作自己的家，如果他娶了妻子组建起自己的家庭，那么漂泊冒险的日子也就彻底结束了。他会变成一个矮矮胖胖的酿酒师，挂着围裙，一天到晚忙着跟提供谷物的农夫们讨价还价，跟撒泼耍赖的顾客们争辩不休。

老陈一面熟练地帮俩姐妹堆着柴火，一面细细思索着。这样的生活其实并不差，一点儿也不，但这样的生活真的能满足自己吗？

熊猫人幼崽的尖叫声传了过来，把他的思绪拉回了现实。老陈望着被击倒在地的丽丽，突然间一股豪情涌上心头。他曾历经战火的洗礼，他曾参加过那么多伟大的战役，他曾经同雷克萨、沃金，以及萨尔并肩作战。重述这些往昔的精彩故事，毫无疑问会让他的啤酒大受欢迎。相比之下，援助自己的侄女完全不值一提。但此时，只有亲身参与战斗，才能填补他内心长久以来的某种渴望。

一种与土水派哲学背道而驰的渴望。

老陈一路小跑，扎进涌动的人群中。他抓起那群小崽子们的背颈，把他们一个接一个地甩到一旁。这些皮毛之下只有肥肉的小熊猫人们被扔到地上之后都翻滚着弹开。有些小熊猫人互相撞到了一起，像雪球一样滚成一团。他们解开互相纠缠在一起的身体，争先恐后地站起来，准备重新加入到战斗中去。

"你们在这里胡闹些什么？"老陈仰天咆哮，但更像是温柔的警告，而不是威胁。

小熊猫人们立时吓得呆在原地。

一个年长一点的熊猫人终于回过神挺直了身子，紧接着其他小熊猫人也都陆续恢复了过来。

一个胆子大一些的熊猫人萝莉——京娜——指着在一旁斜倚着的丽丽说道："丽丽小姐正在教我们怎么格斗呢。"

"噢，我看见的可不是格斗，顶多就是胡打胡闹！"老陈使劲摇摇头，然后摆出架势开始演示动作，"你们那种打闹起不了任何作用，在野牛人再次袭来的时候只会白白送死。你们必须进行严格而合理的训练。现在，给我看仔细了！"老陈的命令让熊猫崽们都认真了起来，开始惟妙惟肖地模仿他的动作。

在一阵严厉的训练之后，老陈极力掩饰住自己的笑容，开始给熊猫崽们分配任务。他把他们分成不同的小组，逐一安排工作。各个小组都领到了不同的任务，有整理柴火的、挑水的、给蒋氏姐妹的小道铺上碎石的，还有负责用扫帚把石道打扫平滑的。他用力拍拍手掌，领到任务的熊猫崽们就如同离弦之箭一般欢欣雀跃地散开了。等到他们都没了踪影，老陈才向丽丽伸出了自己的手爪。

她看着那只大手爪，不服气地皱了皱鼻子。"我本来都要赢了。"

"当然，但这不重要，对吧？"

"不重要吗？"

"你让他们体会到了团结和友爱的作用。现在，他们已经组成了一个小小的团队。相比之下输赢已经不再重要了。"老陈微笑着说道，"再让他们学习如何明确分工、严守纪律，说不定他们就能成为一群有用之才。"

他在说到最后几个词的时候故意提高了音量，好让蒋氏姐妹听到，毕竟她们可以看见他的计划已经初见成效了。

丽丽将信将疑地看着他的手掌，抓住它站起身来。她把自己的长袍拉好，重新系好衣带。"他们简直比一群小地精还糟糕。"

"那是当然，他们可是熊猫人。"这句话他同样是用蒋氏姐妹能够听到的声音说出的，但紧接着他又降低了音量，"我很欣赏你这次终于学会了节制自己的行为，丽丽。"

"那是当然。"她揉了揉自己的左前臂,"竟然有人死命咬我这里。"

"你得知道,总有些人喜欢在战斗中咬人。"老陈话中有话。

丽丽仔细回想了一下,然后笑了。"放心吧,我会记住这一点的。还有,谢谢你。"

"谢我?为了什么?"

"把我救了出来。"

"哦,这个呀,我纯粹是出于私心。我做了一整天的苦力,都快累得趴下了,于是想了个法子,把这些事情都丢给你的小小军队去做。"

丽丽扬了扬眉毛。"你不会是在骗我吧?"

老陈挺直腰杆,俯下头看着丽丽。"当我的侄女——一位训练有素的武术家,正在做她认为正确的事情——比如调教一群顽皮的熊猫崽时,我可以选择出手相助。但我想,如果我真这样做了,那就不是在帮你的忙,你也就不是我的侄女了。因为我的侄女肯定有能力处理好自己的事情。"

她迟疑着想了一会儿,然后抬起头冲老陈做了个鬼脸。老陈可以从她的眼睛里看到一个行动派的热情,那正是他小侄女的行事风格。"嗯,我知道了。叔叔,谢谢你。"

老陈大笑着把胳膊搭在她的肩膀上。"跟熊猫崽们打交道可不是一件轻松的事情呀。"

"的确。"

"作为家长,我只有一个熊孩子需要对付,但那家伙小时候可真是个相当可怕的存在。"

丽丽用手肘使劲敲了一下他的肋骨。"她现在也还是。"

"对此我无比自豪。"

"我想你一定会的。"她从他手臂下抽出身,转过头来说道,"我从没问过能不能跟你一起在酿酒坊工作，你是不是很失望？"

"你为什么会这么想？"

她沉重地耸耸肩，向着远方的四风谷望去，风暴烈酒酿酒坊就坐落在那里。"每次待在那儿的时候你都特别开心。这些我都看在眼里，我知道你很爱那个地方。"

老陈露出一丝苦笑。"是的，我爱那里，但你想不想知道为什么我没有要求你结束流浪生活，跟我一起到那里投身酿酒工作？"

她顿时神色一亮。"嗯，我想知道。"

"我亲爱的小侄女，那是因为我需要可以继续探险生活的伙伴。比如说，如果我需要杜隆塔尔的苔藓，谁能帮我带回来，并且不趁机讹我一笔呢？成为一名酿酒师意味着我必须承担起责任。在很长一段时间里，几个月，甚至几年，我都不能离开。所以我需要一个可以信任的人，一个在将来的某一天可以回来接替我工作的人。"

"但是我并不适合担任酿酒师的工作。"

老陈立刻表示反对。"我可以雇一个定居在这里的酿酒师，但只有我们风暴烈酒家族的人才可以继承酿酒坊。或许我可以雇一个帅小伙儿，那样，你可以跟他结婚，然后……"

"然后，我的孩子会继承酒坊？"丽丽摇了摇头，"下一次我再见到你的时候，你肯定会有一窝小熊猫崽的，叔叔，我确信。"

"但无论何时，我都会很高兴看见你，丽丽。无论何时。"

老陈想丽丽很有可能会给自己一个大大的拥抱，他也很乐意回抱丽丽，但有两件事让他犹豫了：一是蒋氏姐妹正在看着他们，这种表达情感的方式肯定会让她们感到不舒服。而更重要的是，京娜一路踏过小菜园跑了过来，瞪大眼睛尖叫着。

"陈师傅，陈师傅，河里出现了一头怪物，一头大怪物！它的身体是蓝色的，头发是红色的，它受伤很重，现在正趴在岸边一动不动。他还有大爪子！"

"丽丽，把熊猫崽们都集合起来，让他们远离河岸。别跟着我。"

丽丽盯着他。"但是如果……"

"如果我需要你的帮助，我会大喊的。去，快去集合他们。"然后他转身对蒋氏姐妹说道，"看起来似乎要有大动静了。我想你们应该考虑回到屋里，然后把门锁起来。"

她们不满地盯着他好一会儿，却说不出一句话来。老陈绕过花园，全速朝京娜丢掉木桶的方向跑去。在已经被踏平的野草丛中追踪这孩子的足迹并不难，他在离河岸还有一半路程的地方停了下来，然后就看到了那头"怪兽"。

而且他立刻就认了出来，那是一名巨魔！

京娜说得对，这巨魔被砍得遍体鳞伤。他身上的衣服已经支离破碎，衣服下面血肉模糊，几乎都找不出一块齐整的肌肤。巨魔把自己一半的身子从水里探出来，将手爪和獠牙插在了河岸边的泥土中，看起来这是他唯一可以把自己固定在那里的方法。

老陈蹲下身子，把巨魔的身子翻转过来。

"沃金！"

老陈死死盯着他，还有他那已经被毁掉的喉咙。如果不是粗糙的呼吸声从他那被砍出一个窟窿的喉咙中传来，以及仍在不断从伤口中渗出的鲜血，熊猫人老陈肯定会以为他的老朋友已经死了。他还活着，但情况不容乐观。

老陈抓住沃金的胳膊，想要把他从水里拽出来，这并不是一件容易的事。就在这时，丽丽伸手抓住了沃金的左肩，然后两人一起吃力地把巨魔抬到了河岸边更高的空地上。

他们的目光交汇，丽丽赖皮地说："我觉得我好像听见你喊我了。"

"好吧，也许我真喊了。"老陈蹲下身子，抬起巨魔放在自己的臂弯里，"他叫沃金，是我的朋友。他受了很重的伤，或许还中了毒。我不清楚他怎么会在这里，也不知道他还能不能活下来。"

"这就是你跟我说的故事里的沃金吗？"丽丽瞪大了眼睛，死死盯着眼前这个血肉模糊的巨魔，"那你现在准备怎么办？"

"我会做我们在这儿能做的一切来帮助他。"老陈抬起头向高处的昆莱山和影踪禅院望去，"我想我可以先把他带到那儿去，看看武僧们还有没有多余的房间留给我将收留的又一个弃儿。"

第 2 章

沃金，这名暗矛部族的暗影猎手一生中从未经历过如此可怕的噩梦。他感觉自己就像是被沉重的钢索紧紧捆住，周身上下每一块肌肉都无法动弹，甚至连眼睛都没法睁开。他不敢大口吸气，因为每一次呼吸都会带来剧烈的疼痛。他完全放弃了挣扎，但挥之不去的痛苦和恐惧反倒让他意识到自己还是有知觉的。只要他还在害怕着窒息，那么他就还活着。

但我真的还活着吗？

"是的，我的孩子，至少现在如此。"

那是他父亲的声音，但他明白这不过是自己的幻觉。他想要把头转向声音传来的方向，可身体依旧无法动弹，只能把意识转向那里。他看见了他的父亲森金，正浮在半空中紧跟着他。他们都在移动，但沃金并不知道自己是在以什么方式移动，也不知道他们将要去向何方。

"如果我没有死，那我肯定还活着。"

"对于你的生死，我可还没做出决定呢，沃金。"一个低沉有力的声音自左面传来。

沃金立即把他的意识又转向左侧。那是一个大体上像是巨魔的影像，但表情就如同带着仪式面具一般，十分狰狞可怕。这是洛阿神灵中的一位，巨魔一族的死神——邦桑迪。他缓缓地摇着头，用冷酷的目光审视着沃金。

"沃金，我曾帮助暗矛部族从扎拉赞恩手中夺回家园，但你的人民却从未回报给我应有的牺牲。而现在，当你应该把自己献给我的时候，却还在苦苦挣扎着想要活命。难道我对你还不够好吗？我不值得被你尊敬吗？"

沃金多么希望此时自己可以攥紧拳头，但他的手臂仍然毫无知觉，丝毫无法施力。"有些事我必须得去做。"

这位洛阿神灵放声大笑，声音就像是在鞭笞着沃金的灵魂。"森金，听听你的好儿子都说了些什么。我告诉他时限已到，他却跟我说他的需求才至关重要。你怎么会养出如此造次的儿子？"

森金笑了，他的笑声如同一阵清凉的薄雾抚慰着沃金受折磨的肉体。"我告诉他洛阿神灵尊重强者。他不愿在此刻牺牲，是因为他需要更多的时间去完成不朽的事业，去准备更伟大的牺牲。您对此心生抱怨，难道是因为我太过无趣，您才急切地想要我的儿子到亡者的国度来娱乐你？"

"森金，你的意思是，他执着于活命是因为想要更好地侍奉我？"

沃金能感觉到他的父亲笑了。"我的儿子确实可能出于很多原因想要活下来，但是，邦桑迪，他活着可以更好地侍奉您。这个理由对您来说应该就已经足够了吧。"

"森金,你是想教我怎么处理自己的事情吗?"

"伟大的神灵,我只是在提醒您,这都是遵循您的教导,按照您的要求而为的。"

远处传来的其他笑声,如涟漪般掠过沃金耳畔。一个尖锐如哭丧,另一个低沉浑厚。这两个笑声暗示着另外两位洛阿神灵——希里克和希瓦拉尔,他们对这个交换条件感到十分满意。沃金感到一丝欣喜,但他知道自己会为此付出更大的代价。

邦桑迪发出一声嘶吼。"沃金,我本该拒绝你的请求,你甚至不是我真正的子民,但我愿意再给你一次机会。不过,暗影猎手,你必须明白,这场战役比你之前所经历过的一切都更加可怕。为了赢得胜利,你很可能会被碾入尘土之中。到时候,你只会希望自己现在就已经屈服于死亡。"

转瞬之间,邦桑迪的影像就已经消失无踪。沃金随即转向父亲的灵魂,森金的影像就在不远处,但也在渐渐褪去。"父亲,我又要失去你了吗?"

他突然又感觉到了父亲的笑容。"你不会失去我的,沃金,我是你的一部分。只要你忠于自己,我就永远与你同在。和所有的父亲一样,我以你为傲,我永远不会弃你而去。"

父亲的话语虽然沉重,但却足以给他安慰,令他不再畏惧。他会活下去的,他会继续让自己的父亲感到骄傲。

他会挺起胸膛,蔑视邦桑迪所预测的可怕命运。他会尽自己所能反抗所有的预言。当他牢牢坚定了这个信念之后,呼吸似乎也变得顺畅起来,疼痛也随之减轻。在一片黑暗之中,他开始感到安宁与祥和。

* * *

当沃金再次清醒过来的时候，他发现自己身体健全，正精神饱满地昂首挺立。他同成千上万的巨魔们一同站在庭院里，任由猛烈的阳光从头顶落下。其他人都比他高出一头，但似乎没人在意这一点，事实上，根本没有人注意到他。

又一个梦境，又一场幻象。

他并没有立刻认出这个地方。他感觉到自己曾经来过这里，又或者……是在之后的岁月里来过这里——在这座城市被周围的丛林所吞噬之后。此刻的这座城市并不是他记忆中的废墟模样。墙壁上的石刻依然清晰可见，拱门也没有破裂，地上的鹅卵石没有破碎也没有被清扫，面前宏伟的阶梯金字塔也没有在时间的侵蚀下破败。

与他站在一起的都是赞达拉巨魔。他们是巨魔部族的一支，也是其他巨魔部族的源头。在很长一段时间里，他们都是身材最高大、地位最崇高的一支部族。在这幻象的时代中，他们更像是神圣的祭司，而不是野蛮的部落成员。他们力量强大、学识渊博，足以引领潮流。

但到了沃金的时代，他们的权力就开始逐步瓦解——因为他们的美梦全都被困于此地。

沃金的梦境中，正是赞达拉统治力量达到最顶峰的时候。他们曾经完全支配着艾泽拉斯大陆，但最终却成为自己势力的受害者。野心和贪欲让他们开始尔虞我诈，内斗不休。就如同后起的古拉巴什帝国将沃金和他的暗矛部族驱逐、流放一样，新的帝国在赞达拉的领地崛起，赞达拉部族就此陨落。

赞达拉部族无比渴望能重新找回昔日的荣光，回到那个所有的巨魔都团结一心，凝聚成一个高傲而强大族群的时代。那时候他们所获得的成就、他们所到达的高度，是加尔鲁什这样的后来者无法想象的。

一股古老而强大的魔力流过沃金的身体，这是他能够看见这些赞达拉的原因。泰坦的神力远比赞达拉更为古老，也更加强大。正如那时的赞达拉部族凌驾于艾泽拉斯其他生灵之上，泰坦也凌驾于他们之上，他们的神力也是如此。

沃金如幽魂般在赞达拉部族的人群中穿梭。这些赞达拉战士的脸上都显露着兴奋但却可怕的笑容。这种笑容沃金曾经见过，每当号角吹响、战鼓擂动，巨魔们即将投身战斗时，他们就会陷入这样的狂热。巨魔一族是天生的侵略者和杀戮者，艾泽拉斯大陆曾经是他们的天下，所有的族群都曾向他们俯首称臣。虽然沃金并不像其他巨魔那样好战，但在战争中，他也一样嗜血暴力。他曾经身先士卒、奋勇杀敌，夺回回音群岛的事迹至今仍让他感到无比自豪。

所以，邦桑迪是在用这个场景嘲笑我。沃金知道，赞达拉帝国的梦想和他对自己族人的企盼并不一样。但是，对某些人来说，简单粗暴的杀戮着实比构建幸福的未来更加有趣。对一个更乐意看到他流血牺牲并饱受战争践踏的洛阿神灵来说，沃金的愿景毫无吸引力。

沃金登上金字塔。随着他脚下前进的步伐，眼前的一切变得愈发真实。起初这只是一场无声的幻境，而现在他能感觉到震天的战鼓在石砌的墙垣间回荡。微风拂过他光亮的皮毛，拨乱了他的头发，还带来了花儿醉人的甜香，但这甜香也掩盖不了空气中蔓延的嗜血气息。

鼓声穿透了沃金的身体，让他的心脏也随之起搏。头顶发号施令的声音和脚下响应的呼喊都向他涌来。他没有退却，但还是停下了攀登的脚步。可他的身体似乎仍在不断上升，就如同身处在涨潮时的湖水中一般。如果他能够登顶，或许就可以与赞达拉部族并肩站在那里，感受他们心中的热望，就可以体会他们荣耀，呼吸他们的梦想。

就可以成为他们当中的一员。

但他不会允许自己做这么自私的设想。

他希望暗矛部族不会被邦桑迪的某些奇怪兴趣注意到，可邦桑迪的庇佑正是暗矛部族得以存续的原因。赞达拉所了解的那个艾泽拉斯早已完全地、不可逆转地被改变了。通往异界的传送门被打开，各种新的族群纷纷涌入。随后而来的便是大地崩裂、生灵流离，赞达拉巨魔们从未了解过的力量在这个世界中挥洒倾泻。精灵、人类、巨魔、兽人，甚至于地精，这些完全不同的族群为了对抗死亡之翼而联合了起来，但这股联合起来的力量对赞达拉来说也同样是个威胁。这个世界的变化已经太大，赞达拉巨魔们对于再次君临天下的热切渴望恐怕永远只能是一场美梦。

沃金提醒自己。永远是一个可怕的字眼。

转眼之间，场景已然转换。他站在金字塔顶，向下俯视着族人的面庞——他的暗矛部族。他们坚定不移地相信着他。只要他振臂一呼，他们就将誓死追随。只要他指向荆棘谷，指向杜隆塔尔，暗矛一族就会扫清一切障碍，将旗帜插满那里的每一寸土地——只要这是他的意愿。

他可以做到这一切。他已经看到了付诸实践的途径。萨尔从不把他当外人，兽人们在军事方面也对他相当信任。他可以先修养几个月，仔细策划好所有的战略和行动。一两年之后，他就会从潘达利亚回归——如果那时候他还在潘达利亚的话。届时，暗矛部族的旗帜就将被鲜血染红，就会比原来更让人感到畏惧。

那样做的话我又会得到什么呢？

"你会得到我的赞许。"

沃金转过身来，邦桑迪巨大的身影就在他背后。邦桑迪屈耳向前，尽全力集中起下面沸腾起伏的呼喊声。"而且这会给你带来平静，沃金，当你遵循巨魔天性的时候。"

"这就是我们存在的全部意义吗？"

"洛阿神灵没有对你要求更多，你又为什么想要追求更多呢？"

沃金想要寻找这个问题的答案，但他的思绪和眼前的景象一样——一片空白。渐渐地，一片黑暗到来，吞没了他。他没有得到任何答案，当然也没有感受到任何平静。

* * *

沃金终于清醒了过来。他睁开眼睛，意识到这一次总算不是梦境。微弱的光线透过蒙住双眼的薄纱照射进来。如果想要清晰的视线，就必须抬起手解开缠在头上的绷带，但他发现自己根本没法做到。他没法主宰自己的身体，他不知道这是因为双手被绑了起来，还是自己的手腕已经被砍断。

确认自己还活着之后，沃金终于有了动力去回想自己遭遇了什么，为什么伤重如此。毕竟只有活着，回想这一切才有意义。

没有任何人邀请他，他只是想要看看加尔鲁什兴师动众是打算做些什么，顺便围观一下加尔鲁什这一次又会落得什么下场。于是他来到了这里，来到了潘达利亚。他知道熊猫人的存在是因为曾经结识了陈·风暴烈酒，他想要在部落和联盟的战火蔓延到这里之前来看看熊猫人的家园。他还没想好该怎么阻止加尔鲁什，但他曾经威胁过会将加尔鲁什射个透心凉，而且他还真带了一张长弓上路。

加尔鲁什给了沃金一个为部落效力的机会，尽管他背后的目的恐怕并不是这么单纯。沃金同意了，他这么做不单是为了部落，更多的是为了阻止加尔鲁什的野心。于是，沃金同加尔鲁什的亲信拉克戈尔·血刃，以及另外一些冒险者们一起上路了，领命朝着潘达利亚腹地前进。

暗影猎手很享受自己的旅途，并且不断把这片大陆跟自己以前见过的景致做比较。他见过被风沙侵蚀的环形山脉，但在这里，同样的山脉却显得温柔优雅；他见过如锯齿般交错起伏的怒峰，但在这里，这些山峰看上去却没有那么尖利，反而呈现出一种龙盘虎踞的姿态。丛林中物种丰富、生机勃勃，但却不像荆棘谷那般四处潜藏着致命的威胁。这里也有废墟，而那仅仅是因为被遗弃，而不是遭到破坏或毁灭。当世界上其他地方被暴力和仇恨充斥之时，潘达利亚却丝毫没受到一丝冲击。

至少目前还没有。

当沃金还沉浸在沿途迷人的风景中意犹未尽时，队伍就已经抵达了目的地。之前，拉克戈尔和他的两名副官一直都骑着双足飞龙在前方负责警戒，当整组人到达山下的洞口之时，沃金却完全没有看到他们的身影。这里只有一群貌似人形的蜥蜴兽堵在洞穴入口，冒险家们剁碎了他们，然后沿着黑暗阴森的洞穴小路向前深入。

黑蝙蝠在洞穴深处炸开了锅，尖叫声阵阵传来。沃金只能艰难地分辨出一些叫喊声，他怀疑其他人除了蝠翼扇动的声音以外恐怕什么也听不见。洛阿神灵中的一位——希里克——就习惯于化作蝙蝠的形态，这是不是神明对他们的一种警示呢？告诉他们再走下去只会凶多吉少。

洛阿神灵没有给他任何答案，于是暗矛部族的战士们只得继续领队向前。他们越往前走，那种阴森的感觉就越强烈。沃金停住脚步蹲下身来，除下一只手套，然后用手抓起一把潮湿的泥土，凑近鼻子闻了闻。腐烂植物的微弱甜味里混合着蝙蝠粪便的酸味,但他还嗅出了别的东西。蜥蜴人是少不了的,但显然还有些别的什么东西混在里面。

他闭目屏息,双手半握,接着用拇指把手中的泥土从指间筛了出去。等到泥土撒完之后,他再次展开手掌,然后看到了一道轻盈柔韧如同蛛网、扭转舞动又如同残烛之烟的魔力残留正在他掌中拂动。

并且伴随着如同荨麻划过一般的刮刺。

这里确实是一个充满恶意的地方。

沃金再次睁开双眼,沿着这条古老的通道继续深入。当他们来到一个岔路口时,冒险者们警戒地打量着两条道路。而沃金还保持着摊开他裸露的右手手掌。他不需要从四下里寻找线索,掌中的魔力丝线已经为他指明了道路。这丝线已经增长到绳索一般粗细,而他每前进一步,这绳索都会在他手中如针扎般刺痛地滑动。

当这魔力线增长到如同轮船钢缆般粗壮的时候,他们发现了一个巨大的密室——被一支他们所见过的最庞大的蜥蜴人队伍所看守。密室中间有一个冒着蒸汽的地下温泉,成百上千颗蜥蜴人卵被安放在周围,等待着在舒适温暖的气温下孵化。

这里就是那道魔力线的源头。沃金举起一只手示意队伍停下。

不过还没来得及让沃金安排好一切,蜥蜴人就发现了他们,并且立即冲了过来。蜥蜴人攻势猛烈,而巨魔和他的盟友们也竭尽全力予以反击。冒险者们占据了上风,不过当战斗结束时,几乎每个人都伤痕累累、血迹斑斑。大家都赶忙开始照顾自己的伤势,但沃金却认为必须抓紧时间进一步调查此地。

他默默走进温泉之中,完全地伸展开双臂,然后闭上眼睛,慢慢地转了一圈。那道隐形的魔法线如丛林中的蔓藤一样绕上了他的手臂,并且进一步爬满了他的身躯。沃金被包裹在其中,感受着它们炽烈的拥抱。他正试图以暗影猎手独有的方式理解这个地方。

古老的灵魂正在痛苦地尖啸。蜥蜴人的精华汹涌着扑进他的体内，如同曾经在冰河世纪中穿行的上古蝰蛇一般滑过他的胸腹。

接着，那道可怕的魔力线开始冲击沃金的身体。炙灼之烈如同一道被法师操纵的火山浆流。魔力冲进了那条上古蝰蛇体内，如同千万条黑色的荆棘刺穿它金色的灵魂。紧接着这些荆棘向四面八方伸展开去，向上、向下、向内、向外，伸向过去和未来，甚至于伸向真理与谎言。

在沃金的心灵视界中，能够看见这些荆棘正在不断拉扯，将那道金色的灵魂如同弓弦一般绷到了极限。但就在下一刻，黑色的荆棘又全部绕了回来，将那灵魂以另一种方式排列编织。蝰蛇尖叫着、挣扎着，被扭曲打结，重组成一种全新的生物。这是一场近乎疯狂的实验，但实验体的可塑性和顺从性仍旧在制造者的掌控之中。

这样的东西绝不止一种。

他突然开始思考起"蜥蜴人"这个名称。在泰坦改造艾泽拉斯的时候这东西并不存在。名称可以定义一个物种，也可以揭示造物时使用的魔法，以及使用这种魔法的种族。蜥蜴人显然是魔古族的造物，而沃金也只是从模糊的传说中稍微了解过魔古族，这个早已灭绝的种族。

但是魔古族的魔法却没有灭绝。这种造物者使用的魔法从万物起源之时就一直存在。泰坦在塑造艾泽拉斯大陆的时候，用的就是这种魔法。一个正常的头脑根本无法理解这种不可思议的力量，更不用说精确掌控。然而对造物的渴求总是会催生出一些疯狂的实验。

在体验蜥蜴人是如何被制造出来的过程中，沃金掌握了一些有关这种魔法的核心理论。他看出了一些方法门路，虽然只是少许，但也够他继续研究下去了。这种创造出蜥蜴人的法术可以让那些杀死他父亲的鱼人完全灭绝，也可以让人类从此退化成维库人的模样。无论用这种法术来完成其中的哪一件事情，对他来说都很有用，但他必须要通过数十年的研究才可以掌握其要义。

暗影猎手突然意识到，光是想想可以这么做，就等于在重蹈魔古族当年的覆辙了。这样神奇不朽的法术足以令一个凡人堕落腐化，一旦使用就根本没办法摆脱。这种腐化足以摧毁法术的使用者，甚至于牵连他的族人。

"还不快过来跟上。"拉克戈尔的声音让沃金重新睁开双眼，他看见这名兽人和他的随从已经赶了过来，正和其他幸存的部落成员一起站在那里，"大酋长早就说过这些生物和魔古族有关系。"

"魔古族在这里用邪恶的黑暗魔法创造了这些生物。"沃金勉力跟上兽人的脚步，"前所未有的黑暗魔法。"

拉克戈尔的脸上迅速掠过一丝诡异的笑容。"很好，塑造全新的物种，创造出力量惊人的士兵。这样的魔法正是大酋长所需要的。"

沃金顿时大惊失色。"加尔鲁什想要扮演神的角色吗？制造怪物绝不是部落该做的事情。"

"他从没想过你会赞同。"

这个兽人突然狠狠地对沃金发起攻击。猝不及防之下，沃金的喉咙当场就被匕首刺穿。拉克戈尔的其他同伴也全都跳过来加入了战斗。他们不计后果，舍命向沃金发动疯狂的进攻。加尔鲁什很可能已经向他们许下承诺，一旦得到这种力量，就会把他们改造成无比强大的战士。

沃金在膝盖的支撑下勉强站了起来，掩护着自己的族人往洞口撤去。他用手紧紧按住喉咙，不让伤口进一步裂开，并说道："加尔鲁什已经完全背弃了荣耀。必须得让加尔鲁什相信我已经死了，这是唯一可以争取到时间从长计议的方法。你们赶快离开，然后想办法从暗中监视他的举动，想办法找出潜在的盟友。为了部落，你们必须发下血誓！做好一切准备等我回来。"

当他们把他留在这里的时候，他完全相信自己刚才的安排都会实现。但是他双腿刚一用力，剧痛就立即深入骨髓。这一次加尔鲁什做了周详的计划，拉克戈尔的武器早就提前浸好了剧毒。他没能像平日里那样恢复过来，他能感觉到自己的力量正在一点一滴流逝。他尽力支撑着，不让自己的意识变得模糊。

伤口剧痛不止，寒冷侵袭着沃金的四肢。他盲目地奔跑着，不知道撞到了多少次墙壁，不知道跌倒在路上多少回，但他每次都强迫自己爬起来，继续前进。他的脑海中模模糊糊地浮现起刚才与蜥蜴人的战斗，以及那些在黑暗中闪着寒光的刀锋。他绝不能停下来，绝不能让别的蜥蜴人发现自己。

他不知道自己是怎么逃离洞穴的，也不知道自己为什么会躺在这里。这里闻起来显然不像是蜥蜴人的洞穴。空气中有一些令人怀念的熟悉味道，但是在草药和膏泥气味的遮盖下难以辨认。他不敢确定自己是不是被善意的友人救下。这些在他身上施以的治疗说明这是有可能的，但也可能是他的敌人盘算着治好他以后，用他向部落换取赎金。

要真是这样的话，他们肯定会对加尔鲁什愿意提供的赎金感到失望的。

想到这里，他几乎就要笑出声来。但他根本做不出笑的动作，腹部的肌肉才刚一收紧，就因为疲惫和痛楚又瘫软了下去。不过，身体这种不由自主的反应反倒令他感到安心。想笑是一种生者的欲望，垂死之人可没有这种兴致。

回忆也是一样。

此时此刻，他还没有死，这便已足够。沃金尽可能大口地深吸了一口气，然后缓缓呼出。在这口气呼完之前，他就已经舒适惬意地沉沉睡去了。

第 3 章

陈·风暴烈酒站在那里，向下俯瞰着影踪禅院的庭院。寒风刺骨，但他毫不动摇。他正在清扫石阶上的积雪，而就在他的下方，一群武僧正在进行操练。他们有的赤足，有的光着膀子，但动作整齐划一、分毫不差。这是老陈在世界上最好的军队中也从未见到过的。他们拳如闪电，划破山间的寒气；他们行如流水，却有奔涌之潮的气势。

他们力贯千钧，但又气定神闲。

通过这些军事化的演练，武僧们反而变得心平气和，锻炼体魄让他们感到满足。老陈经常观看他们操练，他们甚少欢笑，但也从不恼怒。当然这并不是说军队训练结束的时候就应该怒气冲冲，但老陈从没见过任何人可以像影踪禅院的武僧这样淡定。

"酿酒大师，能否借一步说话？"

老陈转过身来，准备把扫帚靠在墙边，但转念间他又停住了。扫帚本不在那儿的,而祝踏岚大师的请求也只不过是客套一下而已,所以他也没时间去讲究那么多了。他草草把扫帚拉到身后,然后对着大师鞠躬行礼。

祝踏岚大师依然面无表情。老陈不知道这位武僧到底多少岁了,但他可以肯定此人绝对比蒋氏姐妹还要年长。这倒不是因为他看上去很老,实际上,他看着一点儿也不老。他中气十足、精神饱满,看上去有着跟老陈,甚至跟丽丽一样旺盛的生命力。让老陈产生那种感觉的是他身上的气息,那种跟这座禅院一样古老沧桑的气息。

那种与潘达利亚一样的气息。

潘达利亚有一种独特的古老气息。大岛龟神真子的年岁已经相当久远,他背上的建筑物也同样如此,但是那里的任何一栋建筑都不像影踪禅院这样令人感觉到肃然起敬。老陈也算得上是在传统熊猫人民居中长大的一员,这种传统民居的灵感最初来源于熊猫幼崽住的沙堡。并不是说这些建筑不好,只是影踪禅院就是跟它们不一样。

老陈向大师鞠躬致敬了好长一会儿时间,才挺直身子说道:"我能为您做些什么?"

"我收到了一封你侄女的来信,她已经照你的吩咐去过了酿酒坊,并告诉工人们你可能会暂时离开一段时间。现在她正在去往白虎寺的路上。"大师微微侧了下脑袋,继续说道,"对于她准备再次拜访白虎寺,我感到十分感激。你侄女拥有坚定的意志……咳,这是谁也没法阻挡的。她上一次去那儿的时候……"

老陈飞快地点点头。"我发誓这是她最后一次去那儿了。很高兴看到胡凯师兄已经可以正常走路了。"

"他已经在慢慢康复了,无论是身体上还是精神上都恢复得不错。"祝踏岚眯起了眼睛,继续说道,"你最近拣来的那个流亡者也开始康复了。这个巨魔已经恢复了知觉，只不过伤口还是愈合得很慢。"

"啊，那太好了——我是指他已经醒过来了这件事。"老陈本想把扫帚交给祝踏岚，但想想又觉得这不怎么合适，"我现在就去治疗室看看他，顺便在路上把这东西放好。"

大师抬爪制止了他。"他这会儿还睡着呢。我们还是好好谈谈关于他和之前你带来的那个避难者吧。"

"我明白了，掌门。"

祝踏岚转过身，一眨眼的工夫就走到了那段暴露在寒风中，老陈还未及清扫的走道上。这位大师的步伐是如此优雅，丝制长袍甚至没有发出一点飒飒声。老陈几乎看不到他在雪中留下任何足迹。他只能匆匆追赶上去，感觉自己就像是一只长着石头四肢的雷霆蜥蜴。

大师领着老陈走下楼梯，穿过一道深色的厚重大门，来到一条铺砌着石板的昏暗走廊上。这里的每一块石板都雕刻着不同的纹路，但是在精心设计之下，它们组合在一起就能形成许多有趣的图案。在这之前，老陈就曾好几次自告奋勇要打扫这些石雕，但他总是看着看着就沉浸在这些引人入迷的线条组合里，完全把正事丢在了脑后。

他们一直向前走，来到一个亮着四盏灯的大房间里。屋内是一块圆形的空间，地上铺着一张芦苇垫。芦苇垫的中心放着一张小桌，上面摆着一把茶壶、三只茶杯、一支茶筅、一口竹瓢、一只茶叶罐以及一口铸铁锅。

还有一名女性熊猫人盘腿坐在那里，闭目凝神，双手垂膝。她是雅丽亚·圣言。

当老陈看见雅丽亚的时候，脸上抑制不住地露出了微笑，但他又偷偷地担心自己笑得太过明显，会被祝踏岚发现。他第一次来到影踪禅院的时候就被雅丽亚深深吸引住了，当然，这并不仅仅是因为她有着美丽的外表。老陈注意到了这名熊猫人武僧有些被外来人惊扰到的意思，但紧接着他就发现她正在尽力保持着心无杂念。他们曾有过几次简短的交谈，他能记得他们对话中的每一个字。他希望雅丽亚也如此。

雅丽亚站起身来首先向祝踏岚鞠了一躬，然后也向老陈躬身示意。她朝着祝踏岚掌门的鞠躬持续了好一会儿，朝老陈鞠躬的时间则要稍短一些。老陈注意着这些细节，并报以同等回礼。祝踏岚掌门指了指这张长方小桌上摆着铸铁锅的那一道窄边，示意老陈在那里坐下。老陈和雅丽亚都各自屈膝入座，祝踏岚也同样坐了下来。

"风暴烈酒师傅，今日有两件失礼的事情希望你能原谅。第一，是想请你帮我们沏茶。"

"荣幸之至，祝踏岚掌门。"老陈抬起头来问道，"现在吗？"

"嗯，只要这不会影响到你加入我们的谈话。"

"好的，掌门。"

"第二件事，请你原谅我冒昧邀请了雅丽亚一同前来。我觉得她的观点或许会对我们有所启发。"

雅丽亚低下头，露出的后颈让老陈微微有些紧张。但她一句话也没说，老陈也同样保持着沉默。他开始沏茶，然后他突然发现了一件自己从没注意到的事——身在潘达利亚的时候，他已经花费了许多时间待在影踪禅院。

他发现这口铸铁锅赤褐色的锅身被铸成了一艘船的形状，而锅柄被铸成锚状，盖子上则纹绘着大海的波浪。老陈相信制锅的铁匠肯定不是随意而为，但是这些信息到底预示着什么，他暂时猜不出来。

"雅丽亚，这铁锅看起来就像是一艘停在海湾的船，平稳而安定。它象征着什么呢？"

老陈小心翼翼地从铁锅中舀出一瓢热水，轻轻地除下茶壶盖，以免惊扰了雅丽亚的沉思。接着他把水倒进茶壶里，然后慢慢地把茶罐里的茶粉也倒进茶壶里。茶罐黑色的盖子上画有红色的飞鸟和红色的鱼，一系列象征着潘达利亚各个地区的符号环绕在周围。

雅丽亚抬起头来开始说话，她的声音如樱花初绽般曼妙轻柔。"掌门大师，我的理解是：正是因为风平浪静，才能让这艘船如此平稳。船御水而行，而水决定船的命运。波澜不兴则一帆风顺，浪起潮涌则命悬一线。水是船存在的依托，也是船出现的原因。如果没有水，没有大海，也就不会有船。"

"非常好。所以你的意思是水就如同土水派，是基础，代表着冥想和沉思。而这个道理对于神真子也一样适用，如你所说，没有了水，船也就没有了存在的意义。"

"是的，掌门大师。"

老陈望着雅丽亚，她的脸上看不见任何想要寻求赞同的神色。他就做不到那样，如果他回答了一个问题，一定会很想知道自己是否正确。但是雅丽亚看起来就像早已知道自己的回答是正确的，祝踏岚掌门向她询问意见，那么她的回答就不可能出错。

老陈紧闭着双唇，专注地用茶筅搅动着壶里的水和茶。他的力道强劲，但动作却并不激烈。他必须让两者完全地融合在一起，而不是把茶硬生生混进水中了事。他沿着茶壶内侧搅动，把茶沫都聚到中间，然后不停地重复这个动作。接下来他加快了速度，把茶和水在黏土制成的船形容器中搅拌成充盈着丰富绿色泡沫的浓厚液体。

祝踏岚指向茶壶说道："也有一些人认为，船锚才是保持这艘船平稳的原因。没有船锚把船牢牢固定住，它就会被大风和海浪吹到对岸去。正是因为船锚凿进了海港底部，才使得船能固定住。如果没有船锚，船也就没有任何意义。"

雅丽亚低头说道:"我能不能这样理解您的话,掌门,您的意思是船锚就如同火金派,起着果敢、主动的作用。在灾难来临之时保护着船只。"

"非常正确。"当老陈往壶里加完最后一瓢热水,然后把壶盖重新盖紧的时候,这位老武僧看着他,问道:"陈·风暴烈酒,你明白我们刚刚所说的意思了吗?"

老陈点点头,拍拍茶壶,说道:"所有的船都已成形了。"

"那茶呢?还有你的看法?"

"茶嘛,还得等上一会儿。"老陈笑了,"而关于水和锚的事情,我刚刚一直都在思考。"

"是吗?"

"我会说船员对于一艘船也是很重要的。因为就算有海洋,如果没有船员想要漂洋过海去看看那一边的世界,船就不会被造出来。而且,是船员选择锚具,决定什么时候航行。所以水很重要,锚也很重要,因为它们代表着旅程的开始与终结,但是船员才是创造整个探索过程的人。"

老陈在空中舞着爪子做出手势辅助自己的解释,然后他停下来问道:"其实我们要讨论的并不是船,对吧?"

"是的。"祝踏岚微合了一会儿眼睛,然后继续说道,"风暴烈酒师傅,你将两艘船驶入我的海港,停泊在我这里。但你得知道,我这儿已经容不下更多的船只了。"

老陈看着他。"好,那我需要把它们驶出去吗?"

"你难道就不想知道为什么我这儿已容不下更多的船了吗?"

"你是海港的主人,所以你必须做出一些决断。"老陈先给祝踏岚掌门斟上茶,然后给雅丽亚,最后给自己倒上,"小心点儿,茶还很烫,最好等茶叶都沉到底再喝。"

祝踏岚举起他的小陶杯,在氤氲的茶气中深吸一口,这似乎让他感到非常放松。老陈经常看到这样的情景。他喜欢酿酒的艺术,也喜欢精致的茶道,他喜欢观察人们对他的作品会做出何种反应。大多数情况下,人们都喜欢他酿的酒多过他沏的茶。但一杯好茶,只要精心冲泡,同样具有独一无二的魅力,而且还不用担心喝醉。

这位寺院掌门轻轻啜了一小口,然后放下杯子,对着老陈点点头。这表示老陈和雅丽亚可以开始品茶了。老陈察觉到了雅丽亚嘴角浮起了一丝微笑。对他而言,这说明工作完成得还算漂亮。

祝踏岚半睁着眼睛看着他。"让我重新再说一次吧,风暴烈酒师傅,你想不想知道我为什么会愿意让你的那两艘船一起停在我的海港里?"

老陈不假思索地答道:"掌门大师,我想知道。"

"是为了平衡。你那位巨魔朋友,从你对他的描述和他暗影猎手的身份来判断,无疑属于土水。而另一位,每天都往山上爬远一点然后又回来的那位,肯定属于火金。一个来自部落,一个来自联盟。他们天生就相互对立,但正是这种对立才将他们联系起来,让他们各自都有了存在的意义。"

雅丽亚放下杯子。"掌门大师,我无意冒犯您,但考虑到他们的敌对状态,把他们放到一起最终只会导致自相残杀吧?"

"你所说的可能性我不怀疑,圣言。部落与联盟之间的仇恨已经根深蒂固,双方都已伤痕累累。那名联盟的人类心中必定埋藏着仇恨,你的巨魔朋友也是如此。风暴烈酒师傅,确实有人想要杀掉你的巨魔朋友,我无法判断究竟是联盟的人埋伏了他,还是部落在进行内部清洗,但不管怎样,我们不能让他们在这里互相残杀。"

老陈摇摇头。"我不认为提拉森会那么做；而沃金，我相当了解他……"他迟疑了一小会儿，一些记忆在他脑海中浮现，"我能不能先跟沃金谈谈？向他解释一下这里没有人会谋害他。"

雅丽亚眉头微蹙，神色暗沉。"不要觉得我残忍，风暴烈酒师傅。我必须问清楚，你把他们俩收留在这里，会不会让我们卷入外界的斗争冲突？难道我们不能把他们送回各自的阵营中去吗？"

祝踏岚大师慢慢摇着头说道："我们早已卷入外界的斗争了，而且他们对我们或许还能起到一些帮助。联盟和部落曾经一起在螳螂高原上帮我们对付过煞。你们都知道煞是一种多么强大的邪恶力量，在我们身上又蔓延得多么迅速。煞一直都是我们潘达利亚的敌人，而联盟和部落的成员，他们的确有可能会带来破坏，但有一句古话是这么说的：敌人的敌人就是朋友。"

老陈差一点就要脱口说出"跟着狐狸睡，醒来一身骚；跟着野狗睡，醒来数跳蚤"，但他忍住了，并不是因为这话没道理，而是因为现在说出来恐怕也没什么用，特别是许多熊猫人都还把他和丽丽这样的流浪者看成是野狗。他希望雅丽亚不会这样看待他，也不会抱有这种观念。

"我不那么确定，我不确定你可以让我们熊猫人一族与部落和联盟永远地和平共处下去——不管我们共同的敌人有多么邪恶。"

祝踏岚大师微微一笑，几乎没有声音，也听不到回声，然后那笑容转瞬即逝。"我的目的并不是要把你的船留在海港，风暴烈酒师傅，但既然他们已经在这儿了，或许可以试着让巨魔和人类从我们身上学习一些东西，而同样的，我们也可以向他们学习。而且正如雅丽亚所言，当他们没有共同敌人的时候，必定会再次拼个你死我活，到了那时候，我们恐怕便不得不选择到底站在哪一边了。"

第 4 章

暗矛部族的巨魔沃金已经放弃了移动身体的尝试。这是因为假装自己不想动，总比承认自己虚弱到不能动要好。虽然帮他料理伤口的人动作轻柔且带着敬意，但他还是忍不住想把他们全部都扔出去。

看不见的治疗者们把蓬松的枕头塞在他身后用以支撑他的身体。他本想抗议，可他喉头的剧痛让他说不出哪怕一个字，所以他只能微弱地咕哝着。显而易见，他只有一个选择，就是停止抗议。不论多大声的咆哮也不过是在嘲笑自己的无能——他根本无法让他们停下来。他把沉默当作是对自尊心的妥协，但身体的不适感开始变得越来越强烈。

巨魔对于柔软舒适的床垫和枕头并不适应。在回音群岛的时候，往木质地板上铺上一层薄薄的垫子，就已经是相当不错的待遇了。很多巨魔都睡在外面露天的地面上，只有当风暴来临时，他们才会寻找遮蔽的地方。杜隆塔尔坚硬的岩石睡起来比回音群岛的沙滩要难受许多，但巨魔们也从未抱怨过。

这种持续的舒适感激怒了他，因为这仿佛强调着他现在有多么软弱。虽然从某一方面来说，这样一张软床确实利于他受伤的身体移动，他也没法否认睡眠变得香甜了许多，但屈服于他的软弱，无疑是在违背巨魔的天性。巨魔是为了直面艰难和残酷的现实而生，就如同鲨鱼是为辽阔的大海而生。

抹去我身上这一点，无异于杀了我。

从右边传来一些碰撞的声响，不知是挪动椅子还是凳子所发出的。这令他感到很惊讶，但他听不出是谁在搬着椅子靠近他。沃金使劲嗅了嗅，然后终于从周围的事物中分辨出那气味是什么了。这味道令他无比兴奋，就如同重拳迎面打在脸上一般。这是熊猫人，而且不是什么普通的熊猫人，是那个熊猫人！

陈·风暴烈酒的声音温暖而低沉，轻轻传到了他的耳边。"我早就应该来看你的，但祝踏岚掌门觉得这样做并不合适。"

沃金挣扎着想要回答，他有千言万语想要说，但是最终从喉咙里蹦出的话却只有一句："老陈，我的朋友。"不知怎的，"老陈"这个称呼说出来更容易，更舒服。

"你真是个好人，真不忍心欺负看不见的你。"老陈的袍子沙沙作响，"如果你闭上眼睛，我可以帮你把头上的绷带解开。治疗师们说你的眼睛没有受伤，但是他们不希望你被过度打扰。"

沃金点点头，他知道老陈只说出了一半的原因。如果一个外来者进入了回音群岛，他也会蒙住这个外来者的眼睛，直到他能够判断这名俘虏是否值得信任为止。祝踏岚无疑是这么想的，但是因为某些原因，他觉得沃金是可以被信任的。

应该是老陈的原因，他想。

熊猫人小心地解开绷带。"我现在用手遮着你的眼睛，你睁开眼，我会慢慢把手挪开。"

沃金按老陈的吩咐做了，他的喉头发出一阵咕哝声表示对此感到满意。老陈显然明白了他的意思，他移开了放在沃金眼睛上的手爪。巨魔的双眼因为突然接触到刺激的光线而流出了泪水。接着，老陈的身影映入了他的眼帘。这个熊猫人跟他记忆中的完全一样，身形健硕、乐天活泼，金色的眼睛里闪烁着智慧的光芒。能见到他真是再好不过了。

沃金接着往下观察自己的身体，眯着的眼睛看起来就像是又闭上了一样。被子盖到了他的腰间，绷带几乎覆满了全身。他注意到自己的双手和手指都还健全。被子下面隆起的长长的轮廓说明他的下半身也还在。他能感觉到自己的喉咙被绷带紧紧压住。耳部传来一阵瘙痒，这让他确定自己被割裂的耳朵应该也被缝回了原处。

他盯着自己的右手，动了动手指。他的眼睛看到它们动了，但过了好一会儿，他才能感觉到手指的移动。它们好像离自己的身体十分遥远，但这跟他第一次苏醒时相比已经大为好转——他已经可以感觉到它们了。

老陈笑了。"我明白你有太多事情想要了解。我该从头说起还是从结尾说起呢？从中间说肯定是不太好，但我也能从中间说起，不过那样嘛，中间就变成开头了，对吧？"

老陈的嗓音随着自己的解释越来越大，甚至大得有些愚蠢可笑。其他熊猫人都开始转身走开，他们本来挺有兴趣围观这场久别重逢，但老陈的无聊程度已经彻底击败了他们。沃金注意到了他们，也注意到了那些颜色暗沉、历史悠久的石砌墙壁。他在潘达利亚的其他地方也见过这些石壁，在那些充满历史气息、古老而拥有强大力量的地方。

沃金本想说"从开头说"，但嘴里蹦出来的却是："不要从结尾。"

老陈向后看看，很明显刚才那些熊猫人都选择了无视他们。"事情的开始嘛，是我把你从离这儿很远的滨岸村的小河道里救了出来。我们在那儿尽了一切努力救治你，但是砍伤你喉咙的刀子似乎涂有剧毒，你的伤势太重，我们只能勉强保住你的性命而没法让你痊愈，于是我就把你带到这里来了。这里是昆莱山的影踪禅院，如果还有什么人能救得了你，那只能是这里的武僧们了。"

他花了一点儿时间检查了一下沃金的伤口。巨魔没有从他的眼神中看到同情，这让他感到很高兴。他相信老陈的判断。老陈不插科打诨的时候，都是很清醒很明智的。老陈总是把自己装成一个小丑，所以其他人永远不会知道他实际上有多聪明，但沃金对这一切相当清楚。

"我不敢相信联盟军队竟然会这么残忍。"

沃金用力张大眼睛。"他们，拿走了，我的，'脑袋'。"

熊猫人咯咯地笑了。"我估计凶手现在就正在跟暴风城的国王共享盛宴，而那个被当成你脑袋的东西就挂在上面做装饰呢。但是我很奇怪，我认识的那个你可绝不会把自己暴露在联盟的势力范围内，让自己伤成这样。"

"部落。"沃金的腹部一阵紧缩。其实不能说是部落，是加尔鲁什，但那个恶毒的名字在他的舌头上艰难地徘徊着，终究没能说出来。

老陈坐了回去，用手捋了捋下巴。"嗯……这就是我带你来这儿的原因，除了这儿再没别的地方可以保证你的安全……"他又向前坐了坐，压低声音继续道，"萨尔已经不在了，加尔鲁什现在领导着部落，对吧？他现在要排除异己。"

沃金把自己陷回枕头里。"是的。但为什么，要干掉我？"

老陈笑了，尽管他想让自己的笑声在沃金听来不带任何责备的意味。"对于每一个联盟来说，你都是夜里最可怕的梦魇。我并不奇怪某些部落成员也把你视为心头大患。"

沃金试着挤出一丝笑容。"胡扯，你呢？"

"我嘛，当然不。像我，还有雷克萨这样的人都绝不会那么想。我们见过你在战场上的勇猛和嗜血，但我们也见过你因为父亲的逝去而深陷哀痛。你对萨尔，对整个部落以及暗矛部族都是那么的忠诚，可总有那么一些人——像加尔鲁什那样的人，他们自己无法做到忠诚，就不相信别人的忠诚。然后他们就会把你的忠诚看作虚伪，看作对背叛的掩饰。"

沃金点点头。他希望自己的嗓子可以好到能告诉老陈，自己曾威胁过要杀掉加尔鲁什。巨魔相信这肯定不会令这个熊猫人感到惊讶。老陈会找到无数个公正的理由来证明加尔鲁什就该被好好警告一下，而沃金现在的状况会证明每一个理由都是正确的。

但现在唯一被证明的，是老陈对他的深厚友谊。

"多，久了？"

"时间长到已经让我酿好了春季的麦芽酒，连晚春或者说初夏的姜汁麦酒也已经完成了一半。熊猫人的时间观念很散漫，像我们这种潘达利亚的无名小卒更是如此。距离我发现你已经过去了一个月，而你到这里差不多已经有两个多星期。医师往你的喉咙里倒了一些药水来帮助你入睡。"为了能让那些开始靠近的熊猫人听得更清楚，老陈把音量又加大了一些，"我告诉他们，我可以给你冲制一壶加上海藻和浆果的红茶，包管你马上能从床上起来，但是他们不相信一个酿酒师会懂得怎么治疗病人。不过他们还是知趣地给你喂了一些营养品，看起来，他们也不是完全不开窍嘛。"

沃金努力地想要抿抿嘴唇，但即便是这么微小的动作做起来也相当困难。两个星期过去了，这就是我能恢复的程度吗？邦桑迪放过了我，但我却没有尽到自己应尽的努力。

老陈又凑过身来，低声说道："祝踏岚掌门是影踪禅院的领导者。他已经同意让你留在这里治疗修养，但他也提出了一些条件。"

沃金费尽全力地耸了耸肩。"没用的。"

"要知道，不论是联盟还是部落，都会希望你能接受进一步的护理……而且你现在已经在逐渐好转，这些话听听也无妨。"老陈伸出手掌做了一个姿势，试图让沃金平静下来，"祝踏岚掌门希望你能从我们身上学习——呃，确切地说，不是我们，是他们。这里大多数熊猫人都把我这样在神真子背上长大的熊猫人看作'野狗'。我们和他们有着相似的外貌，说着同样的语言，就连身上的气味也是一样，然而仅仅因为出生的地方不同，就变成了不一样的族群。他们也不确定我们到底是什么。这一点最初让我感到很困扰，但是自从我看见许多巨魔也将你们暗矛一族视为异类之后，我就渐渐明白了。"

"不，不是这样。"沃金闭上了眼睛。如果祝踏岚希望我可以向熊猫人学习，那么同样的，他也会试着学习我。

"我向他说了许多关于你的事情。他跟我一样，认为你偏向于土水派的思想，比较理智沉稳。在他看来，土水派并不常见于部落中。他想要弄明白你为何与众不同，但是按照他的安排，你得先试着向熊猫人学习，学习我们的传统、我们的语言、我们的生活方式。不过你得明白，这可不是打算把你培养成一头蓝色皮肤的食草牛头人。"

沃金再次睁开眼睛，点了点头。他在老陈的反应中发现了一丝迟疑，接着追问道："为什么？"

老陈抬起头望向别处，指尖紧张地敲打着桌面。"呃，这个嘛……"

除了土水以外，熊猫人中还有一个叫做火金的派别，这是一种和土水派互相调和平衡的思想流派。火金派有着冲动热血、不管不顾的个性。这可以拿加尔鲁什决定要杀了你来做比喻。火金派和部落的行事作风相当接近，而在联盟中则相对少见。"

"所以呢？"

"潘达利亚的事物在过去都处于平衡之中。祝踏岚大师曾经试图用船、船锚和水来梳理万事万物的关系。真的是十分复杂，而这还没算上船员呢。但归根结底，他的核心思想就是平衡。他真是非常执着于这一点。嗯……怎么说呢，你的到来，打破了这种平衡。"

尽管面容僵硬，沃金还是艰难地挤出了一道愁眉。

"呃……"老陈侧头望向一张空床，"大概在我救回你的一个月之前，我发现了一名人类，他整条腿都断掉了，伤势严重。我也把他带到这儿来了。他已经好得差不多了，不过巨魔的恢复速度比人类要快上许多，你也很快就会康复的。而我想说的是……祝踏岚掌门现在就是在让他照顾你。"

强烈的震惊如闪电一样击中了沃金，虽然他还很虚弱，但身体还是忍不住抽搐了起来。他大声喊道："不！"

老陈赶紧跑过去用两只手按住巨魔。"不，不是你想的那样。他跟你一样，也同样处于我们的限制之下。他不会对你……呃，我知道你肯定不会惧怕一个人类，对吧，沃金？祝踏岚掌门希望他可以通过帮助你，从而让自己也获得治愈。这是我们的一种行事方式，我亲爱的朋友。还原最初的平衡，而且我觉得你应该支持这种治疗方式。"

老陈把手掌上的力道控制得很轻，但沃金依然拧不过他。有那么一瞬间他甚至觉得，那些武僧们往他喉咙里灌的东西，目的就是想让他变得虚弱。可如果真是这样，老陈也会成为这个骗局的策划者之一，这是他无论如何都不会相信的。

沃金渐渐抑制住了自己的愤怒，随之而来的是一种挫败感。祝踏岚掌门不仅想要研究他，还想要研究他会怎么跟人类相处。如果那名老僧愿意聆听的话，沃金很乐意告诉他巨魔和人类间的那段漫长的历史，以及他们结下血海深仇的原因。沃金杀死的人类不计其数，他从没有因此夜不安寝。恰恰相反，这些杀戮反而让他睡得更加踏实。而且他敢打赌这座禅院中的那个人类也是这么想的。

沃金突然意识到祝踏岚大师也许早就了解过了这段历史，但是巨魔和人类之间的那一笔笔新仇旧恨，很有可能都被讲故事的人扭曲篡改过了。所以他才会想要把巨魔和人类放到一起生活，然后从旁观察学习，做出自己的判断。

这是一个明智做法。但沃金突然想到，无论老陈对祝踏岚掌门说起过多少他的事情，在这位熊猫人武僧眼里，沃金也终究不过是一名巨魔。对于那个人类来说也同样如此。他们是谁，跟他们如何对待彼此，一点儿关系也没有。熊猫人想要的不过是这些信息而已。明白了这一点，而且意识到这种信息是自己可以控制的之后，沃金对自己多了几分信心。

他抬头望向老陈。"你，同意吗？"

老陈的眼神中充满惊讶，接着他笑了。"这对你和他来说都是最好不过的。迷雾将潘达利亚隐藏了许久许久，你的种族和他的种族之间的深深羁绊是熊猫人从未有过的。你们在一起接受治疗会更好。"

"迟早，互相，残杀。"

老陈的眉毛耷拉了下来。"很有可能。那个人类看起来并不比你自在，但他只有遵守规定才可以在这里留下来。"

沃金仰起脑袋问道："名字？"

"提拉森·克尔特。你应该不认识他。他在联盟的地位并没有你在部落的高。不过他也算是个人物，他是联盟军队在这里的军官之一。他跟你不一样，并不是被国王派来的刺客暗伤，而是在一次帮助保卫潘达利亚的战斗中受伤。这也是祝踏岚掌门同意照顾他的原因。但他身上似乎有着一些驱不散的伤恸。"

"连，酒，也不能？"

熊猫人摇摇头，目光散漫。"他喝酒，而且酒量不错，但他喝酒的时候情绪并不激动，而是很安静。这也是另一个你们共有的特点。"

"土水，是吗？"

老陈仰头哈哈大笑起来。"他们把你身子砍了，但你的脑袋还是很好用嘛。是的，他看起来是很像土水派，但如果是那样，事情就失去平衡了。自从恢复到可以用拐杖站起来之后，他每一天，每一天都会去爬山。这完全是火金派的行为。他一天比一天走得更远，一百码，两百码，然后艰难地折返。不是他的身躯，而是他的意志，非常的火金。"

真是非常奇怪，他为什么如此执着……沃金没有再继续细想下去，他对着老陈微微点头。"非常，好。我的，朋友。"

"或许，你可以自己找出问题的答案。"

这意味着我不得不暂时忍受那个人类，做到大家希望我可以做到的那样。沃金轻轻地舒了口气，把头靠在枕头上。所以，就暂时让自己成为他们当中的一分子吧。

第 5 章

武僧们并没有让人类来照顾沃金受伤的身体,因为他们知道巨魔肯定不会容忍这一点。沃金从熊猫人的辛勤照料中可以感受到他们并无恶意。他们给他清洗身体、料理伤口、换洗床具,以及喂他进食。他还注意到,每个照料他的医疗队成员都是轮流值班的,每个人会各自照顾他一整天,然后两天后再回来继续他们的工作。在每个人都当值过三次之后,他们便不再轮流换班,也不再过来照顾他了。

他偶尔能看到祝踏岚掌门。他很确定这位老僧观察他的时间比自己注意到的要多得多,而且他也只在祝踏岚没有刻意躲避的时候才能发现他。潘达利亚的人对沃金来说,就如同笼罩在他们土地上方的迷雾一般,偶尔才能瞥见其真实的面目。但是老陈似乎跟他们不一样,跟这些令人难以捉摸的武僧相比,老陈就如同阳光一般明媚而爽朗。

所以沃金大部分时间都是在观察,看看究竟可以从自己身上悟出些什么。虽然他的喉咙好得差不多了，但那层伤疤却让他说话时感到异常困难和痛苦。大部分熊猫人都不知道，巨魔的口音其实是富有韵律且十分流畅的，但现在喉咙的伤疤毁了这一切。如果与他人交流是生命的象征，那刺客显然已经成功谋杀了我。他只希望那些安静的、不可触及的洛阿神灵还能够认出他的声音。

他确实掌握了不少熊猫人的语言。他发现在熊猫人的语言中，寥寥几字仿佛就能概括千言万语，这让他可以选择一些发音没那么困难的简单词汇来表达自己的意思。实际上，熊猫人说话含蓄晦涩，真实意图总是寓于言后。这种语言中的细微差别是外人很难理解的，而熊猫人也可以利用这一点来掩盖自己的真实意图。

沃金原本打算在跟那个人类打交道的时候尽量装得比实际情况更加虚弱，但这看起来似乎没什么用。提拉森比一般的人类要高，但也还没有达到人类战士的身材标准。他看上去更加瘦弱轻盈一些，左前臂那道已经不太清晰的伤疤和右手手指厚实的硬茧表明他是一名猎人。他的白发虽短，却没有束起来，蓄着的虬髯和山羊胡最近也慢慢开始变白。他穿着一身熊猫人款式的褐色粗布僧袍，但却并不显得宽大。沃金想这应该是一名女武僧的衣服吧。

虽然武僧们没有让人类照顾沃金的身体，但是他们要求他清洗沃金的衣物和被单。提拉森遵守命令且毫无怨言，他的工作效率也很高，每一件事情做得都令人无可挑剔，有时候送回来的衣服和被单还会有药材和花草的香味。

沃金从两件事中觉察到这个人类是具有威胁性的：大多数人可能会注意他身上留下的老茧，但事实是他幸存了下来，而且身上竟然没有太多伤疤。此外，这个人类总是在快速转动着他碧绿的眼珠，还有他追寻声音时扭头的动作，以及他无论回答多么简单的问题都要先停顿下来思考一下的习惯，都暗示着这个人类十分敏锐机警、善于观察。这些细节常人往往不大看得出来，但是对沃金这样谨小慎微的巨魔来说，就已经是再明显不过了。

这个人类展示出的另一特征则是耐心。沃金现在才发现自己不断地重复一些相同的错误，好让这个人类可以多干些活儿的企图是多么徒劳。他经常弄掉勺子或是用食物把衣服弄脏，但这一点并没有让这个人类感到心烦意乱。沃金有时候甚至特意把待洗衣物上的污点遮蔽起来，但是每次衣服送回来的时候，依然是干干净净、无可挑剔。

他的耐心还体现在他是如何对抗自己的伤痛。尽管衣服遮住了伤疤，但他的左髋还是相当僵硬，每走一步看起来都伴随着难以置信的痛苦。他并不是每一次都能忍住不显露出来，但这份努力已经赢得了祝踏岚的尊重。而且，每一天在太阳缓缓升上地平线的时候，他都会整装出发，沿着一条小路朝山顶爬去。

一次，当沃金进食之后坐在床上休息时，这个人类向他走了过来。提拉森带来了一张扁平的、上面带有格子的棋盘，还有两个圆形的容器，一只是红色的，一只是黑色的，每一个的顶上正中都开着口子。他把这些东西放在旁边的桌上，然后从墙边抽了一张椅子坐下。

"你准备好试试机会棋了吗？"

沃金点点头。虽然彼此都知晓姓名，但是他们从不以此称呼对方。老陈和祝踏岚掌门都告诉过他这个人类的名字叫提拉森·克尔特。沃金觉得他们肯定也把他的身份告诉了人类。这家伙现在还没有显示出任何敌意，但如果哪天显露出来的话，那一定是因为他已经知道了我是谁。

提拉森拿起黑色的那个棋罐，揭开盖子，把里面的东西倒在了板子上。二十四粒正方体的棋子滚落在黄褐色的竹制棋盘表面，发出咯咯的声音。每一粒黑色的棋子上都有朱红色的标记，上面标明了可以执行的动作和能够移动的方向。他把它们分成四组，每组六个，以便清点数目，然后他把它们又倒回了棋罐。

沃金轻轻敲一个棋子，说道："这一面。"

提拉森点点头，然后转身用熊猫人语把一个武僧叫了过来。熊猫人语速飞快，提拉森则明显有些结巴，但这个武僧就像面对小孩一样迁就着他。最后，提拉森向着她鞠了一躬，并致以谢意。

他转身对着沃金说："棋子就好比是船，这一面代表着重型纵火船。"他把棋子转过来，这样沃金能够更好地看清楚刻在上面的熊猫人象形文字。然后沃金又用纯正的赞达拉语把"纵火船"这个词重复了一遍。

而人类则把头抬到刚够观察沃金反应的高度。

"听你的口音，荆棘谷巨魔。"

不过没等沃金回复，提拉森就用手指着棋子继续说道："纵火船在游戏中非常重要，它可以摧毁一切，但使用之后也就成了废子。而且为了平衡，在你的六艘海军战船中，只可以有一艘纵火船，多出来的都会被移出游戏。"

"谢谢你的解说。"

机会棋蕴含着熊猫人的哲学。每一粒棋子都有六个面。游戏者必须依照棋子顶上一面标记的身份来移动或是进攻，或者也可以向侧面翻动一次，以新的身份来做出动作。而且还可以捡起棋子重新投掷，随机扔出新的一面。如果运气好，将会有可能翻到纵火船的那一面，这也是唯一可以把普通船只变成纵火船的方法。

最有意思的是，游戏者还可以决定完全不移动，换取一次抽取新棋子的机会。游戏者摇晃棋罐然后将它侧过来，第一个掉出来的棋子就可以加入到游戏中。如果有两颗棋子同时掉出来，第二颗棋子就是无效的，而且还会让对手凭空获得一次抽取棋子的机会。

机会棋是一个鼓励思考，也注重行动的游戏。它平衡了策略和机遇，但机遇有时候也可能变成惩罚。输给一个在棋盘上棋子比自己多的对手，并不见得是一场沉重的失败。为了占据更有利位置而不顾棋子的多寡，也不是什么失礼的做法。经常有些游戏者觉得自己棋高一着，最终却一败涂地，而有些人仅靠着一个机会就可以扭转乾坤，赢得胜利。消灭掉对手的所有棋子当然可以获得胜利，但这会被认为是非常无礼和野蛮的。

平衡各种力量，不战而屈人之兵，这才是一场伟大的胜利。

提拉森把红色棋罐交到沃金的手里。棋盘有纵横各十二列，他们每个人都分别摇出了六粒棋子，放在离自己最近的那一列上。他们把棋子都调整为基础兵种，方向朝着对方。接着每个人都摇出一粒新的棋子，比拼棋面的点数。提拉森的点数大于沃金，所以他可以占有先手。这两粒棋子都被放回到棋罐中，然后他们便开始正式对战了。

沃金将一粒棋子轻推向前。"你的熊猫人语，很好，比他们预想的还要好。"

人类扬起眉毛，眼睛却始终没有离开棋盘。"祝踏岚掌门是知道的。"

沃金研究着棋盘，他发现人类加强了侧翼的攻势。"你，追踪过他？"

"他故意留下了一些信息，清晰但又难以捉摸。"提拉森仔细观察着布局，"你把这粒棋子翻回了弓箭手的一面，真是个耐人寻味的选择。"

"你的风筝也移动了。"沃金完全看不到人类有任何犹豫，但他的赞赏让提拉森又再次望向那粒棋子。提拉森死死盯着它，仿佛在寻找着什么东西，最后他望向了棋罐。

巨魔思索着对手的棋路。接着，他摇出一个立方体，这粒棋子不停地旋转然后停了下来，是纵火船。他把它放在弓箭手附近以加强自己的侧翼力量。棋盘上，胜利的天平倾斜了，但这并不是任何一方所期望看到的。

提拉森也摇出了另一粒棋子，是一个战士，虽然不是棋子最强的一面，但是也已经足够好了。骑士，是一种能够进行长距离移动的棋子，提拉森迅速且坚决地将它放到了与纵火船相对的一侧。

沃金再次拿起棋罐，但是提拉森按住了他的手。"不要。"

"拿开，你的，手。"沃金把棋罐抓得紧紧的。他觉得一用劲，这棋罐肯定会被捏得粉碎，棋子和碎屑会飞得到处都是。他很想对着这个人类大吼，想问问这个人类怎么敢碰他的手，他可是暗影猎手，暗矛部族的领袖。你知道我是谁吗？

但沃金并没有这样，因为他的手已经使不出更大的力气了。就这么短短一会儿已经让他的肌肉感到超出了负荷。他的手明显地慢慢松了下来，要不是提拉森的手还握在外面，棋罐恐怕早已掉到了地上。

提拉森摊开了自己的另一只手，试图消除怨恨。"我只是想告诉你这个游戏的一些心得，你没有必要掷出一颗新的棋子。如果我不阻拦你，你的掷棋只会让我赢得更加漂亮。"

沃金仔细地研究着棋局。提拉森的战士只要一次翻面就可以摧毁自己的领主。到时候他的纵火船就不得不回去迎击这个威胁，但只要回去，纵火船就会陷入提拉森的风筝所控制的领域，这样这两个棋子就会同归于尽。一旦如此，整个棋盘上他就只剩下右翼的战士和骑士了，就算他能从棋罐里掷出一颗棋子最好的那面，也挽救不了整个局势。如果他在右侧加强兵力，提拉森会加强对他左边的攻击；而如果他把力量都转移到左边，他的右侧又会完失守。

沃金让提拉森接过他手中的棋罐。"为了我的荣誉，谢谢你。"

人类把棋罐放在桌子上。"我知道你的打算。我可以借你的失误获胜，但是这样一来就等于是对自己在游戏上的学生赶尽杀绝。这反倒变成了你的胜利，因为我的一举一动都是在你的计划之中。"

本不该这样吗？沃金眯缝起了双眼。"你赢了。你看穿了我。我认输。"

提拉森摇了摇头，坐回原来的位置。"这样一来，我们俩就都输了。我不是在跟你玩文字游戏。你得明白这里还有旁观者呢。我揣测你，你揣测我，而他们又揣测着我们俩。他们观察着我们如何玩这个游戏，琢磨着我们如何算计彼此。而祝踏岚又在更高一层的地方研究着他们是如何研究我们。"

一股寒意窜上了沃金的脊背。他点了点头。他希望能不动声色地传达信息，但是祝踏岚一定注意到了。此时此刻，对于两个外来者来说，这就足以让他们站到同一阵线上。

当提拉森把棋子放回罐子里时，他的声音放低了。"熊猫人习惯保持神秘。他们能看穿迷雾，却把自己隐于迷雾之中。他们能找到和谐宁静之道，却又不屈从于此。幸好他们是如此地热爱和平与安宁，否则必将成为一股可怕的势力。"

"他们在观察，想要看我们如何保持均衡。"

"他们会喜欢我们的和谐之道的。"提拉森摇摇头，"另一方面，也许祝踏岚还想要知道是什么原因让我们的世界失去平衡，彼此残杀毁灭。让我害怕的就是——他们总是能如此轻易地洞悉万物。"

* * *

那个夜晚，幻境又一次嘲弄了沃金。他发现自己站在一大群战士中间，而每一位都是自己熟知的同胞。他将他们集合起来，与扎拉赞恩殊死一搏，去终结他的疯狂，为暗矛部族解放回音群岛。每个战士都像是一颗机会棋子，都把最强大的那一面翻到了顶上。他们之中没有一艘纵火船，但是沃金对此毫不意外。

因为他就是纵火船，只是还没显示出最强大的那一面。尽管令人绝望，但这并不是一场昭示沃金生命终结的战斗。在邦桑迪的护佑下，他们将杀死扎拉赞恩，收复回音群岛。

"这是谁，这个正在谱写英雄史诗的巨魔，是谁？"

沃金转过身来，听见骰子转到新的一面时的咔嗒声。他感觉自己被困在了一个半透明的骰子中，让他感到震惊的是，这骰子没有一面是有价值的。"我是沃金。"

邦桑迪在一个迷雾笼罩的灰白世界里显出了形体。"那么这个沃金是谁呢？"

这个问题让他感到动摇。那个幻境中的沃金成了暗矛部族的领袖，但这也就到那为止了。他的死讯或许刚才传到部落，又或许根本还没抵达。在心里，沃金希望部落的信使们都在路上耽搁了，这样才能让急于知道计划是否成功的加尔鲁什再多等待一些时间。

这不是问题的答案。他不再是暗矛部族的首领了，这不再有意义了。族人们也许还承认他，但他已经没有办法再传递任何指令。他们会抵抗加尔鲁什，以及任何企图征服他们的人。但是没有了他，族人们只能听命于能够为部族提供安全的人。他——沃金——也许从此就会失去自己的族人了。

"我是谁？"

沃金打着哆嗦。他曾经认为自己比提拉森·克尔特要强，但那个人类至少已经脱掉了病号服，能够自由行动。那个人类没有被对头背叛和暗杀，而且显然已经领悟了一些熊猫人的理念。

可是，提拉森却在不该犹豫的时候犹豫了。他在熊猫人面前的那些韬光养晦的小伎俩也早已被沃金看穿了。而且，尽管沃金称赞了他的棋招，但是他之后的犹豫绝不是装出来的。这是任何一个人都不允许发生在自己身上的。

沃金抬头看着邦桑迪。"我是沃金，我知道我是谁。至于我将会成为谁，这个答案只有沃金才能找到。此时此刻，邦桑迪，这就够了。"

第 6 章

沃金说不上自己是什么样的人,但他很清楚自己不会变成什么样的人。他强迫自己缓缓地从病床上爬起来。他很想把被子直接扔掉,然后扬长而去,但最终还是轻轻地将之拉起并仔细折叠整齐。

脚踩到地板上的触感有些难以忍受,但他从中拾起了勇气。他倚着床柱,艰难地让自己站直,任脚底冰冷的触感与伤口缝合处的撕裂感侵袭着神经。

这已经是他的第六次尝试了。在第四次的时候,腹部缝合好的伤口又再次裂开,渗出的血迹把外衣染出一片鲜红。但他拒绝承认这一事实,摆手示意那些被招来的武僧们离开。他本打算充满歉意地把提拉森叫来,让他打理这一片狼藉,但转念之间又打消了这个想法。他让武僧们把弄脏的衣物放到一旁,留给他自己。

那一次的尝试失败了,但现在他成功地站起来了,一动不动地立在那里。阳光透过窗户洒落到屋内地面上，并且缓缓地移动着，让他能够从中估算出自己大概站了多长时间。虽然这次阳光移动的距离连一只虫子的宽度都没有超过，但不管怎么说，他站起来了，这就是一场胜利。

武僧们帮他重新缝合并包扎了伤口之后，沃金向他们要了一盆清水和一把刷子。他拿过长袍，费力地洗刷着那块血渍。血渍非常顽固，肌肉已经因为持续用力变得如同烧灼一般，但他仍然铁了心想要把它洗掉。

提拉森等到沃金的情绪缓和，那盆清水也不再泛起水波之后，取走了他手中的长袍。"这本是我的差事，沃金。你确实是一个好人。现在我应该把它拿出去晾干。"

沃金看着那块血渍依然残存的轮廓，真心希望自己能够拒绝他，但他最终还是选择了沉默。不过就在这一瞬，他仿佛感受到了火金与土水之间的平衡正在重建。他生性冲动，而提拉森心思细腻，难免有对立的时候，但实际上，在相处的过程中谁都没有因此失掉过尊严。他们都会尊重对方的努力与决心，各自收获想要的结果。他们谁也没有自我膨胀，谁也没有想过要强压对方一头。

第二天，沃金在第三次尝试的时候就站了起来，并且拒绝再躺回去——直到光线跨过了石块地板的接缝，移动了一个大拇指的长度。再之后的一天，他花了头天坚持站立的时长，从床头走向了床尾。然后，在这一周结束的时候，他已经可以行至窗边，张望脚下的院子了。

熊猫人武僧们在院子中央站成一列。他们刚刚完成了拳术的操练，动作之快甚至让沃金也感到震惊。巨魔对肉搏并不陌生，但他们的身材更加细长纤瘦，因此格斗技巧也和武僧大不一样。其他的武僧在院子的边缘地带三五成群地演练着刀剑、长矛、长棍和弓箭，他们看起来即使只用一根简单的木棍,也能将暴风城的披甲勇士一击攻破。若不是太阳的光辉已经开始收敛,沃金甚至怀疑自己能不能看得清这些刀光剑影。

另外一头的阶梯上,陈·风暴烈酒正在清扫积雪。再往上两级台阶,掌门祝踏岚也在做同样的事情。沃金透过窗口看到了这个场景,心想着自己怎么会正好看见禅院掌门在做这种卑微的工作。或许他只是厌倦了一成不变的生活,想要做一些从未体验过的事情?

但看眼下这场景,祝踏岚不仅知道自己在做什么,而且还很清楚整个工作的进程,很清楚自己什么时候会清扫完这一片。沃金很想要去向老陈询问一番,问问看祝踏岚是否只是心血来潮,但是当他往旁边瞥去的时候,立即发现了若干名武僧躲闪的神情,这意味着他们都在暗中观察他的行为——以尽量不被他察觉的方式。

他躺回床上不到五分钟,老陈就前来探访了,还带着一小碗起泡的液体。"看到你能起身真是太好了,我的朋友。我想把这个带给你好几天了,但祝踏岚掌门一直都不允许,他觉得这对你来说或许太烈了点儿。我跟他说想要把你喝倒这可远远不够。我的意思是,你可是沃金,对吧?来尝尝这第一口。好吧,除了我以外的第一口。"老陈笑着说道,"但我还是要确保这碗不会要了你的命。"

"太好了。"

沃金接过碗嗅了嗅。这碗佳酿气味浓烈,还有股木头的味道。他抿了一小口,觉得不算苦也不算甜,但却醇厚饱满。它的口感仿佛雨后的森林中各种散发着水汽的植物融为了一体,包罗万象。这使他不禁想起回音群岛,怀念几乎让他哽住喉头。

他强迫自己咽下酒,然后点着头做出一副酣畅的样子。"非常棒。"

"谢谢。"老陈埋着头说道,"我们抵达这里的那天,你的样子非常糟糕。一路上都颇为艰难。有人说我们应该把你直接葬在山上,但我对着你的耳朵——好使的那只,不是丽丽缝起来的那只——低语了几句,说如果你能撑下来,就有好东西等着你。我把我的那只小背包翻了个底儿朝天,找到了从你家乡采摘的些许香料和花草。为了让你想起家的味道,我用那些原料给你酿造了这麦芽酒。我把它叫做'治愈'。"

"我的痊愈,都是你的功劳。"

这名熊猫人抬起头。"这才只是好了一点儿而已,沃金。你的痊愈还需要时间。"

"我会恢复的。"

"所以我已经开始研制新的酿造了,名字叫做'恭贺'。"

* * *

或许是老陈的麦芽酒,或许是他的巨魔体质,或许是清新的山风,或许是武僧们对他的引导治疗,又或是这所有的原因综合起来,总之在这几周里,沃金恢复的进度十分乐观。每一天,当他和武僧们一起列队向导师鞠躬之后,都会抬起头看一眼那扇他曾向下张望过的窗户。那时的他完全无法想象自己会加入到武僧的行列中来,但现在他感到焕然一新,甚至都不再记得自己伫立窗边的旧模样。

这些毫无成见接纳了他的武僧们都把他唤作"沃健"。这对他们的发音习惯来说好像更为简单,但他知道并非仅仅是那样。老陈告诉他,"健"这个字有许多含义,但都与非凡有关。起初,他们只是用它来形容他的笨手笨脚,但后来逐渐变成了他非凡学习能力的代名词。

若非他们都是热心的导师,他早就对他们的无礼心存蔑视了。他是一名暗影猎手。尽管这些熊猫人都是身手不凡的武僧，但他们谁都无法想象沃金为了成为暗影猎手所付出的一切。武僧在战斗中展现平衡，而暗影猎手则需要掌控混沌。

他求知若渴、见微知著，这些品质都在促使导师们不断向他灌输更多更精妙复杂的技能。随着他的能力日趋增强，他的身体也从旧日的伤口和瘀青中逐渐恢复，如今他面前的唯一障碍便是缺乏耐力。沃金想把它归结于山间稀薄的空气，可同样负伤的人类却并没有受到气短的影响。

事实上提拉森正被另外一件事情困扰着，那便是他仍然跛着脚。虽然不像以前那样严重，但他依然需要拐杖。他经常跟用长棍做兵器的武僧们一起受训，而沃金注意到，只要在搏击的过程中，跛脚症状便会消失不见，但是在战斗临近结束时，提拉森就会喘着粗气再次感知到自身的身体状况，症状又会重新出现。

这个人类也会去射箭场观看武僧进行箭术训练。在这里受训之人必须被蒙上双眼，完全凭感觉射击。提拉森会屏息静气，聚精会神地观看他们射击。有人失手时他会面带沮丧，而有人正中靶心时他又会满面笑容。

如今沃金的恢复程度已经能够参加训练了，他搬到了禅院东面一间狭小朴实的房间。这里异常简朴：一张床席、一张矮桌、一个水盆和一只水罐，还有两个挂衣钩——毫无疑问是为了让他心无旁骛。这种苦行式的简陋能够帮助武僧们更好地集中精神，找寻宁静。

这屋子让沃金回忆起了杜隆塔尔，当然这里给人的感觉要比那儿冰冷得多。不过住在此处并没有什么真正的难处。他把他的床放在了能够被晨间第一缕阳光唤醒之处。每天早晨起来之后，他就会像其他人一样先完成一些杂务，然后在晨练之前吃完简单的早餐。他注意到自己的食物中被分配了比其他武僧更多的肉类，这应该是为了让他更好地康复。

对沃金来说，早晨、午间和夜晚都落入了同一模式：杂务、吃饭和训练。而训练大都是围绕着强化力量与敏捷来展开——学习战斗技巧，拓展生理极限。下午，他会参加一些个别指导，但依旧是与武僧为伍，因为他们中的大多数都会参与课程。晚间他们再度聚在一起进行体能练习，不过这都是一些柔韧性和灵活度的训练，旨在帮助夜晚的安眠。

武僧们对他的教学颇为顺利。当沃金眼见着他们一拳就能击破十几层木板时，自己也开始跃跃欲试起来。他知道自己也能够做到，但是在终于轮到他小试牛刀之时，掌门祝踏岚接管了训练场。本该是木板的地方，换成了一摞约一英尺厚的石板。

这是在嘲笑我吗？沃金品读着这位老僧的神情，但是看不到一丝诡谲。当然这并不代表这位熊猫人没有这份心思，他平淡冷漠的表情足以掩饰一切企图。"你让我击破石块，而其他人都是击破木板。"

"其他人不相信自己能够粉碎木板，而你相信。"祝踏岚伸手指在石板上一指高的地方，"把你的质疑放在这里，击穿它吧。"

质疑？沃金迫使自己驱走这个想法，因为这只会让自己分心。他想要无视它，但他最终还是遵循了掌门大师的指示。他把那份质疑想象成一颗闪烁着火光的墨蓝色球体，想象着它漂浮着穿过石块，悬停在它底下。

然后沃金开始调整状态，他深吸一口气，又迅速呼出。他向前出拳，石块应声而碎。但他没有停止动作，他已经下定决心不摧毁那只质疑之球决不罢休。石块被他打得灰飞烟灭，若非他抖落了皮具上石块残存的尘土，它们就像从没存在过一样。

祝踏岚充满敬意地向他鞠了一躬。

沃金回了一个更长的礼，以示尊重。

其他的武僧也都跟随掌门行礼。沃金回应了他们的鞠躬之后突然意识到：自此以后，"健"的含义又要再次更改了。

* * *

沃金独自坐在房中，石块冰冷如昔。他端坐着直到入夜，才消化掉一部分今天所学到的东西。他的手掌并没有肿胀或是变得更强，但他毫无疑问仍然能够再一次击破质疑。他舒缓了一下手部，满心喜悦地看着它慢慢恢复知觉，直至完全恢复。

祝踏岚以质疑为靶的做法是正确的。质疑是一种能够摧毁精神的力量。无论哪种智慧生物，一旦开始了对成功的质疑，就会止步不前。沃金质疑自己是否可以徒手击穿石块，无异于承认自己的双手不堪一击，会粉身碎骨，会血流成河。如果他执念于这样的后果，那除此之外还会有其他结局吗？那么这种结局就会成为他的归宿。然而，若他的目标是毁灭质疑，他便可以成功。这样的话，还有什么事情是不可能的呢？

那个被质疑摧毁了灵魂的朋友——扎拉赞恩，又在他脑海中浮现出来。不是一个影像，而是一连串的回忆。沃金和他曾是总角之交，是最要好的朋友。因为沃金是暗矛部族领袖森金的儿子，所以总被认为是二人之中更优秀的一个。沃金自己并不这么想，扎拉赞恩也知道这一点。他们经常谈论此事，还总是嘲笑那些认为他们俩一个是英雄，一个是愚昧跟班的无知人们。当沃金倾尽全力想要成为一名暗影猎手之时，扎拉赞恩成了加德林大师麾下的一名巫医。当沃金注定要肩负更崇高的使命时,扎拉赞恩接受着森金的训练与鼓励,在众人的眼中以未来领袖的身份成长着。

但不管是那些不明就里的人们,还是他们两人,都坚信着森金的梦想——暗矛部族将会创造出梦想中的家园,创建一个没有敌人伺机侵略,可以无忧无虑茁壮成长的家园。即使在森金死于鱼人的蛛网之时,这个梦想也未曾破灭。

不知何时何地,质疑悄悄地潜伏进了扎拉赞恩心中。也许是明白了即使是森金这样强大的巫医也会瞬间陨亡,也可能是因为听过了太多次沃金是英雄,他是跟班的流言。个中原因沃金或许无法猜透,但无论是什么,都让扎拉赞恩滋生了对力量的无尽渴求。

欲望让扎拉赞恩陷入了疯狂。他奴役了大部暗矛成员,把他们转化成了无意识的仆从。沃金与其中一些人逃了出来,然后在部落盟友的帮助下开始了解放回音群岛的作战。沃金带领这支力量杀死了扎拉赞恩,看着他血光四溅,直到咽下最后一口气。在扎拉赞恩眼中最后的光芒消逝前,这位老朋友……似乎恢复了理智,似乎为自己能够从这一切中解脱而感到欣慰……沃金宁愿这样想。

那么,加入加尔鲁什吧。作为格罗姆的儿子,那个兽人顶着许多光环,可无论是人格还是行为,他对自己的父亲都很难称得上敬畏。但加尔鲁什倒是令其他很多人心存畏惧。他知道畏惧是一种立竿见影的鞭挞,足够让下属循规蹈矩,只可惜这并不是对所有人都有效。

至少对沃金没效。

加尔鲁什觉得自己的地位都归功于人们对他父亲的怀念,事实虽不尽然,可他仍旧质疑自己的地位。如果连自己都认为自己不配拥有,他人亦会如此。沃金曾经就这样认为过,也对加尔鲁什直言相告过。质疑能够被掩藏,所以任何人都是潜在的敌人。而除掉敌人的唯一办法就是将他们征服。

但是，无止无休的征服也未能埋没他心底的那个声音："不，你配不上你父亲的威名。"

沃金瘫倒在床席上。他的父亲有过一个梦想，并与他分享过那个梦想。如今沃金终于得以了解其深意，终于让它变成了自己的精神财富。因此，他明白了和平的意义。因此，他看到了梦想成真的可能。

沃金对着虚空呓语道："但加尔鲁什永远都不会明白和平为何物，更不用说他身后的跟班们。"

第 7 章

场风暴正从南方袭来，乌云压城。呼啸的狂风夹杂着雪粒穿越街道，打在人们脸上，生生刺痛。这是场突如其来的暴风雪。沃金初醒之时还是阳光普照，但还未等他完成杂务——基本上是清扫堆满卷轴的书架顶部一类的活儿——气温便骤然下降，天色也跟着阴暗起来。然后整座禅院都陷入风声鹤唳中，仿佛遭受恶魔袭击一般。

沃金对暴风雪略有所知，所以保持着镇定。年长的武僧们对禅院进行了彻底搜寻，把所有人集中到了那间大型餐室中。大家分别在自己的就餐位入座。沃金的个子比其他人都高，一下就看到了那些武僧们正在清点人数。他想到，这样一场野蛮的风暴也许会导致有的人惊慌失措，陷入盲目的混乱，从而丢掉性命。

"提拉森不见了。"老陈说。

让沃金感到惭愧的是，在人数清点完成之前，他都一直没有注意到这个问题。他望了望山顶，然后说道："如此严重的风雪来袭，他不会出去的。"

祝踏岚站在讲台上说道："山上有一个面朝北方的洞穴，可以遮风避雨，提拉森经常会在那里歇脚。他肯定没有预料到这场灾难。风暴烈酒师傅，去把你的'治愈'麦芽酒灌上一桶。第一与第二间禅房的人将会组织人马前往搜救。"

沃金仰起头问道："我需要做些什么？"

"回去做你的杂务吧，沃金。"祝踏岚没有用到"健"这个称呼，"这里你帮不上忙。"

"他会死在这场暴风雪中的。"

"你也一样，而且会死得比他更快。"这位年长的熊猫人挥出手爪，示意众人可以开始执行命令了，然后对着沃金继续说道，"你太不了解这种暴风雪了。你也许能够粉碎石块，但这风暴却能粉碎你，它会掠走你的体温和全部力量。在找到他之前，我们就得先把你给抬回来。"

"但我无法就站在这里……"

"坐等结果吗？那好，我就给你一个任务，一个需要深思的问题。"熊猫人用鼻子呼出一口气，但他的语气依旧平淡，没有一丝涟漪，"你是真心希望出去营救那名人类呢，还是想满足你作为英雄的自尊？在你想清楚这个问题之前，那边还有很多灰尘需要擦拭呢。"

沃金在心中愤怒地咆哮着，却没有将之诉诸言语。这是事实，武僧师傅所说的两件事全都一语中的，如他麾下的弓箭手射出的箭矢一般精准。这场风暴的确足以致沃金于死地，甚至在他完全健康无恙的情况下都能将其摧毁。暗矛巨魔从来没有像现在这般需要那种面对冷言冷语的忍耐力。

然而更为重要的是他那句直击内心最深处的话语。祝踏岚看穿了沃金想要参与这次救援行动的原因。他并非一心只为提拉森·克尔特的安危着想，他更多是出于对自尊的考量。当危险降临急需援手之时，他不想只是站在一旁观望，这是软弱的表现，而软弱正是他不愿承认的一面。如果他能救出提拉森，那他和自身的形象便会随之超越那个人类。那个人类曾经目睹过他的软弱，这一点让沃金心有不甘。

沃金干着手中的杂务，开始意识到自己似乎一直蒙恩于他。这令他颇有些坐立不安。巨魔和人类从来都是真心相待——通过憎恨的方式。沃金杀过的人类已经无从算起。他和提拉森是天生的敌人。而且在这里，熊猫人之所以想要让他们待在一起，也正是因为他们这种绝对的对立。

这个人类给予他的除了善良好心以外，还有什么呢？沃金很想简单地把这当作是软弱，是因为恐惧而委曲求全。提拉森希望沃金在完全康复之时不会杀了他。这样的杀戮对许多巨魔来说都不难想象，他们都会把这当作是洛阿神灵的旨意，但沃金对此无法接受。提拉森对他的关怀或许只是完成任务，但那次的那件长袍却并非只是履行仆人的职责。

那包含了更多的意义，值得尊重。

沃金清扫完了高层的架子之后，又开始擦拭最底下的那层。这时候搜救小组回来了，他们的声音听上去很兴奋，应该是成功了。午膳之时，沃金先是寻找着提拉森，随后是老陈和祝踏岚，但他谁都没有寻着。他又开始用目光搜索着治疗者的影子，的确有那么一两个，但他们也只是随手扒了几口饭，旋即便没了踪影。

风暴的侵袭意味着这将是灰暗阴沉的一天，最后会以更深的黑暗与更凛冽的严寒来宣告尾声。傍晚时分，在武僧们齐聚用膳的时候，一位年轻的女武僧找到了提拉森，并将他送到了医疗处。老陈和祝踏岚在那里等着他,看起来都不怎么开心。

提拉森·克尔特躺在床上,脸色灰暗,眉头还蹙着汗珠。几块厚毯子严严实实地裹着他,一直盖到了脖子的位置。他努力想把毯子掀开,但身子是那么虚弱,就连这一点也没法做到。怜悯从沃金脸上一闪而过。

禅院掌门指着沃金说道:"有件事需要你去办,如果你不做的话,他就会死掉。而在你生出任何不光彩的想法之前,我必须警告你,如果你拒绝,你也会跟着他一起死去。并非我会动手,也并非此地的任何一位武僧,而是此前你在石块之上击碎之物,会伺机重新潜入你的灵魂,将你置于死地。"

沃金单膝跪地,凝视着提拉森的脸庞。恐惧、憎恨、羞耻,这些情感一一在他身上掠过。

"他沉睡着,身陷梦境。我能为此做些什么?"

"不是你能做什么,巨魔,而是你必须做什么。"祝踏岚缓慢地呼出一口气,"在这里的东南方有一座庙宇。潘达利亚有无数座庙宇,但是这一座,无论是它本身还是住在其中的武僧都不简单。少昊皇帝凭借着他的智慧封印过一只煞。煞和你们的洛阿神灵有些许相似的地方。他们是由智慧种族的负面情绪汇聚而成。而在青龙寺中被皇帝封印的那一只,叫做疑之煞。"

沃金蹙着眉头。"怀疑怎么会生出形体?"

"没有?那被你一拳摧毁的是什么?"祝踏岚将双爪负在身后,"你有质疑,我们都有质疑,煞便利用它们。它用质疑攻心,麻痹我们的思想,扼杀我们的灵魂。我们影踪派就是为了对抗煞而受训。然而不幸的是,提拉森·克尔特在他还没有准备好之前就遭遇了它们。"

沃金再一次站了起来。"我能做些什么?我必须做什么?"

"这些日子以来你就是他的世界,而且你深知质疑为何物。"祝踏岚对老陈点了点头,继续说道,"风暴烈酒师傅已经按照药剂师的方子调配好了药引,我们称之为'溯源酒'。你与他一并饮下,由此引你进入他的梦境。洛阿神灵时常会借你之手行事,而这一次你当借他之手。沃金,你已经摧毁了质疑,但提拉森仍然在受其困扰。你必须找到它,然后将之驱逐。"

巨魔眯起眼睛问道:"你不能吗?"

"事关人命,如果我办得到的话,你觉得我还会放手让一个几乎是见习者的人去做吗?"

沃金低首答道:"当然不会。"

"巨魔,有件事情你要谨慎。要明白你的所见所感并非真实存在。这只是他对于过去的记忆。就像你跟战争中每一个幸存者交谈,他们每一个人的故事版本都会不一样。所以不要力图去弄懂他的记忆。你只需要找出他的质疑,然后连根拔起。"

一位女僧同老陈一起搬来了另一张床,但沃金大手一挥拒绝了。他舒展四肢躺在了提拉森一旁的地板上。"这样我会更加谨记自己的巨魔身份。"

他接过老陈递过来的木碗。这碗深色液体喝上去有油腻味,且有一股像掺了荨麻一般的刺感。舌尖上的酒很快就发酵了,只留下一些微妙的麻木感。他连吞两口,将这碗溯源酒咽进肚子,然后躺回原位,合上双眼。

他尽可能地引导着自己的意识,逐渐靠近洛阿神灵,但他眼前的光景却毫无疑问是熊猫人式的风景——纵然有片片雪点掠过,它依然被整片碧绿和暖灰色所倾覆。祝踏岚立在那里,像一只沉寂的幽魂。他的右爪指向一个黑黢的山洞。熊猫人的脚印标明了方向,但那踪迹最终止步在了洞口。

沃金扭动身子闪躲着，侧身而入。石墙收紧了，有那么一瞬间他甚至担心自己无法穿过此处。而后伴随着一阵撕裂感，他成功了，并且兴奋得几乎要尖叫起来。

沃金附身于提拉森·克尔特，借他的双眼观察着，发现整个世界都笼罩在一片耀眼的翠绿之中。他赶忙抬起一只手挡住眼睛，但随即察觉到了一些惊人的变化。他的手臂变得很短，身体变得更加宽阔但却更加无力。他只能迈出细碎的步子。目光所到之处，男性和女性的人类们都腰佩锋利的武器，身负调校过的铠甲，其外还罩着纹绘金色徽记的暴风城战袍，而锦鱼人士兵则站在一旁敬畏地观摩着。

一位年轻的士兵出现在他眼前，并向他行礼。"先生，战地司令请求您前往山中的营地。"

"多谢。"沃金顺着这记忆一路前行，并开始习惯这副人类之躯。提拉森背上负着弓箭，腰间悬着箭囊。一小部分盔甲在身上沙沙作响，但底下的皮具包裹保护着他。这些皮具的材料都是从他杀死的野兽身上取得，他自己鞣好这些皮革，并且缝制成型。他不信任其他任何人的所备之物。

在意识到这些小情绪之后，沃金笑了。

提拉森毫不费力地攀上了这座山坡，沃金此时才明白为何他会这般享受逗留此地。他停住了脚步，眼前出现了一个留着浓密胡子的魁梧男人。这位战地司令的铠甲闪烁着熠熠光辉，白色战袍上看不到一丝血迹。

"长官，您要求见我？"

这个男人叫伯登·范尼斯特，他指着脚下的山谷说道："那里就是青龙寺腹地，我们的目标。表面上看上去风平浪静，但我知道事实绝非如此。我已经从军队中精选出了十二名散兵,他们都是最好的猎人。我要你带领他们前去侦查并回报情况。我们不能遭受埋伏。"

"明白,长官。"提拉森潇洒地敬了个礼,"您一小时之内就会接到我的报告,最多两小时。"

"我给你三个小时。"这位战地司令也向他回了一个礼,示意解散。

提拉森疾速离开,沃金记录下了他的每一个情绪。他们沿着石山的小径而下,巨魔注意到这个男人拒绝跳跃。他想从这些抉择中找寻出"质疑"的蛛丝马迹,但相反,他只从中看到了自信。提拉森十分了解自己的身体,那些对巨魔来说稀松平常的下山方式,放到人类身上很可能就会折断一条腿或是扭伤脚踝。

人类竟然如此脆弱,这让沃金感到诧异。这种脆弱使得他在战斗中可以轻易地折断或是剁掉人类的肢体,他原先一直都乐在其中,但现在却思忖了起来。死亡来得如此容易,这一点他们都心知肚明,但人类和巨魔仍然在不断斗争着、残杀着,丝毫没有畏惧。死亡就好像是一位他们熟知的老朋友一样,可以随意拥抱。

提拉森加入到了这十二名猎人组成的小分队之中,沃金注意到他并没有自己的动物伙伴。其他人都有各自的动物伙伴同行,而繁复的种类印证着他们曾经周游过的地点。迅猛龙、海龟、巨型蜘蛛、吸血蝙蝠,以及其他世界各地的各种生物——人类猎人们以一种沃金无法理解的逻辑选择了各自的伙伴。

提拉森做了一个简洁明了的手势,将命令下达给他的士兵们,他们随即分散成了几个小组。就如同在机会棋盘上调兵遣将那样,他带着自己的那支小组直奔南方,向着最远的目标而去。他们行动迅捷而又悄然无息,像那些有着丝绒般轻柔脚步的熊猫人武僧一般隐秘。提拉森持箭在手,但却并没有搭上弓弦。

当尖叫声从西面传来的时候，所有事情都为之改变了。若不是沃金深谙战争的意义，亦明白它能够对意识造成怎样的转变，他早就迷失了自我。时间仿佛放慢了速度，他看着祸端显露，随即开始像这场灾难爆发的速度一般全力飞奔。眼看着一支利箭飞向朋友的过程漫长得好像没有尽头，但是接下来鲜血喷涌而出，却只在顷刻之间。

那里原本没有敌军，但现在一支庞大的队伍包围了他的部下。古怪的魂体生物迅速地移动着，撕心裂肺的尖啸声像共鸣一般从喉腔中发出。人类小队的动物伙伴们咆哮嗥叫，撕咬抓刨，但一拥而上的敌人瞬间就把它们撕成了碎片。

对提拉森来说，他要做的就是努力保持镇定。他握紧弓背，让箭矢一支又一支接连射出。在影踪禅院的时候，即便是对于武艺精湛的熊猫人来说，张弓搭箭的提拉森也让他们自愧不如。沃金毫不怀疑他能够直射武僧的箭头，将它劈成两半之后继续长驱直行。

一个女猎人倒下了。她深色的头发顺滑光洁，就像陪伴在一旁的那只山猫一样。提拉森怒吼着，朝着她狂奔而去。他朝着那只袭击她的煞魔加速放箭。他杀死了一只，随后是第二只，但突然间一块石头滚到了他脚下，他错失了第三只。

沃金借着提拉森的视界目睹了这一切，他知道最后那一箭其实已经不重要了——那女人红色面具下的双眼已然呆滞无神。她血流如注，战袍已被染透。如果她的死有什么让人记住的地方，那便是她把手轻柔地放在了死去伙伴的宽大脑袋上。

提拉森单膝下跪，忽然一个东西从侧面猛地袭击了他。他飞了出去，手中的弓箭也顺势滑落。他撞到了一块磐石上，左腿当场折断，一阵剧痛如电流一般穿过他的身体。他试着跳起来，但只在地上滚了一下便停住了，映入眼帘的是那个死去的女人。

要不是因为我，她现在还活着。

就是这里，"质疑"的源头。沃金低头看着那条附着在荆棘上的黑色丝线。它刺伤过他一次，虽没有刺中心脏，但却灼伤了他的背部。此刻它再次出现，泰然自若，就像是一条伺机出动的毒蛇，对准了提拉森的心脏。

沃金将灵魂之手伸向荆棘之下，像捉蛇一般抓住了它。他用大拇指摩挲着它，然后猛然将它掐断，随后他又伸手往下，斩断了那条更长的丝线。

被切落的其中一段利落地蜿蜒滑行，渗入了提拉森的体内，将他的心脏紧紧缠绕，并且加剧收缩。它让这个男人的身体变得紧绷，背脊也弓了起来，但残破的丝线无法缠得更紧。它在一阵绞缠之后便匆匆逃离。

这缠绕让人类感受到了噬骨般疼痛，并逐渐由脊椎蔓延到大脑。剧痛将他彻底碾碎，让他从嘴里挤出了痛不欲生的嘶吼。沃金脑中的提拉森影像如被涡流吞噬一般逐渐匿去。就像是黑洞出现在眼前一样，周围一片漆黑，但紧接着银色的光亮爆炸开来，让人类和巨魔都为之震骇。

* * *

沃金痉挛着，他四处探寻着身上的伤口，汗水浸透了脸庞。他攥住大腿，感到痛苦正在褪去。他喘着粗气，将目光转向提拉森。

人类已经恢复了气色。他的呼吸开始变得顺畅，也不再在毯子下挣扎了。

沃金观察着他。他仍然很虚弱，这是一种沃金在走入他的内心之前根本无法想象的虚弱。这个人类的意志如钢铁般坚强,他会让自己恢复的。沃金知道这是许多人类共有的特性。从某些方面来说他很讨厌这一点,因为这会在战争中为巨魔带来许多麻烦。但是在另一方面,他又钦佩着这种精神,因为它能予人拼死抵抗的力量。

巨魔仰起脸看着掌门祝踏岚。"有些跑掉了。我没能全部击破。"

"你所做的已经足够了。"熊猫人武僧郑重地点了点头,"就目前来说,已经足够了。"

第 8 章

提拉森的热病随着这场风暴一起爆发，让老陈忍不住有些怀疑这不是单纯的自然现象。不过这个想法并没有持续太久。在最后一片雪花飘落的时候，老陈看到雪百合在阳光下茁壮成长的样子。这些景致都让那个邪恶的念头无法在心中生根，因为恶灵绝对不会与这样的美好共存。

祝踏岚没有试图去判断风暴的起因，但他分别派了武僧去南面、西面和东面去评估损失。老陈自告奋勇要前往东面，因为那是白虎寺的方向，可以顺道看看他侄女现在过得如何。祝踏岚应允了他的请求，并保证在他离开期间，提拉森将会得到最好的照顾。

对老陈来说，走出禅院的感觉颇为良好。旅行能够满足他对流浪的渴求。他很肯定大多数武僧下山都是为了追逐这种独自漂泊之感。他们的想法与那些居住在神真子背上的熊猫人类似：渴望去感知这个世界，就像是本性失去平衡，偏向了火金那一边。

老陈不否认他热爱游历与探险。其他人也许只是因为害怕束缚而渴望旅行，但老陈不是。他转过头笑着对他的同行伙伴说道："我感觉每一次背上行囊出走，都是为了把享受安逸的机会留给别人。"

雅丽亚·圣言回以他一个古怪的表情，但还是携着几分笑意。"风暴烈酒师傅，我们又要进行一次没头没尾的谈话了吗？"

"抱歉，圣言。有时候脑子里千头万绪，杂乱得像机会棋的棋子一样，永远也不知道最后哪一面会朝上。"他往回指了指那座已经藏在一抹云彩之后的禅院。

"我热爱那间禅院。"

"但你就是没法在那待上一辈子。"

"嗯，应该是吧。"老陈锁着眉头说道，"我们以前有讲过这个话题吗？"

她摇摇头。"风暴烈酒师傅，有好多次当你突然停住手上的工作，或是注视着别人向着山间启程出发的时候，你都会陷入迷思。你把注意力集中在了某个地方，就好像你在酿造美酒的时候那样专注。"

"你注意到了？"老陈的心跳开始微微加速。她一直在观察我？

"当一个人因为自己的理想而闪耀的时候，你很难不去注意他。"她的余光有些闪烁徘徊，然后挂上一个笑脸问道，"你想听听在你工作的时候，我是怎么看你的吗？"

"愿闻其详。"

"你会变成一个发光体，风暴烈酒师傅。你云游四海，留下足迹的地方远不止潘达利亚，而且你做事总是一丝不苟。就拿你为巨魔酿的那一桶'治愈'来说吧。熊猫人中也有和你一样娴熟的酿酒师，或许他们的技艺比你还要精湛，但是他们缺乏游历的经验，这意味着他们不会懂得如何在酒中灌注属于巨魔的幸福。"她垂下目光，"恐怕我表达得不是很好。"

"我明白你的意思。谢谢你。"老陈笑了,"听到别人这样说自己真有点不好意思。当然,你的话没错,但我并不觉得自己是'一丝不苟'。我只是把酿造当作一种乐趣,一种能够馈赠予人的礼物。当我为你和祝踏岚掌门沏茶之时,我只是想表达我对这个世界的欣赏,同时向大家分享一些我的感悟。或者用你的话来说,这就是在分享这美妙世界的其中一部分。"

"的确如此。谢谢。"她点点头。此时他们正慢慢进入山谷,山谷的远处有一座村庄,一片片田字形的耕地环绕在它周围。"你先前的话语,暗示了你对于这次出行的积极性要高于对那只神龟的追寻以及对你侄女的探望。我说得对吗?"

"对。"老陈皱起了眉头,"但如果我能承认这一点的话,也就不会选择逃避了。其实我这也算不上是真正的逃避,我只是需要……"

"……新的视角。"

"就是这样。"老陈迅速点头赞同,她说出了他心中所想,"我负责照料沃金和提拉森·克尔特。他们也正在逐渐痊愈,但痊愈的只是身体而已,他们各自都承受着我看不见的心理创伤……"

雅丽亚回过身,将一只爪子放在了他的肩膀上。"这并不是你的错。他们隐藏起来的东西,都藏得很深。而且就算你看得到,你也无法迫使他们正视这些东西。你可以鼓励伤口的痊愈,但这种痊愈无法强行为之。有时候,等待对于治疗者来说也是一种伤害。"

"这是你的经验之谈?"老陈边说边跳过一条小溪流。

雅丽亚也轻快地从石块上跃过。"是的,我的经验,难以忘怀的经验。影踪派的大多数新人都需要经历一系列试练,但并非全部如此。风暴烈酒师傅,关于那些其他的熊猫人幼童,特殊的幼童们,你知道他们是怎么被选中的吗?"

酿酒大师摇了摇头。"这我可从来没想过。"

"传言说有些幼童不需要接受炎花试练。他们的命运与常人截然不同。"

她的目光愈加悠远,声音也越发柔和起来。"这些幼童都有着超乎年纪的智慧。有人说,他们表面上是幼童的姿态,但内里却住着古老的灵魂。好心的旅人曾给予他们帮助,而传言说这些旅人亦都是神灵的化身。这些幼童被影踪掌门接收,他们被称为降世灵童。

"我就曾经是一名这样的灵童。我的故乡卓金村在北方的海岸线上。我的父亲是个渔民,他有着自己的渔船,生活富足无忧。而除了我家以外,村庄里还有着许许多多同样自得其乐的家庭。随着我渐渐长大,我开始明白日后我会嫁给另外一个渔民的儿子。问题是,提亲的人有两个,两个人都长我六岁。他们想要引起我的注意,以及全村人的注意。决定很快就做出了,我会嫁进那个财富有保障的家庭。"

雅丽亚瞥了他一眼。"风暴烈酒师傅,你要知道,我很清楚这个世界的规则。我知道我就是一个筹码,我在生活中就扮演着这样的角色。或许等我再长大一些,我会怨恨这样的'货物交易',但随后我看到的现实却让这一点变得无足轻重了。"

"你看到了什么?"

"在最初的时候,殷琪和陈华都是在友好地竞争。他们是熊猫人。他们滑稽、嘈杂、精力旺盛,但从来不会伤害别人。只可惜事情总是会慢慢累积。他们的行为都在逐步加剧,两人都在怂恿对方更进一步,话语还时常透着尖刻。"

她张开手爪。"我能看到别人看不到的事情。这种朋友间的竞争可能会演变成敌意。这件事可能永远都到不了动用武力的地步,但他们两人都会做一些事情来证明他们比对方更值得拥有我。他们甚至要承担一些过分又愚蠢的风险。哪怕我做出了选择,这种竞争也会持续到一方头破血流为止。而活下来的那一方也会一辈子都会生活在愧疚之中。如此一来,毁灭的将是两条生命。"

"算上你自己的话,是三条。"

"这个道理是我在很多年后才明白的。而当时我还不到六岁,我只知道他们会因我而死。所以,我打包好了一些饭团和几件换洗的衣裳,在一个清晨悄然离去。我的外婆看到了,但她没有为难我。相反,她用她最喜欢的一条围巾把我裹住,并对我低声说道:'我真心希望我能明白你的勇气,雅丽亚'。而后我便踏上了前往禅院的旅途。"

老陈等待着下文,雅丽亚却一直沉默不语。她的故事让他想要微笑赞许,因为她曾是如此勇敢、明智的一个幼童,敢于选择这样的旅程。但话说回来,这对于年幼的她来说又是如此可怕的一个抉择。他发现她的余音之下,潜藏着痛苦与伤悲。

雅丽亚摇了摇头。"讽刺的是,如今我却成为了炎花试练的评审。我从未经历过那些试练,现在却可以决定谁才能成为我们中的一员。如果用我对他们的苛刻标准来审视自己,我自己就没有资格留在禅院。"

这份违背你天性的职责,一定让你心里很难受吧……老陈心想着,弯下腰来熟练地采摘了一大簇点缀着"小红毯"的黄色花朵。他把花朵放在掌心反复摩挲。花瓣随之散发出沁人的香气。他把手掌递给她。

她把摊开的手掌捧在一起,接过捻碎的花瓣,然后深吸了一口气,叹道:"春日的寄望。"

"杜隆塔尔有一种类似的花,总是在雨后生长。他们称它为'心之所往'。"老陈用掌心擦着脸颊和脖子,"但巨魔不这么称呼它。他们确实有高尚的心志,却始终居安思危。我觉得他们好像认为曾经的安逸生活带着他们走向了衰败。"

"他们就任由自己被苦难驱使吗?"

"有一部分……事实上,有很多都是那样,但沃金不是。"

雅丽亚把那些黄色花瓣全都倒入了一只亚麻制的小袋子里,然后拉紧收口。"你这么了解他心中所想吗?"

老陈耸耸肩。"我想应该是的。"

"那么陈师傅,你也应该相信你的朋友会像你了解他一样了解自己。这会成为他痊愈之路上的第一个关键之处。"

* * *

他们原本打算连夜赶路,这样一来约摸黎明之时就可以抵达直通白虎寺的小径。然而在走了还不到三里路的时候,他们就遇到了一对正在料理萝卜作物的年轻熊猫人。他们的动作看起来都不太利索,实际上,他们架在手中的锄头和钉耙与其说是农具,倒不如说是拐杖更为贴切。伤痕累累的外表和气急败坏的神情都表明他们显然是刚经历了一场惨败。

"这不是我们的错。"其中一个一面抗议,一面盛着煮好的萝卜粥,"风暴之后,兔妖就一直在抢夺我们的粮食。我们向一个路过的流浪者求助,但第一场战斗才刚结束,她就想着跟我们讨好处了。我给了她一个吻,我哥哥还给了两个。你得知道,若不是这些绷带,我们的模样都相当俊俏。"

另一个飞快地点点头,但马上又抬起手扶着脑袋,好像自己的头骨都快散架了似的。"不过即使作为一条'野狗',她也算是个年轻漂亮的小东西了。"

老陈眯起双眼。"她的名字是不是叫做丽丽·风暴烈酒?"

"你也和她发生过冲突?"

老陈龇着牙,低吼了一声。在这种情形下,这是一个叔叔必须要做的事情。"她是我的侄女。我可是更野的一条狗。她留着你们俩的小命必定有她的道理。告诉我们她往哪个方向去了,否则我就得考虑要不要尊重她的决定了。"

两个熊猫人心惊胆战地使劲指着北边,然后为自己求饶道:"雪灾过后人们就纷纷从南边过来寻求帮助。我们也分发过食物的。我们再为你们打包一些路上带着。"

"你会找个篮子,然后亲自带过来吧?"

"对,对。"

"很好。"

老陈和那两兄弟都不言不语,雅丽亚也沉默着,但她的沉默却有着不同的寓意。喝过粥之后,老陈沏了些茶,并加了一些能够帮助两兄弟痊愈的辅料。"把这些茶叶放在布里攥干,然后把它当作药膏敷在身上,对你们的伤口会很有帮助。"

"明白了,风暴烈酒师傅。"石耙家族的兄弟俩在两位旅人离去的时候频频鞠躬以示告别,"谢谢您,风暴烈酒师傅。愿你和你的侄女旅途一切安好。"

他们翻过一座小山,农田已经在看不见的另一头了。此时雅丽亚打破了沉默。"你不会对他们动用武力的。"

老陈笑了。"你这么了解我,这应该不能算是个问题吧。"

"但你确实吓住了他们。"

他张开双臂,将眼前这峡谷和峭壁的山景纳入怀中。峡谷下面有一条蜿蜒的小溪，没有阳光的地方清澈湛蓝，而被直射的地方则银光闪烁。碧绿，满眼的碧绿深邃清幽地环绕着饱满的茶色耕地，宣示着这块土地的肥沃。即使是两旁的建筑也毫无开拓的痕迹，它们与这景色合二为一，甚至为它锦上添花。一切都是难以置信的融洽。

"我在神真子的背上长大。我热爱我的家乡。但是当我看到这里时，怎么说呢，我感觉就像是活在一幅画卷之中。一幅迷人的图画，是的，一幅关于潘达利亚的图画。这块土地在向我召唤，它填补了我心中从未被发掘的空缺，或许这就是我四处游荡的原因。我在期待着，但不知道为何期待。"

他蹙着眉头。"比起朝着丽丽咆哮，我更多时候都在朝着那些把她称为'野狗'的人咆哮。无论对她还是对我来说，潘达利亚都像是家园一样。它是可以让我有归属感的地方。"

"但那两个人就像其他那些人一样，总是不断地提醒着你们不属于潘达利亚。"

"你明白的。"

她递给他那包"心之所往"的香囊。"或许比你还要更加明白。"

* * *

他们北上前往卓金村的旅程不是靠天或者小时来标记，而是靠沿路之上丽丽留下的种种传言。她乐于助人，但又容易情绪激动。不止一个人把她看作野狗，从他们口中的描述来看，现在连她自己都这么称呼自己，而且语气似乎还颇为自豪。老陈禁不住笑了，不难想象潘达利亚已经遍地都是关于"野狗"的传说。

卓金村依山傍海，他们在这里找到丽丽时，她正在村子里辛勤劳作。之前的风暴击毁了几座房屋,卷走了一艘渔船,码头也因为固定船只的木桩而被拉扯撕碎。丽丽全身心地投入到了抢修工作中。他们抵达此地之时,她正在一旁监督着打捞船员,并大声指挥着木匠们,让他们加快修补房屋的速度。

老陈抓起丽丽,抱着她转了几圈,如同她还是孩童时那样。她尖叫着,但这次是为了抗议叔叔正在摧毁自己好不容易建立起的体面形象。他将她放下,随后带着敬意深深鞠躬。这个姿势止住了她咯咯的笑声,但她在回以更深更久的鞠躬之后,又接着大笑不止。

老陈向雅丽亚介绍了自己的侄女。"雅丽亚·圣言,她和我一道从禅院行至此地。"

丽丽挑起一道眉毛向雅丽亚问道:"这趟旅途肯定相当漫长。你是怎么让他滴酒不沾一路跑到这儿的?"

雅丽亚笑了。"我们一路追寻着野狗丽丽的故事和她的战绩,让旅途变得相当有趣。"

丽丽喜笑颜开,用手肘捅了捅他叔叔的肋骨。"陈叔叔,她是个犀利的家伙呢。"她挠了绕下巴,又继续说道:"圣言?这里有一个圣花家族,听起来和你的名字差不多。他们都幸存下来了,只是有一些磕碰和擦伤。"

"这真是个好消息,丽丽。"雅丽亚恭敬地点了点头,"如果有余暇的话,我也许会去登门拜访,见见这个名字和我如此相像的家族。"

"他们肯定会对这种巧合感到惊讶的,我肯定。"丽丽环顾村子四周,"我要回去工作了。这里的村民们对水上作业驾轻就熟,但他们在陆上还需要一些帮手。"

丽丽再次拥抱了叔叔,而后便跑回了工作队伍中。当她靠近的时候,工人们干活的速度明显加快了许多。

老陈歪着脑袋。"自从加入禅院，祝踏岚为你更名之后，你就再没回来过。你的家人知道你还活着吗？"

她摇摇头。"陈师傅，我们之中有些人生来就是野狗，还有一些人则是出于自己的意愿成为野狗。而这也是最好的选择。"

老陈点头认可，然后便沉浸在那包"心之所往"的清香中。

第 9 章

沃金带着机会棋的棋盘和棋子走进来,惊诧地看到提拉森已经起身离床。他独立行至窗边然后靠在窗台之上,就和沃金曾经所做过的一样。而且巨魔注意到,这个人类的拐杖依旧还留在床脚。

提拉森回头望着他说道:"我没看到任何风暴存在的迹象。有人说看不见的敌人才是最可怕的。而现在就看不到这场风暴的踪影,完全看不到。"

"祝踏岚说这场风暴不太常见,但也并非罕有。"沃金把棋盘放在了旁边的桌上,"它到来得越晚,势头就会越凶猛。"

男人点点头。"虽然风平浪静,但我能感觉到它。空气中始终藏着一丝寒意。"

"你不应该赤脚。"

"你也是。"提拉森有些趔趄地转过身来,手肘撑在窗扉上,"你努力让自己适应寒冷,天未亮就起身面朝北方立在雪中。你面前的积雪整整一天都被影子覆盖着。这行为令人钦佩,但实在是很愚蠢。我不支持你这样做。"

沃金哼了一声。"用愚蠢来形容巨魔可是极不明智的。"

"我希望你能从我的荒唐事中吸取教训。"提拉森把自己从墙上支开,艰难地朝床边走去。他现在除了还有些虚弱以外,基本上已经没有跛脚的样子了。沃金看着他,并没有伸出援手的意思,这是他们之间游戏的一部分。

提拉森笑了笑,他够到床边的踏足板,然后在床沿上坐了下来。"你迟到了。他们有让你处理我的杂务吗?"

沃金忽略了这个问题,兀自把小桌拖了过来,并拿了一把椅子。"这能加快我的恢复速度。"

"现在变成你照顾我了。"

巨魔抬起头来望着他。"巨魔可不会不讲义气。"

提拉森大笑道:"我了解巨魔,这个我知道。"

沃金把棋盘移至桌子中央。"你知道?你还记得你曾评价过我的巨魔语吗?你说我有荆棘谷的口音。"

提拉森取过一只罐子,把黑色的棋子倒了出来,然后分成六堆。"你想知道我是怎么学会的吗?"

沃金耸耸肩,不是因为他不想知道,而是他知道不管怎么样,这个男人都会告诉他。

"你说得对,就是荆棘谷。在那里我遇到过一只巨魔,然后雇用了他一年作为我的向导。他对于这份工作相当尽职。我也就是在那时候开始学习巨魔的语言。起初他并不知道,我只是偷偷听他说话,之后才开始交谈。对于学习语言我有一些诀窍。"

"这个我信。"

"一个人的足迹就是一门语言。我跟着他。每一天我都会从起点沿着脚印追寻他的去向。无论晴雨,我都坚持不懈,一路下来让我学会了从足迹去判断一个人已经过去了多久,步伐有多快,个子有多高。"

"后来你杀了他吗?"

提拉森把那堆黑色的棋子又放回了棋罐里。"我没杀他,但我杀过其他巨魔。"

"我并不怕你。"

"我知道。而且我也杀过人类,和你一样。"这个男人把棋罐放到桌上,"这个巨魔在祈祷的时候称自己为克伦德尔。我觉得应该可以这么称呼他。他告诉我他可以和神灵对话,不过我已经忘记他是怎么称呼那些神灵的了。"

沃金摇了摇头。"根本就不是什么忘记,这是巨魔一族的秘密,他不会告诉你的。"

"时间长了他就开始变得有些暴躁,就像你一样。长久以来他一直都在对他们倾诉,但从未得到过回应。"

"你的圣光有回应过你吗,人类?"

"很久以前我就不再相信圣光了。"

"所以圣光抛弃了你。"

提拉森笑了起来。"我知道我为何会被抛弃。跟你的原因一样。"

沃金摆出一张木头脸,不再显露任何情绪。他知道人类违背了自己的内心。实际上,自从他进入提拉森的梦境,看到了他眼中的世界之后,洛阿神灵已经变得有些遥远而沉默了。他可以感受到邦桑迪、希里克和希尔瓦拉,但他们灰色的轮廓已然黯淡,消散在了白色的回忆浪潮之中。

沃金仍然相信洛阿神灵，相信他们的指引与馈赠，也相信信仰的必要性。他是一名暗影猎手，他能够和提拉森一样轻易地阅读一个人的足迹，他与洛阿神灵的交流也同样是轻而易举。但是在那场风暴里，踪影无迹可寻，狂风吞噬了言语。

他尝试过寻找他们。事实上，正是他的最后一次尝试让他今天赴约时来迟了一些。沃金在房间中让自己完全进入了禅定状态，他已经可以在意识上超越周围的环境进行移动，但即使这样也无法穿越这场暴风雪的边界。寒冷、遥远的家乡，以及进入到人类内心的经历，似乎就是这些林林总总的事物让他心烦意乱，让他无法打破屏障，建立起与洛阿神灵之间的桥梁。

自从邦桑迪放弃了对沃金的要求之后，他似乎就对这名暗矛巨魔失去了兴趣。

巨魔仰起头问道："你为何会被抛弃？"

"恐惧。"

"我从不会感到恐惧。"

"你明明害怕。"提拉森用一根手指敲打着太阳穴，"我的意识仍然可以感觉得到，沃金。深入我肌肤之下让你感到惊恐。不是因为你对此感到厌恶，不仅仅因为如此，还因为你发现我竟是如此脆弱。是的，我仍然可以感觉得到你当时的想法是那么苦涩、浓稠，黏在身上仿佛永远都不会消失。我会非常重视这次经历带来的感悟，我很确定，但你却似乎错过了它想要传递给你的信息。"

沃金有些不太情愿地点了点头。

"我的不堪一击让你记起了自己也曾经徘徊在死亡的边缘。我当时左腿受伤被困，无力逃脱，也知道自己就快死了。而那些刺客试图杀掉你的时候你肯定也有同样的感觉。你还记得后来发生了什么吗？"

"老陈找到了我，把我带到了这里。"

"不，这是别人告诉你的。"人类摇了摇头，"沃金，你自己记得的是什么？"

"在我进入你的回忆时，你探查过我的内心吗？"

"不，杀了我也不会干那种事。你已经知道了我有多脆弱，而比这更糟糕的事就是得知你的内心也一触即溃。回到刚才那句话，你还记得接下来的事情吗？你知道你是怎么到达被老陈救起的地点的吗？你知不知道自己究竟为何还活着？"

"人类，我活着，是因为我拒绝死亡。"

这个渺小的人类傲慢地大笑起来。"你就这么自欺欺人吧。这正是你惧怕的东西。你没有意识到，过去的你和现在的你之间的记忆之链已经被切断了。你可以回想曾经的模样，也可以质疑现在的自己，但它们之间始终都会有一段空洞。你自己也无法确定这其中究竟发生了什么。"

沃金锁紧眉头。"那你就确定了？"

"你想知道我是谁吗？"提拉森再次大笑，但这次的笑声变了，变得有些忧郁，还带着些许疯狂，"你已经见到过那段回忆了。现在你想不想知道接下来的事情呢？想不想知道那些你没看到的部分？"

沃金再一次点头示意，避免与他产生言语的碰撞。

"那时的我已不再是提拉森·克尔特了。我匍匐着向前行进，不像人类，倒像是一只野兽。也许我眼中的自己也正是巨魔眼中的我。我曾与那么多的王侯贵族共聚一堂，享受世上最美味的佳肴，但那时却沦为一个伤痕累累、饥肠辘辘的可悲之人。我窥视着枯木下的蠕虫。我吃下树根——希望它怎么了结我怎么治愈我，但这最终只是让伤病变得更加严重。我把泥土涂满全身，希望可以借此躲避虫豸。我编了枝叶，将它们盖在头上，以免被道路两旁的猎人发现。我羞于在人前露面，强迫自己与世隔绝。直到有一天，一个悠然哼唱小曲的熊猫人在采摘草药之时偶然发现了我。"

"你为什么不去寻找你的伙伴？"

这问住了提拉森。他默然低下了头，然后艰难地咽了一口口水，用更加干涩的声音幽幽地说道："我的伙伴所认识的是从前的我。我不能让他看到我当时的那副模样，那是对他们的羞辱。"

"现在呢？"

人类摇了摇头，继续说道："我已经不再是提拉森·克尔特。我的伙伴也不会再回应我了。"

"这都是源于你对死亡的恐惧吗？"

"不，我害怕的是其他的东西。"人类抬起头，眼睛里闪烁着翡翠色的光芒，"害怕死亡的是你。"

"死亡吓不倒我。"

"我指的可不仅仅只是你的死亡。"

人类的话像一把利剑直刺沃金的胸膛。人的一生就像是一条环环相扣的链条，沃金过去犯下的错误导致了他差点被杀死。但他活了下来，并吸取了教训，再不会重蹈覆辙。可脑海中还是有什么东西在隐隐作祟，让他觉得自己之所以会变成今天这副低声下气的模样，是因为以前在哪里做错了什么。沃金极力想要否定这个念头，并告诉自己他有权利犯错，可他不得不承认如今的一切都说明他已经不再是曾经的那个巨魔了。

链条已经断裂，连接不复存在。

沃金不仅仅只是一名巨魔，他还是一名暗影猎手，暗矛部族的首领，部落领袖中的一员。这只巨魔差点丧命。与洛阿神灵之间的距离是否昭示着暗影猎手的死亡？而他的死是不是又意味着暗矛将亡？部落将亡？

这是不是也意味着他父亲的梦想即将破灭？如果真是如此，那为了将回音群岛从扎拉赞恩手中解放的战争岂不是一场嘲弄？一切的流血牺牲都是徒然，所有的痛苦都毫无意义。事件接踵而至，他生活中的一切，所有的一切，都被拉进了巨魔历史的滚滚洪流中，被碾得粉碎。

我是否在害怕我的失败与死亡将导致暗矛的消亡，部落的消亡，甚至是巨魔的消亡？他倒在昏暗山洞的血泊中，但却在清幽的禅院中醒来，他想象着这二者之间漆黑的鸿沟。这鸿沟中的空虚会吞噬一切吗？

人类的声音依旧微弱得近似耳语。"沃金，你想知道什么叫真正的残酷吗？"

"告诉我。"

"你我都已经死过一次了。我们不再是过去的自己了。"提拉森低头看着空空如也的双手，"现在我们必须要做的是塑造自身，并非重塑，而是塑造。这才是残酷之处。在我们初次尝试之时，我们年轻、精力充沛，也并不知道梦想的虚无缥缈。我们以为只要踏出那一步，梦想就唾手可得。无知蒙蔽了我们，但热血和不屈不挠的自信帮助我们渡过了难关。如今，热血和精力都业已消失，我们老了，累了，懂得审慎了。"

"但肩上的担子也变轻了。"

男人冷笑道："不错。我想这或许就是禅院吸引我的原因吧。它很公平，分工明确，同时也有出类拔萃的机会。"

巨魔紧紧地盯着他。"你的箭术很好，但平日里你都只是在一旁看着那些弓箭手,你自己为何不射?"

"我还没有想好到底要不要让那成为我的一部分。"提拉森抬起双眼,欲言又止。

沃金歪着头说道:"你有疑问。"

"有疑问不代表非要求个答案。"

"说出你的疑问吧。"

"我们能克服自己的恐惧吗?"

"我不知道。"沃金抿着双唇,神情严峻,"但如果我找到了答案,你也会同样受用。"

* * *

是夜,沃金卧床入睡,安眠将白天的世界一扫而光,洛阿神灵用种种神迹告诉沃金他并未被抛弃。他发觉自己化身蝙蝠,与其他的伙伴成群结队,鼓翼穿过夜空。他并不是希里克的信徒,但洛阿神灵的恩泽还是让他化身蝙蝠。于是他与周围的同伴一起,用回声阅读着这个无色的世界,在无尽的黑暗中穿行。

成为暗影猎手对沃金来说意义重大,因为正是如此他才得以和洛阿神灵进行交流。他曾经无法看穿的虚空,也只有暗影猎手的力量才能打破。显然正是这些所有他背负着和学习过的东西,才让他获得无比强大的生命力以支撑着逃离洞穴。

山洞里的蝙蝠们,他们目击了那段虚空——那段被我遗忘的时光。即使幻境中唯一能感受到的只有蝙蝠的声音,但沃金依然希望这能够让他看到那虚空。他希望链条能够重铸,但他又十分清楚,要重铸谈何容易。

可转瞬之间，希里克又以他的智慧带领沃金进入了另一个场所和另一个时空。棱角分明的石砌建筑说明这里是一座新建的都市，没有遭遇战火也没有被废弃。沃金猜想他大概是被带回到了赞达拉创建诸多巨魔部落的那段时期，那也正是巨魔的鼎盛时期。蝙蝠成群地在中心庭院四周的塔楼高处筑巢，而庭院的正中，巨魔军团的人潮正熙熙攘攘地包围着亚基虫族的俘虏们。

丛林巨魔阿曼尼刚刚从与亚基帝国的战事中归来。沃金很清楚这些历史，他估摸着希里克是想让他了解更多阿曼尼帝国背后的光辉故事。

此时幻象也印证了他的想法。巨魔们将亚基虫人沿着石阶往上驱赶至祭司等待着的地方。侍僧把腹部裸露的虫人吊起来放到充斥着灵液的石造祭坛上，随后司仪祭司举起了一把短刀。刀刃和刀柄上都分别刻有洛阿神灵的象征符号。超声波让他能辨识出那把刀柄的样子，感受得到希里克的模样。顷刻间刀锋落下，撕开了祭品的胸膛。

然后，在祭坛之上，希里克现出了形体。虫人的灵魂变成缥缈的蒸汽从尸体上徐徐升起，任这位蝙蝠之神吸入。他轻轻拍打着翅膀，把越来越多的灵魂吸入体内。他变得越来越闪亮，身体的轮廓也越来越清晰。

回声并没有向他传达这些信息。这景象源自他心底，是他的自我提炼。作为一名暗影猎手，需要学会信任此种影像。希里克向他展示了敬奉的合理方式，这是真正属于洛阿神灵的荣耀与尊崇。

一个声音在沃金的脑中响起，这声音平静但却高昂。

"你为暗矛的存亡而劳碌，于是才有了这个敬奉我们的巨魔，但与此同时，这份执着也让你脱离了我们。你的身体可以痊愈，灵魂却不能。除非你能让自己回到正轨，忘却你与过去之间的鸿沟。"

"回到正轨就能够缩小鸿沟的距离吗,希里克?"沃金正襟危坐,向着黑暗发问。他等待着,倾听着。

黑暗之中没有应答。他将这视为凶兆。

第 10 章

卡拉很喜欢那件能带来温暖的虎皮斗篷，但此刻她却拒绝蜷缩在它的怀抱中。风暴袭击了这座属于雷电之王的岛屿，尽管其余威在拍散环绕在海港周围的木垒之后就消散殆尽，但阵阵凛冽的海风依然不停，吹得卡拉的肌肤如刀割般生疼。她很希望自己吃过的那些冰霜巨魔肉能带来一些抗寒的体质，但看起来并没有奏效。

算了，没什么大不了的，其实我更愿意品尝沙怒巨魔的肉。至少沙漠环境让那些东西尝起来别有一番风味。待在潘达利亚北部对卡拉来说实在是不怎么舒服，但这些日子总会过去的，总有一天他们会夺回卡利姆多。

那一天终会到来。卡拉深信这一点。所有的赞达拉都在为此努力着。而其他拥有高贵血统的巨魔部族都堕落了，他们不断地自我沉沦。不用舍近求远，眼前就有个例子：她的个子比所有非纯正赞达拉血统的巨魔都要高出一截。那些渣渣们对洛阿神灵的崇拜与卡拉的奉献精神比起来根本不足挂齿。或许有一部分巨魔也会遵从惯例，比如暗影猎手，但他们也不会像赞达拉那般严格地恪守传统。

许多次在她环游世界，执行维尔纳多交付的任务时，她都以为自己找到了线索，找到了那些沉沦巨魔中残存的昔日火花。她寻找着那些被过往遗落的存在，但一直都徒劳无功。很多人都只是一些伪装的冒牌货，他们声称自己带着赞达拉的传承，说得好像她和她的部族都已成明日黄花一样。这种事情时常发生，事实上是发生得太多了，这帮自封为救世主的巨魔是这个堕落世界里最可悲的东西。

所以她也不再为他们的屡次失败而感到惊讶了。

巨魔一族的学识和传统已经被研习和传承了千万年，在无数浸淫其中的巨魔里，维尔纳多脱颖而出，并且在赞达拉中取得了相当的地位。他不允许自己像别人一样心存杂念。他无意重建阿曼尼和古拉巴什帝国，亦无意循着从前的轨迹发展。相反，他承认了正是它们本质上的薄弱导致了失败。重建无非是再次招致失败，因此他往前追溯了更久远的历史，着力复兴了之前已经颇有成就的赞达拉—魔古联盟。

一位魔古船长走向她。尽管他们此刻正站在魔古族的城墙之上，船长还是显得对卡拉相当恭敬。他比她高出一个半头，黝黑的皮肤、结实的身形，以及雄狮般的英姿都与潘达利亚大陆无与伦比地契合。他的眉毛、胡子、还有头发都与他的肌肤形成鲜明的黑白对比。她头一次见到魔古战士的雕像时，总觉得棱角太过于分明，但如今亲眼见到魔古人之后，这个想法便不攻自破。他们的举手投足让人觉得一切的柔顺圆滑都只是对明确目的与强大勇气的不必要掩饰。

"女士，我们已经进入装载的最后阶段。潮汐退去后，我们就将向南起航。"

卡拉低头看着墨黑色的战舰在昏暗的水中上下浮动。她的军队，包括精兵亲卫都已经有条不紊地登船了。除去魔古族的斥候以外，这支先头部队都是由赞达拉的士兵组成的。尽管她也会考虑地精火炮或是其他的战争机械，但眼前这支部队没有矮小的巨魔，更没有其他矮小的种族。

码头上只剩下了两艘舰船。其中一艘是她的旗舰，按照计划将会最后一个离岸以便整编整支舰队。而另外一艘稍小一些的，此刻它本该已经到达防浪堤附近才对。"延迟是怎么回事？"

"有人在表示担忧，他们似乎看到了风暴的迹象和前兆。"魔古船长站得笔挺，两只硕大的拳头背在身后，"他们心存疑虑。"

她的目光变得饶有意味。"是萨满吗，非得要逼我亲自出面吗？"

"海潮六个小时之内就会来临。"

"等我下去，六分钟内就会搞定他们。"

魔古人满怀诚挚地鞠躬，卡拉几乎要把这当作是真心实意的了。这并不是说她认为他或是其他任何一个魔古人对赞达拉心怀怨恨，只不过现在，这些魔古人似乎已经后悔了向赞达拉寻求帮助，而且他们总是在背地里讨论着为什么赞达拉的援助需要这么长时间。

几千年过去了，回想往昔，在那段潘达利亚还没有被雾霾掩盖的岁月里，魔古人与巨魔相遇了。两虎相遇本该必有一伤，但是那时的魔古与巨魔们并没有这样做。他们明白，在强者与强者的对抗中，即便是胜利的一方也会被削弱，甚至于很可能会因此屈服于其他更弱的种族。这种悲剧是任何一方都不愿看到的。

魔古族与巨魔并肩协作，在世界上一齐奠定了自己的地位。但他们都面临着各自的挑战，随着各种事件不断上演，他们最终忘却了自己的盟友。魔古族与潘达利亚一同消失在了迷雾之中，而巨魔们发现自己的帝国已经四分五裂。如今再次重逢，这两个传奇般的种族却被迫切的难题困扰着，往昔的回忆已经变得淡漠，愤怒的火焰开始熊熊燃烧。

卡拉走下台阶，来回扫视着港口的战舰。台阶共有十七级，她不明白这对魔古族有什么特殊含义，她也无需明白，她的职责只是发号施令。而他，则要努力协调巨魔盟友与雷电之王之间的关系。力量与力量可以相互促进，直到双方都变得足够强大，得以恢复过往的荣耀，并重新夺回应有的权力。

她穿过一片拓居地，这个地方曾经在岁月的洗礼下变得破败，而如今却焕发新生。日复一日，越来越多的魔古人出现在这里。他们都曾轻轻地向她鞠躬，他们明白并且承认她存在的意义，因为她的行动为他们带来了喜悦，而往后还会有更多。

尽管他们朝她鞠躬，表现得毕恭毕敬，但他们举手投足之间仍旧流露出一种相对于她和巨魔的优越感。卡拉不以为然，她强忍着笑意，因为杀死这些魔古族对她而言简直是易如反掌。魔古族对自身不容乐观的处境毫不知情，这场联盟中他们毫无优势，若是赞达拉决定毁掉他们，必将是摧枯拉朽之势。

冰冷的海浪拍打着木桩，码头上浪花四溅。海鸥在上空盘旋鸣叫着，咸咸的空气中弥漫着腐鱼的气味。这些于她都是非同寻常的异乡之感。船只在港口深绿色的水面航行，缆绳和木板随之嘎吱作响。

她疾步登上那只略小的舰船。十几个萨满在甲板上围成一圈，约摸三分之一的萨满蹲在地上，整理着骨骼、羽毛、鹅卵石还有一些金属物品，其他的则谨慎沉默地站在一旁。看到她出现之后，甲板上的气氛更紧张了。

"你们为何没有起航？"

"洛阿神灵会不高兴的。"一个蹲着的萨满抬起头,指着羽毛上方交叉的两根骨头,"这场风暴不是自然现象。"

她克制着想要一脚把他踢开的冲动,扬起双手说道:"这就是你的解读吗?你是有多蠢?你先前还总是说在占卜中读到洛阿神灵将会庇护我们,说什么当洛阿神灵看到我们扬帆潘达利亚之时必定会非常高兴,而现在仅因为一场暴风雪就又开始抗议了?"

卡拉回身指了指掩藏在岛屿深处的那座宫殿。"你知道我们都做了些什么。雷电之王复活了。这场风暴就是为了向他致敬。全世界都在为他的回归而欣喜。所有的季节中,他最钟情于冬天;所有的天气里,遮天蔽日的冰雪与刺骨的寒风最能让他振奋。你也许对他没什么印象,但这个世界却记住了他,并欢迎他的到来。现在你摆弄着几根骨头就想左右洛阿神灵的想法?如果他们反对的话,那这场风暴又是怎么发生的?"

格里安祖尔转身面向她。他是其中最年轻的一位萨满,也是最明事理的一位。她中意他浓密的红发和他那强有力的獠牙,对此他心知肚明,他知道长官的信任可以为他赢得一些话语权。

"尊敬的卡拉,您所言极是。洛阿神灵当然能够阻止风暴,他们也早就可以阻止我们的舰队出海。我的同僚们或许是想要寻找一个并不存在的确切答案,但既然他们想要寻找,就说明他们心存疑惑。"

皮草在卡拉的后颈飞扬着。"你说得在理,请继续。"

"洛阿神灵需要并且理应得到敬奉——来自所有巨魔的敬奉。他们崇尚力量。虽然我们已经做好为对方牺牲的准备,这些牺牲亦会被世人尊崇,但这并非神灵所愿。如今神灵与我们的交流越来越少,因为他们还在试着与其他巨魔接触。这段潘达利亚之旅我们并不孤独,联盟和部落都在等着我们。"

她的目光逐一扫过眼前的萨满们。"这就是你们拒绝出发的理由？也许你们不是很清楚，也许站在你们的角度很难理解这一切，但主人早就期望着余下的部队能够跟上，能够抵达潘达利亚了。虫豸们总是会想方设法搞破坏。如果我们觉得留在这里就可以躲避他们的话，那就太荒唐了。作战计划已经制定完毕，我不想听到反对的声音。"

另一个獠牙稍短的萨满站起身来问道："与联盟交手还好说，但要是遇到了部落怎么办？"

"部落怎么了？"

"他们之中有巨魔。"

"虫豸们决心扎堆可不是什么高尚行为。他们做什么都依旧是虫豸。如果那些巨魔们认为加入部落这种乌合之众能够让他们受益而非受辱的话，那他们就再愚蠢不过了。我们衷心欢迎他们前来见识见识我们行动的智慧，并希望他们能加入我们的队伍。我们需要驻地部队，也需要副官来处理各项事务。如果洛阿神灵与其他巨魔进行感应，并指引他们加入我们的话，这点我倒是很乐意。也许这才是需要你们恳求洛阿神灵之事。"

接着她又轻蔑地哼了一声。"将这艘船驶出防浪堤。"

短牙萨满摆摆头说："我们需要时间准备，需要一场祭祀。"

"我给你六个小时。入夜之前必须出发。"

"这根本不够。"

她用一根手指戳着这个萨满的胸脯说道："那我就得献给洛阿神灵一个祭品了。我会把你的左脚和左手拴在码头上，右脚和右手绑着船，然后下令船长拉锚起航。这是你希望侍奉洛阿神灵，效忠你的舰队和人民的方式吗？"

格里安祖尔插嘴道："尊敬的卡拉，您纯正的信仰体现在您对主人与家族的尊崇。毫无疑问，您的忠诚是我们取得初步胜利的重要因素。我们会把这一切告诉洛阿神灵，同时会立即准备起航。"

"主人会对此感到满意的。"

这位年轻的巨魔竖起一根手指说道："还有一件事。"

"什么？"

萨满双手合十。他的双手纤细，优雅得有些过分。他眯起双眼说道："洛阿神灵在与我们交流的同时，也在与部落中的一些巨魔交流。看起来他们并没有把兴趣都放在我们身上。"

"还能放在谁身上？"

"这就是问题的关键。我们不清楚。当我们试图探寻这个存在的时候，风暴出现了，像一道帘幕一样阻隔着我们。藏在它身后的可能是一只幽灵，也可能是远方的巨魔，还可能昭示着某个注定伟大的巨魔已经诞生。我们还不清楚详情，但必须要让您知晓这一点，因为您的追求正是疑虑产生的原因。"

几丝凉意爬上她的脊背。不知何故，比起得知联盟与部落都在前往潘达利亚来说，这个未知的存在让她更为忧心。因为联盟与部落都是已知的事物，赞达拉有能力对付他们，可是面对未知之物，要如何制订应变计划？魔古人言之凿凿地说过熊猫人虽然蕴含力量，但从未结成有效的组织。那未知还能是什么？

卡拉的目光透过萨满，望向南方那个海港之上雾霭汇聚的地方。舰队将会在今晚起航，并且连夜赶路。她曾经去过潘达利亚，并已为这次航行选好了登陆点。那是一个不起眼的小渔村，没有什么像样的资源或价值，但作为港口却相当适宜。一旦他们登陆并占领港口，紧接着便会深入腹地。没有什么能够阻止斥候的前进，亦没有什么可以减缓赞达拉的步伐。

卡拉琢磨着若是赞达拉取得成功，谁的损失会最惨重，但是并没有理出任何头绪。她又瞥了一眼格里安祖尔，确信他并没有耍什么花招。他若想要权力，她就给他权力。他们两人都清楚，他所担忧的事情并非空穴来风。

卡拉点点头。"你去准备起航。我要你不惜代价去弄清楚那隐匿在虚空之中，躲藏在苍白阴影之下的东西究竟是什么。你们所有人都要去做。如果你们对我的决定不满意，那我就把你送去孝敬洛阿神灵，孝敬到他们满意为止。那些虚幻之物不能阻挠我们，没什么可以阻挠我们。"

* * *

是夜，在遥远的南面，一场幻象扰乱了沃金的睡眠，这让他深感惊讶。自从希里克拜访之后，洛阿神灵就一直无视着他，他也反过来假装自己也不再需要他们。他发现在他弄清楚自己是谁之前，一味地去感应他们只是墨守旧我的尝试而已。提拉森的伙伴不再回应陌生的召唤，那么假如沃金已经不再是最初的那个巨魔，想要重建与洛阿神灵之间的联结也将同样是徒然。

他没法确定这一次是哪位洛阿神灵送来的幻境。他此刻正毫不费力地在空中穿行，这很可能是阿基尔达拉所为，但雄鹰不会在夜空中飞行。接着他确认自己的的确确是飘浮在空中，并看到了许多双眼睛。他终于识别出来了，这是丝舞者沙德拉·埃罗萨。他飘浮得很高，在蜘蛛网的悬挂下御风而行。

他脚下的云朵分散开来。云朵之下，张满帆的船只匆忙地往南面驶去。宽大的方形船只上飘扬着赞达拉的徽章，这一定是古老过去的场景，但他眼下还想不起来曾经究竟是何时，赞达拉出动过如此强大的战舰。

他抬头仰望星空，希望能看到星座不同的排列方式。眼前的景象令他震惊。

随后他笑了。

很好，剧毒之母。你向我指出了战舰集结之处，并展示了我可以为你和洛阿神灵赢得的荣耀。如此慷慨的景象，我甚至都相信它足以让我父亲的梦想更进一步。可问题是，我还是森金的儿子么？

微风止住了。

蜘蛛坠落了。

沃金擦拭掉脸上的蛛网，还未完全回过神来，便沉沉睡去。

第 11 章

祝踏岚掌门面无表情地站在那里，这通常暗示着情况不妙。他对老陈提出的建议不予置评，这其实就是有些不满。但老陈却情不自禁地笑了出来。他的心中总是充盈着自豪与快乐，而且，祝踏岚终究还是同意了他的计划，这让他倍感愉悦。

令他心情大好的原因还有许多，其中之一是他得知是雅丽亚·圣言从中游说，这才令这个老武僧改变了主意。老陈在卓金村工作的那段时间以及回来的路上，构想出了一种新的配方。他将所有材料配在一起，酿出了这种新的美酒。他十分确信这种新啤酒就是未来的潘达利亚之酒，就好像"治愈"完全是为沃金而酿一样。他早就迫不及待地想要在回到禅院后分享自己的新奇想法，以至于此刻表现得有些欣喜若狂。现在他意识到这一点了，他觉得这也可能是祝踏岚掌门对自己的想法提出质疑的原因之一。

雅丽亚代表他跟掌门谈判的这一举动深深触动了他。老陈是喜欢她的，一直都很喜欢。在与她同行的这段旅途中，老陈甚至在她身上发现了更多让人喜欢的地方。他还察觉到她很有可能也会对自己的感情有所回应。至于会对自己回应多少，他不清楚，但只要有那么一点点，便是极好的。什么事情不是从无到有慢慢发展的呢，大海龟也是从小小的海龟蛋里慢慢孵化出来的呀。

在卓金村，没有一个人认出了雅丽亚，这一点让老陈感到惊讶，也让他觉得事有蹊跷。她并没有去拜访自己的家人。她肯定已经从丽丽和其他人那里得知了家里的消息，知道家人们都还健在——就连她的祖母也尚在人世。雅丽亚对人总是有所保留，即使对老陈也是如此。

在很长一段时间里，老陈都不能理解为何雅丽亚总是刻意疏远着自己的家庭，但是对老陈却没有保持那么大的距离。在潘达利亚，老陈找到过许多家乡的味道——那种让他思念的味道，但卓金村却与众不同，它是一个天然的、完备的，建造小型酿酒坊的绝佳地点。从他看到这里的第一眼开始，就决意要在这里建造一座酿酒坊，不仅因为这里位置绝佳，还因为可以离雅丽亚更近一些。

终于，在一个夜晚，他沏好了茶，然后向雅丽亚聊起了家庭的话题。

雅丽亚深深望向茶碗，说道："他们有自己的生活，陈师傅。我离开了，他们才能获得安宁。我不能再搅乱他们的生活。"

"难道你不觉得让他们知道你活得很好，现在很受人尊敬，会带给他们更多的安宁吗？"他耸耸肩，挤出一个微笑，"只要丽丽离开我的视线，我就会开始担心她。你的家人肯定也在担心着你，或者说……"他想到了一些什么，突然间沉默了下来。

她抬头问道："或者什么？"

"没什么,雅丽亚,跟你没啥关系。"

"我很希望你能告诉我,对与错可以再讨论,但前提是我们之间能够坦诚相待。"她用手轻轻抓住他的手臂,"请告诉我,陈师傅。"

他继续沉默了一会儿,空气中只能听到篝火燃烧发出的啪啪声,然后他点了点头。"呃,我这么想是因为有时候我自己就会这样……你所做的这些也有可能是因为你自己想要安宁,而不是在意他们的安宁吧。"

她把手放回到自己的茶杯上,将茶杯拿得稳稳当当,老陈甚至可以看见空中点点繁星倒映在茶水之中。"影踪禅院已经给了我足够多的安宁了。"

"一个人永远不可能预知其他人的反应,但我认为你的家人应该都会很高兴见到你的。或许你的小妹会抱怨她现在不得不接替你的位置做那些繁琐的工作;你的母亲会抱怨你没给她添个淘气捣蛋的孙子。他们会抱怨,但心中更多的是开心,是喜悦,因为他们看到你还开开心心地活着。"

"是不是宁静的夜晚和温润的热茶可以让复杂的智慧变得更加简单?"

"我不知道。我并不经常拥有这么宁静的夜晚,也并不常作这些有关智慧的思考。"他喝了一口茶,故意从嘴角漏出一些茶水,仅仅是为了博她一笑。

她伸出手,将他嘴角的茶水拭掉。"你是个有大智慧的人,你懂得在适当的时候装傻。这可以让你的观点更容易被人接受,然后他们会领悟到你真正想表达的意思。"

老陈掩饰不住自己的笑容,但还是极力让自己不要笑得那么夸张,以免显得太过骄傲。"你会去拜访你的家人的,对吧?"

"是的，等明天吧，现在我还想享受一下这么宁静的夜晚。有杯中的热茶，还有你这样体贴的挚友一起陪在身旁，我应该好好想想自己是谁，这样才能告诉他们我是谁，而不是去向他们解释为什么没有成为他们所期望的那样。"

* * *

第二天的黎明明媚而温暖，老陈把这些都看作是一个好兆头，然后他便陪着雅丽亚一同出发拜访她的家人。家族成员对雅丽亚的到来感到万分惊讶，但是随即又把一部分惊讶转换为了对老陈的热烈欢迎。看起来，丽丽在激励大家工作的时候，肯定提到了老陈的名字，这个丫头肯定还提到了如果是老陈在发号施令的话，消极怠工的人下场肯定极为悲惨。

雅丽亚的父亲——罗凯申——立刻了解清楚了事情的真相，因为作为渔船队的领队，他对于领导在指挥工作时必须得把自己伪装起来这件事是再清楚不过了。他们还发现了彼此共同的爱好——啤酒。他们像所有男人都会做的那样，不停地举杯对饮。也正是出于这一点，罗凯申很支持风暴烈酒酿酒坊到卓金村来开一个分店，而且他还会拿出一部分资金来赞助——为了享不尽的美酒，以及……一点点利润分成。

尽管大部分时间都跟雅丽亚的父亲待在一起，但老陈还是在观察着雅丽亚和她家人之间的交流。她只稍稍示范了一下如何一拳打碎或是一脚踢碎木板，就获取了那些侄子侄女的崇拜。他们拿着那些破碎的木片满村奔窜，为自己的阿姨俘获了一群又一群小熊猫人粉丝。其中有几个支持她的人甚至是她对手的后代。不过当小朋友们向众人介绍她的时候，老陈还是在她脸上发现了一丝忧郁，很明显是因为这些小家伙其实并不了解她的过去。

她的母亲和姐妹们还是对她发出了一些指责，但至少这些都是在她们发出尖叫声并且哭着抱作一团之后。她的兄弟们也很庄重地拥抱了她，有些人接着继续回去工作，有些人则跑去跟老陈喝上了那么一两杯。雅丽亚在应对所有家人的时候，都显得特别的沉着镇定，也显得很安宁。

接着她走向了自己的祖母。由于年岁的缘故，这位老熊猫人的身子已经非常虚弱了，她驼着背，肌肉日益萎缩。她得挂着拐杖走路，但也还没有到完全需要拐杖支撑的地步，至少比提拉森最糟糕时候的状况要好多了。岁月让她的眼珠都变得浑浊了，她举起一只手掌放在雅丽亚的脸上，缓缓地抚摸着。

"你真的是我的孙女吗，那个把我的围巾带走的孙女？"

"是的，阿嬷。"

"那你帮我把围巾带回来了吗？"

雅丽亚低下了头。"没有，阿嬷。"

"那下次再来看我的时候，记得带回来哦，我的乖孙女。我还真有点惦记那条围巾呢。"

接着这个老熊猫人笑了，露出稀疏不全的牙齿，拥抱了雅丽亚。当她处在雅丽亚的怀抱中时，两人久久地沉默了。接着她们的身子颤抖了起来，陷入了低低的啜泣。

看到这样的情景，罗凯申不合时宜地打了一个声音超大的嗝，让大家把注意力转到了他这边。作为一个尽职的客人，也为了捍卫自己无敌打嗝者的名誉，老陈马上打了一个更响的嗝，这样女主人便不会过度责骂家中的这位男主人，雅丽亚和她的祖母也可以在这一阵混乱中得到更多的相处时间。

接下来的两天里，村庄的重建工作大体完成了，酿酒坊的建造也进入了启动阶段。老陈指定丽丽做他的代理人，并且招募了石耙家族的兄弟们作为泥瓦匠——这俩人正如之前所承诺的那样带来了食物。他们显然不适合做农民的工作，他们田里长出的石头都比胡萝卜多。他们早就习惯了成天到晚搬运石头，所以泥瓦匠的工作对他们来说再适合不过了。

老陈花了一些时间从各个地方收集不同的植物，准备将它们混合在一个小木桶里进行实验。他时时刻刻都把这个小木桶背在身上，这样木桶里的植物就可以在他和雅丽亚赶回影踪禅院时不停地搅动。他时不时还会掺点水进去，再往木桶里加上一些乱七八糟的东西，搅拌混合在一起。

在归途中，有一次当雅丽亚正在蜿蜒的山路下休息时，老陈皱起眉头对她说道："我想我可能要对你道歉，雅丽亚。"

"为什么？"

"因为你让我融入了卓金村。"

她摇摇头。"你一直都在寻找一个家，而现在卓金村让你找到了家的感觉。这再好不过了，你为什么要因此道歉呢？"

"因为那是你的家，我不应该侵扰你的隐私。"

雅丽亚笑了起来，老陈很享受她这样的笑声。"亲爱的老陈，影踪禅院才是我现在的家。我喜欢卓金村，而且你的这番情感让我变得更喜欢它了。但是，作为一个流浪者你必须要明白，真正意义的家是在心里一直陪伴着你的东西。如果一个人不能拥有一个宁静的夜晚，不能静静地品着热茶感受内心的平静，那他便不会感受到家。这种感觉能放大内心的安宁，能让我们感觉到自己的另一面。而这是地理意义上的家所无法给予的。"

她向下指着远方。"是你让我看见了卓金村的另一面。也正是因为你的建议，我才得以和家人重聚。我现在有了另一个可以让自己感到安宁的地方，但你应该知道，更让我感到安心的其实是那美好的一夜——一杯暖茶在手，一位知己在旁。"

老陈突然觉得，如果此时此刻她突然化作一棵树扎根在此处，他也会永远……永远地停留在她的树阴之下。但他不能那么说，当然，他的微笑也表达不出这个意思，所以他只站到了她身旁——只希望这一刻木桶里的啤酒不要发出太大的撞击声——然后对着她点了点头。

"无论是宁静的夜，还是喧嚣的夜，无论我手里的是茶是酒还是一杯凉水，只要有挚友相伴，我都会感到平静与满足。"

她有些害羞地把脸转向另一边，但却掩饰不住脸上的笑意。"那么，就让我们从一个家回到另一个家，然后好好享受这平静吧。"

* * *

在雅丽亚搬出过往的类似案例之后，祝踏岚终于同意从禅院中挑选几名武僧试试老陈的新酿。祝踏岚并没有选择雅丽亚或是其他的年轻弟子，而是选了五名最年长的武僧。老陈搞不清楚他是担心事情最后会发展成一场狂欢派对，还是仅仅想让这些老武僧们尝试一些新东西，但他觉得前一种情况的可能性会更大一点。

沃金和提拉森也加入了试酒的队伍，尽管他们是分别前来的。老陈不禁注意到他们之间那种不自然的拘谨气氛。比起他和雅丽亚的亲密无间，人类和巨魔之间的鸿沟虽谈不上如汪洋般巨大，但也几乎比得上两块各自分离的大陆了。

老陈给每个人都倒上适量的新酿。"请大家见谅，这还是不是最终的成品。我加了很多东西混合在里面，包括那桶酿好之后就一直遗忘在储藏室里的春季麦芽酒。我不会告诉大家我这么做的意图。我只希望你们能告诉我它的味道，以及它带来的感受。闻一闻，然后品尝它吧，这会让你们找回往昔的记忆。"

"为了家人和朋友。"他举起碗，先向祝踏岚掌门致意，然后是沃金，接着依次敬了桌上剩下的所有人。除了祝踏岚大师，其他人都开始品尝起来。

老陈让酒在舌尖逗留了好一会儿。他很自然地尝出了浆果的味道，然后感觉到心情正在慢慢放松，但是还有许多其他的成分也混合在里面，只要再细细一品，便会感受到一种时而清甜时而辛辣的味道。他将酒咽了下去，让那滋味从喉头淌过，接着放下了碗。

"这感觉让我回想起了一件往事，那时我正在迷雾之外的大陆上，发现自己加入了三个食人魔的晚宴。呃……我并不是客人，而是他们的晚餐。他们一直在讨论我尝起来到底是什么味道。一个说我尝起来肯定像兔子，因为我身上有一些杂色的毛，我就对他们说'非常接近了'。另一个人说我尝起来像熊，呃……这个原因我想大家都知道为什么，我说'又非常接近了'。第三个头骨上有一块相当奇怪凹痕的食人魔说我尝起来像乌鸦，我也告诉他们'很接近很接近了'。然后他们便开始喋喋不休地争吵起来。"

一名武僧笑了。"所以你便趁机逃走了。"

"很接近很接近了。"老陈笑道，又喝了一口酒，"我为他们提供了一个解决争吵的建议。我告诉他们分别去抓一只兔子、一只熊和一只乌鸦来烹饪。因为既然他们想知道我尝起来像什么东西，那就必须先得知道各种肉本身的味道。我答应他们会为每一种肉都配上一种酒，让他们选出自己最喜欢的,好得知吃我的时候该配什么酒,于是他们便把这几样东西都抓回来全煮了。我遵照约定给他们配了酒,他们开始大吃大喝,接着我便问他们哪种酒配哪种肉滋味最好,又让他们引发了一轮讨论。他们胡吃海喝着,一夜狂欢之后全都醉倒了,于是我便成了唯一清醒的人,在清晨的时候大摇大摆地走了出去。这酒让我想起了在那个黎明的光辉下,自己是多么的自由。"

武僧们全都抚掌大笑,就连提拉森都忍俊不禁。只有祝踏岚和沃金面不改色,丝毫没对这个故事有任何触动。接着沃金也喝下了热酒,他放下酒杯之后点点头说道:"这个味道让我想起了摧毁敌人之后内心的那种平静。敌人的梦想随着他们的肉体逝去,让我们的未来变得更加清晰,就好像雨后的清晨一样清澈。敌人们骨头折断时的声音是如此清脆,兴奋地听着他们垂死的叹息又是如此甜美。同样,我也从里面品尝到了自由的滋味。"

巨魔的故事让所有人都静了下来,武僧们更是吃惊地瞪大了眼睛。然后便轮到了提拉森,他一饮而尽之后也立刻笑了。"在我的梦里,那是个树叶被染成绯红与金黄的深秋。那是收获最后收成的聚会,大伙相互协作,为了应付即将到来的冬季努力寻找着最后的浆果。那时候人们和睦、快乐,都在为了难挨的冬天积极准备——当然,辛勤的劳动和有用的知识都会得到褒奖。所以,这让我也感到了自由。"

"是的,你们两个,你们都找到了解脱。很好。"老陈点点头,然后朝着祝踏岚的位置望去,他面前的酒碗还没动过,"您呢,祝踏岚大师。"

这位最年长的武僧盯着木碗,然后小心翼翼地用两只爪子举起来。他厌烦地叹了口气,然后尝了一点儿,接着又发出一声叹息,强迫自己再喝了一点才放下酒碗。

"这不是我曾经的记忆。这是关于现在的一个影像。显示着这个世界目前的状态。"他慢慢低下了头,"这和自由有关,也和变化有关。它预示着即将到来的剧变。也许是敌人的入侵,又或者是即将到来的寒冬。就像你再也酿造不出同样的啤酒一样,这个世界再也不会重温这个时刻,或者……唉……这种宁静。"

第 12 章

回味着老陈新酿之酒的苦涩滋味,沃金径自走出了禅院。祝踏岚刚才的言语一直在他脑中回响,他觉得那番话跟提拉森所讲的丰收时节有着某种联系。秋天,是万物凋零的季节,而死亡,正是旧事物与新生命的分界线,从某种意义上来说,死亡其实也是一种改变。这样的循环滋生着新事物,任何有自我觉醒意识的生物都会选择一个季节或者一个任意的时间来标记结束或是象征开始。

要结束什么?又要开始什么呢?

对于那些被老陈的啤酒所触发的记忆和情感,巨魔没有撒谎。他承认那些情感和记忆听上去冷酷无情,而且和熊猫人酿酒师所期待的结果背道而驰,但是那确实是一个巨魔的记忆,它不那么受用,是因为那并不代表着熊猫人的记忆。任何一个巨魔都会感受到相同的东西,因为这就是巨魔的天性。巨魔是这个世界的主宰。

沃金一路颤抖着爬上山，朝北面走去。他的脚没入了雪中，然后盘腿坐在自己身影笼罩的地方。他呼吸着寒气，希望这可以让他变得坚韧，但是这冷空气却令他想起了那个洞穴里的刺骨与寒冷。巨魔们曾经是这个世界的主宰。

他的父亲——森金——曾经眼看着其他巨魔为了再度崛起而做出了不少蠢事。这些巨魔试图让世界臣服于他们的意志之下。他们想要征服所有人和事，但是为什么呢？

这样当他们被老陈的啤酒唤醒之时，就能感受到自由了吗？

就在这一瞬间，他抓住了那个肯定也曾在父亲的脑海中一闪而过的念头——尽管父亲从未跟他分享过。如果感到自由是终极目标，那么问题便是：征服真的是唯一可以通往这个目标的方法吗。从恐惧中解脱出来，从欲望中解脱出来，自由地憧憬未来，这其中没有任何一项是必须通过杀敌才能得到的。也许做到这些确实需要把一些敌人置于死地，但是死去的敌人并不应该是为了保障这些事情而必须做出的牺牲。

沃金想起了雷霆崖的牛头人。他们生活在一个相对和平和独立的环境里，但是他们当中的大部分还是选择了加入到部落的斗争中去，他们并不是因为被逼迫才出现在部落，他们的加入仅仅是为了支援同伴和对抗联盟，这是正确的抉择，是一条荣誉之路，而不是某个他们必须遵从的传统。

沃金这么想，并不是因为他的父亲主张放弃旧日的生活方式。他曾经见过那些被称作"蓝色牛头人"的巨魔，他们与牛头人一同生活，接纳了牛头人的生活方式。他记不起来在这些巨魔身上是否看到过更多的平静，但是与传统背道而驰的生活已经让他们显得完全不同了。就好像是他们以一种传统替代了另一种传统，但是无论哪种生活方式，他们都没有适应得很好。

森金对巨魔一族的传统充满敬意,他不希望完全打破巨魔的传统,若不是如此,沃金也不会让自己踏上暗影猎手的道路。父亲总是鼓励沃金要有自己的追求,并对他一直有着极大的期待。这位老巨魔总是强调要在领导的过程中汲取经验和教训,而不是完全盲目地复制传统。

沃金站起身来,向着更高更冷的地方走去。他突然记起了老陈对祝踏岚一番言论的点评——那些关于船、船锚和水的关系的言论。传统可以看成是让船可以航行的水,但抛下船锚,可以停止船的一切运动。洛阿神灵和他们对巨魔的需求,可以看作是船锚。洛阿神灵和他们的需求起源于更早的时期,为了他们的需求和荣耀,巨魔一族建立起了伟大的帝国,但却把文明抛在了脑后。

斩断自己与他们的联系,会让他从船锚中解脱出来,但是也会令他置身于并不友善的浩瀚汪洋中。这是一个他父亲也会反对的激进而鲁莽的决定,但他转念又想,或许洛阿神灵才是推动着巨魔一族这艘船不断前进的潮汐和海浪。

洛阿神灵让我们的过去成了船锚,把我们困在同一个海湾中。

他还没来得及好好思索,就走到了山路旁的一个角落里,并发现提拉森·克尔特也在那里。人类面朝东南,正望向苍茫的远方。沃金犹豫了一下,他希望自己能好好静一静,并不想打扰到这个人类。

"沃金,你的动作比大部分巨魔都要安静,但是如果我连有人在身后都听不出,恐怕早就死了一千次了。"

沃金仰起头。"巨魔从来用不着偷偷摸摸。我猜你也根本没听见我的声音。"他往提拉森的方向望去,看见山风吹散了人类火红的头发,像斗篷一样罩住了他的身体,"一定是因为老陈的啤酒,或者是我本身的气味。"

提拉森慢慢转过身来，笑着说道："我花了那么多时间清洗你的寝具，对你的气味是再熟悉不过了。"

"我并不想打扰到你。"

这个人类摇摇头。"我欠你一个道歉。"

"你对我并没有任何怠慢。"沃金盘腿而坐，双足没入雪中。他这话的意思其实是说只要这个人类对他有任何轻蔑怠慢，他肯定都会注意到，但是现在，他乐意用另一种说法表达自己的意思。

"我之前说你的内心充满恐惧，其实是为了打击你。对你的感觉一直萦绕在我心头，让我感到困扰。虽然这种感觉正在变得越来越少，但还是始终存在着。我想我本可以通过伤害你让你离开。"提拉森低头向下凝视，皱起了眉头，"但那不是我，我不希望变成那样的人。"

沃金眯起眼睛。"那你希望成为怎样的人？"

提拉森摇摇头。"我希望能弄清楚我不能成为什么样的人，而不是我会成为什么样的人。你知道为什么暴风雪来临的那天我停在这儿吗？你知道为什么当时我是那么的不清醒，竟然没意识到暴风雪来了吗？你，还有其他所有人其实应该很清楚，这样一场暴风雪是根本困不住我的。"

"因为你的身体在这儿，思想却不在。"

"是的。"提拉森微微转身，手向远方一片绿色的山谷指去，"我曾经发誓，我从暴风城领命来到这里，我一定要活着回去，再次回到我的家园，回到那片绿色的山谷。这是我对家人的誓言。我从不违誓，他们知道我肯定会回去。可是，那时许下誓言的那个我已经不是今时今日的我了，我还需要遵守这个誓言吗？"

沃金心头一紧。我不也是被那些逝去已久的巨魔们的传统和承诺所束缚着吗？他们的梦想和欲望是不是至今还控制着我？

巨魔伸出手指在积雪表面划出一道痕迹。"如果你还在假设曾经的那个你该何去何从，那么你就还是他。如果你准备重新开始，那么这里才是你的家。"

"曾经的暗影猎手现在也变成哲学家了。"提拉森·克尔特笑了，"我以前见过你，在影踪禅院碰面之前就见过你。我曾是库尔提拉斯派去支援普罗德摩尔女士的队伍中的一员。那时候我更年轻一些，发色也更深一些，皮肤也比现在光滑。你却一点也没有变，除了后来添上的几道伤疤。有一个人类猎手曾经用十块金子打赌他可以杀了你。后来我听说他在追捕巨魔的时候死掉了。"

"你没跟他打那个赌。"

"不，锁定追踪一个目标，会让你失去追踪其他目标的线索。"提拉森叹了口气，嘴里呼出一团白色的雾气，"我也曾经接到命令要取你的脑袋，但另一方面……"

"你在追捕中已经尽力了。"

"捕杀人类或者巨魔，以及任何可以思考的生物，都会让我觉得其实自己也是动物。我杀过许多人类和巨魔，多到自己都数不清了。"提拉森打了一个寒战，"我知道猎手们其实都是如此。但是我觉得这样的行为很野蛮，甚至很病态，会让生命不断消逝。我希望自己不要一直都是他人旅途中的灾难。"

"是现在的你在这么想，还是曾经的你？"

提拉森低下头。"无论是曾经的我还是现在的我，都这么想过。现在，我的这种想法越来越强烈了。那些武僧们的生活方式才是一种更值得尊敬的生活方式。还有那些关于平衡与和谐的说法。沃金，你有没有想过，现在的你和原来的你是否可以互为补充，互相调和？"

"你好奇这个吗？"

"是的。"

"我已经找到了答案。"

"对我还是对你而言?"

巨魔伸开手,站直身体。"两者都是。你曾经说起过孩童没有任何负担,孩童也不知道任何界线,但是孩童缺少经验,所以不能自己选择平衡。但是我们可以。"

"但我们不能逃避自己的过去。"

"不能吗?我是沃金,暗矛部族的领袖。你是一个人类,一个巨魔杀手。为什么此刻我们没有兵戎相见互相残杀呢?"

"说得有道理。"提拉森挠了挠自己的胡子,"在这儿,我们并不是敌人。"

船只的画面又出现在沃金脑海中,他笑了。"你视自己的过去如负担,你想要扔掉它。如果你这么做,你确实解脱了,但也会从此迷失自我。就把它当作一艘船的残骸吧,你再也不能让它变得完好如初。现在,这个地方或许已经被你当成了家,但这种感觉的产生正是因为你的脑海中还保留了家的记忆。"

"搁浅在此,那绝对就是我了。"

沃金点点头。"那个在你面前死去的猎人,她是谁?"

提拉森摇摇头,用一只带着手套的手捂住嘴。"我不清楚。"

"但你对她的感觉很强烈。"

"她的名字叫拉茜。我是在出发之前才遇到她的。我们之前从未见过,但是她对我说谢谢,她说当她听到我要出发去一个未知的小岛的时候,她就意识到这是一趟她不会错过的探险之旅。"他抱起手臂,"她……当我需要一个志愿者的时候,她出现了。一路上她总是能确保我有东西可吃,有帐篷可住。我们不是爱人,甚至不常说话。我只是能感觉到她似乎觉得自己欠我什么。而且她出现在战场都是因为我带着她去了那里，我……"

"你这样自怨自艾，这是在侮辱她。"巨魔严肃地点点头，"你必须重拾信仰，这样你才对得起她。"

"但这种信仰是杀掉她的凶手。"

"不，她的死不是你造成的，是她自己的选择。如果她知道你还活着的话，她会很高兴的。"

"这或许就是其中一块残骸吧。"提拉森转向东北方那呈锯齿状的海岸线，"我的过去如同片片残骸散落在海滩上，把它们都打捞起来需要很长一段时间。"

"你可以把这看成是一个孩童的游戏。"沃金走上前，同提拉森一起站在山崖边。远处的海洋在阳光的照射下波光粼粼。他们站得很高，除了海面上嬉戏跳跃的光线，什么也看不见，但沃金让自己想象着过去的生活正片片破碎散落于海面。我又该打捞些什么呢？

一些东西拂过他的脸，又轻又软，感觉像是一张蜘蛛网。他想把这东西拨开，却发现什么也没有。相反，他记起了那场关于蜘蛛的幻境，迷迷糊糊中，他再一次朝着海边望去。

转眼间眼前的景象突然变换，被一些别的东西所替代。不远处，他看见一艘黑色舰艇正破浪而来，但这并不是真实的，他所看到的其实是另一段时间的景象，一个距离此刻不算太远的时间。这些他所见到的，以及他曾在梦中经历的，都是注定之事——不是在过去，而是在将来。

"过来，快，我们必须去见祝踏岚。"

提拉森大吃一惊。他盯着远处的海洋，用一副不可思议的神情看着沃金。"你的视力不可能比我好那么多，你到底看见什么了？"

"麻烦,大麻烦。"巨魔摇摇头,"我不确定我们可以把这个麻烦控制在什么范围内,但是阻止它是不可能了。"

他们用最快的速度跑下山。沃金腿长,迈着大步狂奔,但是身上缝合的伤口也伴随着大幅度动作传来阵阵疼痛。他不得不停下来单膝跪下缓缓气,提拉森便趁着他休息也跟了上来。沃金向他招手示意,他便飞快跟上,完全顾不上自己的跛足。

在墙头巡视的武僧肯定看见了他们,因为他们刚进到院子里就遇上了祝踏岚。"出什么事了?"

"图,你有图吗?描绘地形的图纸。"沃金想要用熊猫人语来表达自己的意思,但是他已经不记得自己有没有学过地图这个词。

祝踏岚击掌下令,然后便拉着沃金的胳膊往里面走去,提拉森也紧随其后。老武僧带着他们来到品尝老陈啤酒的那个房间,屋子里的那张桌子看上去有一段时间没有清理过了。之后一名武僧带着一个米纸卷轴走了进来。

祝踏岚拿过卷轴,在桌子上慢慢展开。沃金不得不靠过来,这样他才能让自己正对着北方。他读不懂图上的符号和标记,但是他能看到图上的影踪禅院,以及东面的山峰。他向山峰以东的方向看了看,指着东边海岸的一个点问道:"这儿,这是哪儿?"

陈·风暴烈酒从楼梯上一跃而下。"那是卓金村,就是我要修建酿酒坊分店的地方。"

沃金一直从地图的北方研究到东北方。"为什么那个岛不在地图上。"

老陈扬起了眉毛。"什么岛?那儿什么也没有啊。"

祝踏岚看看那个带来地图的武僧,然后用熊猫语给他下了一道命令,老陈也转过身跟上。"不,风暴烈酒师傅,请留在这里。季晥会去叫大家集合的。"掌门说道。

老陈点点头,转身回到桌子旁边。他刚刚宣称卓金村会有一个新的酿酒坊时脸上还挂着笑意,但现在却严肃了起来。"什么岛?"

这位影踪派武僧背起双手。"潘达利亚不仅仅是熊猫人的家园,曾经有另外一个种族,一个力量强大的种族——魔古族,占领着那座岛屿。"

沃金挺直了身体。"我听说过魔古族。"

提拉森惊讶地眨着眼睛。老陈的眼睛也睁得大大的。

"你也知道他们的时代已经过去了。你是知道的,可惜这并不意味着他们也明白这一点。"祝踏岚慢慢地触摸着地图的东北角。一个形状不规则的小岛竟然慢慢出现在图上,就如同笼罩它的迷雾正在慢慢散去一样,"这是雷电之王的岛屿。很多人觉得这是一个传说,只有极少人知道它是真实存在的。沃金,看起来你已经知道了这个岛屿的存在,而其他知晓这座岛屿的人正打算引发一场灾难。"

"我并不知道,直到我看见了一场幻象。"巨魔指着卓金村说道,"我还看见了另外一场幻象,我看见一支舰队从这个小岛上驶出——赞达拉的舰队。他们的目的只有一个,而且十分邪恶。如果我们打算阻止他们,那就得赶紧行动了。"

第 13 章

当沃金看见祝踏岚如同撑起屋顶的挺拔石柱一般站在那里的时候，一股不祥的预感袭上心头。

"你想让我们做些什么，沃金？"

巨魔有些不信任地看了人类一眼，然后张开双手。"向整个村庄发出信息。召集民兵，准备防御。召集你的精英队伍，将他们部署在卓金村。集结你的舰队，防止赞达拉登陆。"他看着地图继续说道，"我需要其他的地图，绘有更多细节的战略地图。"

提拉森走向前。"山谷地势狭长，可以作为据点。我们可以……等等，这是什么？"

老武僧抬起下巴。"沃金，在你家乡的岛屿上，你们都会用什么东西来抵御我们现在面对的这种暴风雪？"

"没有任何东西，回音群岛上从来没有过暴风雪。"一种即将面临大灾难的感觉让他的胃缩得紧紧的，"恶劣的天气和入侵可不是一回事。"

老武僧略微有些僵硬地耸耸肩。"如果没有黑夜,就不会需要灯笼。远在有迹可循的历史之前,我们熊猫人就一直依赖迷雾作为防御。"

"但是你们也并不是毫无防守之力。"提拉森向院子里指去,"你们的武僧可以徒手劈碎木头。我看过他们射击,也见过他们演练剑术,他们完全可以媲美世界上最厉害的战士。"

"他们是战士,但是却不能称之为军队。"祝踏岚双手合十,放在胸前,"我们的数量不多,而且都分散在整个大陆上。我们是潘达利亚唯一的防御线,但是我们不仅仅是一支防御力量。我们在武术方面的训练不仅仅是为了杀敌。举个例子,我们学习箭术不是因为军事原因,而是为了平衡。通过训练箭术,我们可以将空间中的两个点贯穿起来,掌握和平衡好距离、力量、路线和风向之间的关系,以及了解箭的本质。我们保卫潘达利亚,我们也保卫平衡。"

沃金指着地图说:"这可是战争,而你还在跟我讨论哲学。"

"巨魔,你能告诉我,战争仅仅是这么一张地图吗?仅仅是钢铁、鲜血和骸骨吗?"祝踏岚的眼睛眯了起来,"你们俩都有身体上的伤痛和更深的心理创伤。战争早就让你们失去了平衡,让你们对它变得如此渴望。"

巨魔按捺不住咆哮起来。"战争本身就是不平衡的。如果他摧毁了你,你还能谈什么平衡。"

老陈走过去站在他们中间。"我刚刚才从卓金村回来,而且丽丽马上就会到那里。雅丽亚的家人也都还在那里。赞达拉会让那里的一切都失去平衡。我们必须做点什么让事情不至于那么糟糕。"

人类赞许地点点头。"如果我们什么也做不了,至少可以提醒那里的村民,让他们及时撤离。"

祝踏岚闭上眼睛,神情镇定。"你们三人的世界是迷雾之外的世界。你们的经验让你们把紧迫性置于这里习以为常的从容性之上。你们行事果断,把怠惰看成阻碍。你们精于战略,觉得我什么都不知道。但我作为影踪禅院的领导者,我的职责在于处理更大的事务。"

沃金不以为然地扬起眉毛。"保持平衡吗?"

"战争不会永远存在。只有当世界不能从中恢复之时,战争才会胜利。你们希望阻止战争,而我希望征服战争。"

沃金本想严厉地打断祝踏岚,但是这番话语中有些东西刺中了他的心。这和父亲曾经说过的话是何其相似。在一个属于沃金和父亲的私密时刻,在一个被一场夜雨洗刷过后的清澈的世界中,他曾经那么说过:"我多么希望世界永远是这样。没有鲜血,没有痛苦,整个世界充满了幸福的泪水和对阳光的希望。"

巨魔盘膝而坐,低下头。"你们武僧的武技依然是可以用得上的。"

"是的,你会得到他们的帮助,虽然不足以让你赢得战争,但却足以延缓他们的脚步。"祝踏岚睁开眼,慢慢地呼了一口气,"我会给你十八名武僧。他们也许不是最强壮或最矫捷的,但他们是最合适与你一同战到最后的人。"

提拉森张开嘴,感到既诧异又震惊。"十八名武僧,加上我们三个。"他望向沃金,"你看到的那只舰队,是……两艘战舰的人?"

"是三艘,还有一艘稍小一点的。"

"这根本不能延缓他们的入侵,只能去给他们挠痒痒而已。"这个人类摇摇头,"我们需要更多人。"

"如果可以的话,我也想派给你们更多人手。"这位影踪派的领导人张开空空如也的手掌,"而且,只有这样的小分队才能及时赶到卓金村，以提供有效的帮助。"

* * *

沃金觉得自己对于准备战争是再熟悉不过了，这对他来说简直就是家常便饭，而且还可以让他跟自己的过去再次建起联系。但是熊猫人的盔甲重重地挫败了他。这些盔甲又短又肥，而且里面那一层用丝绸包裹着的棉花衬垫又太过轻薄，根本起不到缓冲作用。条状的金属鳞片全部是用彩色的绳子系在一起，而漆过的皮质护胸又被吊在一个完全不合适的地方。这些都让他感到浑身不自在，但一名武僧却在他眼前飞快地把全套盔甲从头到脚穿戴整齐。沃金暗自发誓，开战之后的第一件事，就是要扒下一副赞达拉盔甲给自己套上。

但想到这里他又笑了出来。跟熊猫人相比他要高出不少，但是跟赞达拉战士相比又要矮上许多。那些巨魔至少比他高出一个头，而且如果傲慢也可以换算成高度的话，他们那趾高气扬的样子还要再高出他一倍。沃金不喜欢他们那种看谁都低人一等的眼神，但他不得不承认，赞达拉巨魔洁净健硕的四肢和贵族气质的容貌确实让人感到赏心悦目。他曾经听一名人类把赞达拉比喻成"巨魔中的精灵"，但赞达拉却觉得这是一种莫名的侮辱，而他们对这个称呼的反感总是让沃金感到很好笑。

当他在适应那身盔甲的时候，周围也都在紧锣密鼓地准备着战斗。老陈非常自豪地递给他一把双刃重剑。"我让铸剑师把两把弯刀的刀柄去掉，然后熔铸在一起，重新固定上一个竹制的剑柄，并且用鲨鱼皮包裹了起来。这不是你常用的阔剑，但是看上去也足够吓人了。"

"当它沾上赞达拉的鲜血时，会更加恐怖的。"沃金握住这把双刃剑开始挥舞起来。他向下一击,一声清响之后剑刃停了下来,颤抖着发出阵阵奇特的低吟。尽管这不是他的阔剑,但用起来也算是相当顺手了。"看来除了酿酒之外,你又多了一门手艺。"

"不是我。是跟我们一起喝酒的肖兄弟做的。"老陈笑着说,"我告诉他想要替你打造一件武器,就是你从那酒里回忆起的武器。"

"他做得很好。"

提拉森进入门厅的时候低低吹了一声口哨。他穿着一件用金属片铆接起来的皮革护甲,头盔下方还带着一圈铁锁织成的垂边,保护着他的脖子,后背背着两张战弓以及六个装满箭矢的箭囊。"好剑,到时候肯定会派上大用场。"

提拉森扔给沃金一个箭囊。"这已经是他们军械库里最好的东西了。然后我又把箭镞都拿去清洗打磨,挑出了其中能用的。这些箭矢都被分发到各地的武僧手里了。它们能飞,但恐怕没法穿透盔甲。"

沃金点点头。"那你射击的时候得小心点了。"

"对付巨魔的话,只要瞄准双耳中间再往下三英寸的地方,很容易地就能击中脊骨,然后就可以收获猎物了。"

老陈显得有些骇然。"我想,沃金,他的意思是……"

"我知道他是什么意思。"巨魔看着提拉森说道,"但这些是赞达拉巨魔,他们耳朵的位置要更高一些,你应该往下瞄四英尺。"

老陈和提拉森跟着沃金一起走进影踪禅院的院子里。这些将会成为防御力量的武僧看起来就像是盛装的人类一样,他们每个人的前胸和后背上都印有象征着禅院的白虎纹章。此外,他们每个人的头盔上都悬挂着一根布条,一半人是红色的,另一半人是蓝色的。祝踏岚没有说谎,这些不是沃金会挑选的武僧,但是他相信这位大师对自己人的了解。他很吃惊雅丽亚·圣言竟然也在这十八名武僧之中,但他立刻想到此行是为了保卫她的家乡，她对那里地理环境的熟悉会对起到很大的帮助。

当沃金走到影踪禅院和大山之间时，他突然明白了祝踏岚为什么只给他们那么一点兵力。十一头飞兽，每一头都被装上了两个鞍座，还驮着一些皮革小包，里面装着可以供给他们的为数不多的贫乏物资。他曾看过这些飞兽被刻在墙上，或是被塑成石像放在影踪禅院的壁龛中。他突然明白了这些就是熊猫人文化中所说的翔龙。

雅丽亚上前向他们招呼，并为每人都安排好坐骑。"这些都是翔龙，以前熊猫人对它们都很害怕，直到一名勇敢的年轻女子与它们建起了友谊。她告诉我们这些翔龙可以用来做什么，现在它们已经不是普通的野兽了。影踪禅院一直在驯化它们。"

沃金向后回望影踪禅院，看见了站在阳台上的祝踏岚掌门。老武僧看上去丝毫没有注意到沃金，但是这骗不了巨魔。祝踏岚声称自己对战争一无所知，但他相当清楚获取信息是战争的关键，可现在必要的信息却被他层层限制。沃金本应该第一时间被告知有关翔龙的事情，但是却没有。

如果他们什么都不告诉我，那么当我被赞达拉抓住的时候，也就没法吐露任何东西。

巨魔感觉自己被刺激到了，他突然意识到他虽然即将奔赴战场，但这不是他的战争。赞达拉入侵的是潘达利亚，而不是回音群岛。既然如此，那他为什么还要去战斗，是因为老陈在北海岸有一座酿酒坊？还是为了挫败赞达拉？

一些思绪在他的脑海中回荡着，引出了一个低沉而遥远的声音。这是邦桑迪的声音，正从虚无中传来。或者仅仅是为了证明沃金还没死。

沃金并没有想过这个问题，所以当一名武僧爬上他身后的鞍座时，他匆匆为自己找了一个答案。邦桑迪，我奔赴战场，是为了给你的永恒之境多带来一些客人。你或许觉得自己已经不认识我了，但是我还认识你。你也该意识到这一点了。

负责御龙的那名武僧一声令下，翔龙们便纷纷向山崖边行去，然后向下一跃，开始滑翔起来。沃金没有戴头盔，因为影踪禅院里找不到与他相衬的尺寸。他感觉自己的红发正被呼啸而过的狂风拨乱，这让他欣喜若狂地叫了起来。

接着冰冷的山风灌入了他的肺里，喉咙上的伤口又开始隐隐作痛。他咳嗽起来，感到身侧被缝起的伤口正在慢慢撕裂开来。巨魔咆哮一声，然后闭上了嘴，老老实实地用鼻子呼吸。他憎恨上一次战斗带给他的伤痛。

翔龙们盘旋着飞上天空。它们健硕的身体扭动着、飞舞着，愉悦地嬉戏着。可能下一次沃金乘坐在它们背上的时候可以好好享受这种愉快的感觉，但此次飞行的目的显然与这愉悦感格格不入，战争的严峻与冷酷无时无刻不让沃金感到阵阵纠结。他们所要面对的不是快乐与希冀，而是与之相反的东西。他也不确定他们是不是能在灾难发生之前将其阻止。

* * *

他们在最紧要的关头抵达了卓金村附近的山头。沃金希望他们要是早一点到就好了，或者更迟一点到。五艘战舰已经全部进入了海港。海面上一艘渔船在燃烧，而且已经快烧到水位线上了。为了更适合装在战舰上，敌人的攻城器械都被改装成了更小的尺寸。石块被不停地掷向村庄，飞滚着击碎房屋，但是不知为什么，却没有看见村民被砸碎的尸体。

沃金仔细研究了一下战争的进程，然后拍了拍旁边一名武僧的肩膀。他用手指画了一个圈，然后朝南方指去。有一只山羊正沿着一条蜿蜒的小路走出村庄，看起来熊猫人都已经向那边撤退了。

信息是战争的关键。赞达拉不可能允许警告的信息传遍整个村庄。

提拉森大声地吹响口哨，也朝那个方向指去。他也发现了同样的情况。不知道他的眼睛是不是真有那么厉害，还是他单纯地知道赞达拉会在那个地方设下埋伏，这也都不重要了。沃金朝那边指着，领头的两头翔龙立刻从空中冲了下去。

御龙大师飞到他们面前停下，然后将这些飞兽排成一个长长的曲线队形。他们在山丘的遮蔽之下飞了过去，然后在那条小道西方大概一百五十码的地方降落了下来。武僧们都默默地从翔龙背上下来，提拉森握紧长弓，沃金也同样做好了准备。他们俩在前面开路，武僧们在后面紧紧相随。

这片大陆虽然不属于巨魔和人类，但是对于战争，他们所知的东西要远比其他武僧更多。当然，老陈也算是久经沙场了，他领着蓝色小队，直抄近道朝那条路走去。红色小队的武僧们则紧随在沃金和提拉森之后往北边推进，但进展却不太顺利。

前方山坡上，突然出现了一名张弓搭箭的赞达拉射手。提拉森发现了他，并且立即以行云流水之势将箭矢搭上弓弦。他凝神测距，然后以恰到好处的力量放出一箭。弓弦嗡嗡作响，离弦之箭穿过那些宽厚的叶片，正中巨魔的颈项。箭镞以微微向上的角度从下巴之下寸许的地方刺入，然后从另一侧的耳边穿出。

那名赞达拉巨魔仓促射出的箭矢毫无力道可言，在他举起手摸到自己颈部的伤口之前，他射出的箭矢就以一个大幅度的弧线坠落到了地面。巨魔想要看看那支穿透他脖子的利箭，但这显然是不可能的。他越是转动脑袋，那露出的尾羽也就越是躲着他。最终，尾羽停在了他的肩膀上。他瞪着双眼，口中不断喷涌而出的鲜血替代了一切言语。他慢慢瘫倒，从山坡上滚落下来。

战争，终于打破了这个世界的平衡。

第 14 章

高声呼喝的命令听起来有些嘈杂,但执行起来却不带一丝一毫慌乱。赞达拉部族从来就不知道惊恐为何物。一支小队开始向着敌人来袭的方向推进,另外两支小队则切断了道路。海浪一般的箭矢之潮向着尚未现形的敌人压去,巨魔们并没有打算命中任何目标,只是想将猎物们逼出来。

一支箭矢掠过了沃金的耳边,他瞄都没瞄就一箭射了回去。那一箭射中了对手,却没能穿透盔甲。对面先是响起一声诧异的高呼,而后变成了一阵庆幸的嘟囔。那个赞达拉士兵肯定在想着自己是多么的幸运。

没有神灵的眷顾,你果然不大一样了。

在灌木丛中急速穿行的赞达拉士兵让沃金感受到了一种毫无纪律可言的狂热。到目前为止,他们都没有遇到激烈的反抗,也没有看到有组织的防御。方才沃金射中他们的那支箭矢更像是饰品而非武器。

很明显，那东西是熊猫人的作品，而且并不是为了战争所制。赞达拉战士的所有临敌经验都在指出这是个毫无威胁的反抗。

他觉得没有威胁。他错了。

先前蹲伏着的沃金猛地起身，挥舞着双刃重剑从一座小山坡上冲了下来。那名赞达拉士兵急忙拔剑，但为时已晚。沃金变换了着力的握点，撬动剑刃向上前方递出，然后一推一扭。赞达拉士兵停不住前进的势头，直挺挺地撞向沃金，当场被重剑刺穿了喉咙。沃金抽出剑刃，鲜血如喷泉一般从赞达拉士兵的动脉中喷了出来。

赞达拉士兵倒下的时候死死盯着他。"为什么？"

"为了满足邦桑迪的饥渴。"沃金一脚把那名巨魔踢开。接着他大步走上山丘，猛地压低身子，切开了另一名巨魔的大腿。然后舞着剑锋慢慢越过他，回首一击斩落，粉碎了他的后脑。

那巨魔痛苦地闷哼了一声，转瞬间双眼就黯淡了下来，然后重重摔下，滚进灌木丛之中。

沃金满怀恶意地笑了。空气中满是浓烈的血腥气味。嘟囔、呻吟、惨叫，以及武器的叮当作响声填满了战场，让他沉浸在战斗中不能自拔。比起安静祥和的武僧禅院，他觉得待在这里围捕敌人反而更有家的感觉。这个想法或许会让祝踏岚惊骇不已，但却让这个暗矛部族的成员感受到了前所未有的活力。

在沃金右手边不远处，那个人类猎人正好一箭脱手。一名赞达拉成员滚落在了地上，一支装饰着红色矢羽的黑箭钉在他的胸骨上，兀自抖动不已。猎手用小刀划过巨魔的喉咙，了结了他的性命，并顺手从他身上牵走了更多的赞达拉箭矢，然后隐入了灌木丛中。他就像觅食的猛虎，致命而优雅地轻踮着脚掌，悄无声息地移动着。

武僧们左右展开，以奇特的步伐在战场上排出阵势。离沃金最近的那一名武僧在影踪禅院时原本是负责每天外出采摘草药,现在他身着铠甲,但除此以外全然没有适应战争的节奏。他没有准备好,也从没想过会被选中加入这支分遣队。

一名赞达拉战士冲向了他,举起长剑挥出致命一击。刃锋呼啸着划过,然后又横着劈了回来。武僧扼住巨魔的手腕,拉住他侧过身来和自己面朝同一个方向。巨魔想要伸直手臂递出长剑,刺向武僧的腹部,但武僧猛然施力扭动他的手腕,迫使他因为疼痛而弯下膝盖。然而在他跪到地面之前,武僧的手肘就已迅速向上击出。随着咔嚓一声,巨魔的下颚与喉骨都已经被击得粉碎。

这名小武僧越过巨魔,安然地继续向前推进,沃金赶忙带着血腥的利刃冲了过来。武僧对巨魔迅速恢复伤口的能力毫不知晓,他以为方才那声清脆的声响已经昭示了死亡,但实际上恰恰相反,那代表着一名愤怒的巨魔正在重整旗鼓,以图再战。

这时,沃金挥动双刃重剑迎面斩过。巨魔的头颅高高弹起,躯体则如若无骨地倒了下去。接着头颅落下,掉在躯体的胸口上弹开了去。沃金转身走开,而那具彻底失去了生命的残骸开始抽搐起来。

沃金和武僧们继续向树林中推进,来到了一块与撤退路线平行的、覆满青草的狭长凹地中。沃金不假思索便冲到了一群赞达拉喽啰中间。事实上,即便他思考了,冲锋的速度也不会有丝毫减缓。他已经知道了这只是一群身着轻甲的散兵,作为前锋被发派过来屠杀平民。他们毫无荣誉可言,他们只能算作屠夫而不是战士——而且是拙劣的屠夫。

一名古拉巴什巨魔高高地举起重剑猛攻向沃金。暗矛巨魔嘴角浮现出一丝蔑视。那名古拉巴什突然蹒跚起来,暗影魔法侵蚀了他的灵魂,麻痹了他的肢体。然后一名影踪派武僧破空而来,抢在沃金之前飞身一脚踹向那巨魔的后脑,夺走了他的生命。

战况愈演愈烈。沃金手起剑落,无情地撕裂着那些未着护具的肢体。有些敌人侥幸得以招架住一击,但这不过只是徒劳的垂死挣扎。双刃剑的一面刀刃被招架住时,另一面便会顺势挥出,或是从后面斩向膝盖,或是从下面刺向腋窝。热血四溅,残肢遍野,一具具躯体瘫倒在地,被斩裂的胸口随着呼吸冒出汩汩血泡。

有什么东西狠狠地击中了沃金肩胛。他赶忙向前一滚,然后转身站起。沃金想要发出一声充满着狂怒与高傲的挑衅怒吼,但是刺痛的喉咙违抗了他。他挥动手中的武器,刀身上沾满的鲜血被甩了出去,形成了一道宽宽的圆弧,然后他收回剑刃,伏低身体,做好了战斗的准备。

眼前的这名赞达拉巨魔甚至比他的大多数同类都还要更加高大健壮。他拿着一把久经战阵的远古长剑狂奔而来,以山岳崩顶之势向下直劈,动作甚至比沃金预料的还要更快。暗影猎手全力招架,但是巨大的冲击力使得他的武器当场脱手。

赞达拉战士向前突进,用头猛地撞向沃金的面部。沃金踉跄着后退了一步,而那名赞达拉巨魔片刻未停,把长剑扔到一旁又向沃金猛扑过去,并用双手握住沃金两侧的肋骨把他高高举起,用力挤压着,摇晃着。

指头如铁钳一般嵌进了肋骨,让沃金再一次陷入了剧痛。那巨魔的拇指甚至穿透了胸甲,崩裂了里面的内衬。赞达拉巨魔挑衅而愤怒地咆哮着。他咧嘴龇牙,更加用力地摇晃着沃金。

接着他抬起头,对上了沃金的视线。

那一刻似乎无比漫长。赞达拉战士瞪大的眼睛出卖了他,他没想到抵抗自己的居然是一名巨魔。怀疑让他皱起了眉头,而沃金轻易地发现了这一点。

他知道该怎么做。

如同祝踏岚所教导的,沃金竖起了自己的拳头。他眯起眼睛,把赞达拉巨魔的怀疑想象为一个闪光的小球。它就在这张面孔之下,寄生在那巨魔的眼睛后面。沃金鼻孔微张,将拳头砸进了赞达拉巨魔的脸。拳头穿过怀疑,将骨头粉碎成了陶瓷般的碎片。

赞达拉战士的双手松开了,沃金跪倒在地。他伸出一只手撑住自己,另一只手按摩着自己的胸口与两肋。他试着做一个深呼吸,但体侧传来了尖锐的刺痛感。他把手压在伤口上,但仍不能集中足够的力气吟唱治疗。

提拉森伸出手钩住了他的肩膀。"来吧,我们需要你。"

"有逃掉的吗?"

"我不知道。"

沃金缓缓起身,弯腰捡起武器,在一具尸体上擦了擦自己满是鲜血的手。他直起身,回望了一下凹地。方才的战斗留下了一片狼藉。蓝色小队沿着蜿蜒的小道登上山顶,在那里完成了一场伏击。红色小队横穿敌军,护送一批从南方过来的难民离开战场。而沃金和剩下的人则已经狠狠地攻击了赞达拉的侧翼,让他们陷入了惊慌。

沃金甩开了人类的搀扶,用自己最快的速度跟在他身后行进着。他们从山坡上奔了下来,发现老陈正在和一名领导着难民的年轻女性熊猫人交谈。

"这是头一批难民,陈叔叔。还有更多的村子被劫掠了。这不是第一次了,所以他们绝望地选择了离开。"

赞达拉的鲜血仍在一滴一滴从老陈的皮毛上淌下,他坚定地看着自己的侄女。"丽丽,别再回到战场了,别再回来了。"

"我必须要回来。"

沃金伸出一只手放在她的肩膀上。"你要听话。"

丽丽突然向后一跃，摆出了防御的姿势。"这家伙是敌人中的一员！"

"不，他是我的朋友。沃金。你记得他的。"

丽丽靠近过来仔细打量了沃金一番。"把耳朵缝回去之后你好看多了。"

身材高大的巨魔弯下背脊，说道："你得把这些人带往南方。"

"但是来犯的巨魔越来越多，有太多的难民需要去营救。"

老陈向着大海指去。"他们当中大多数人都从未走出过村子，你得领着他们去往白虎寺，丽丽。"

"他们到了那里会安全吗？"

"会更容易被保护。"沃金朝着御龙大师挥挥手，"你得搭载一些行动迟缓的难民离开。蓝色小队会把他们聚集过来。"

"好计划。"提拉森看着红色小队的熊猫人，"我会带着其他武僧去袭扰赞达拉的部队。"

"你？"

人类点点头。"你受伤了。"

"你是个瘸子，而我的伤势一分钟就能恢复。"

"沃金，接下来的战斗将会是我最擅长的类型。拖住他们的脚步，延缓他们，狙杀他们。我会为你们争取到疏散难民的时间。"提拉森轻轻拍了拍装载箭袋里的赞达拉箭矢，"我从他们的杂兵身上捡到了一些东西，得给他们还回去才成。"

"非常好。"沃金笑了，"我会助你一臂之力。"

"什么？"

"这里有许多箭矢，也有许多信任我们的难民，我们得掩护他们安全离开。"沃金对两个小队的武僧们点点头，"集合难民，收集弓弩和箭矢。一队人带着难民撤往东部和南部地区；另一队人跟着我和你去吸引敌人的注意。"

提拉森笑道："利用他们的傲慢去引开他们？"

"赞达拉需要学会什么是谦逊。"

"没错。看到那些立着的巨石了吗，让大家沿着上山的路线在合适的石块背后藏匿好弓弩和箭矢。"提拉森朝沃金微微一笑，"我已经准备好死在你之后了。"

"那你可要等好长时间了。"接着，沃金转身面向老陈说道，"你指挥蓝色小队。"

提拉森也对老陈说道："左路交给你了。他去进攻右路。我负责中路。"

"接下来的工作肯定会让我们忙得口干舌燥，陈·风暴烈酒。"巨魔两只手都搭在了熊猫人的肩上，"只有你酿的酒才能解这种渴。"

"你会孤立无援的。"

"老陈，提拉森想说的是，要是不能各尽其职的话，大家就都会一起死去。"

熊猫人看着提拉森。"你们两个是怎么了？"

人类笑了。"我们在彼此较劲。死在我前面会让他觉得很没面子，同样，要是我先被干掉，也会觉得羞愧难当。而且这一仗下来我们真的会口渴，非常口渴。"

沃金望着难民点了点头。"而他们……老陈，他们需要一名熊猫人去带队。"

酿酒大师停顿了一会儿，然后叹了口气。"我找到了一个我想称之为家的地方，可为它而战的却是你们。"

巨魔从一名武僧那里接过了一张赞达拉战弓和一个箭袋。"当一个人失去了自己的家时，为友人的家园而战便成了最崇高的使命。"

"战舰抛锚了。他们正在放出登陆艇。"

"我们上。"

沃金发现眼前的一切对他来说显得有些古怪：武僧们在前方呈扇形分散开来，而那名人类紧跟在身后与他一起在这条鹅卵石小道上急速前行着。沃金曾经窥探过那个男人的生活，所有他知晓的信息都表明这个男人还没有准备好面对这一切。是的，他还完好地活着，但却已无家可归，被许多联盟同伴认为已经死去，被迫置身于一个充斥着猎杀与被猎杀的世界。

他看了一眼提拉森。"我们应该先瞄准最高的那些。"

"有什么特殊理由吗？"

"目标更大。"

人类笑了。"在我的射击距离上他们只有四点五英寸那么大。"

"你知道，一旦开战我可没时间照顾你。"

"要是谁杀掉了我，记得帮我做掉他。"提拉森甩给他一个敬礼，然后直奔东面，跟着蓝色小队进入了村庄。

沃金径直向前，他发现那些在红色小队的组织下走过阴影去往出口的熊猫人难民都显得有些惊慌。很明显，他们已经见识到了巨魔的残暴，并且对沃金产生了畏惧。这将会成为他们挥之不去的梦魇。即使他们明白沃金是带着善意前来帮忙，也仍然抑制不住内心的恐惧。

沃金喜欢这种感觉。他意识到这不是因为在面对赞达拉的时候想要支配恐惧，也不是因为想要体会被下级惧怕的感觉。他感到满足是因为自己赢得了他人的恐惧。他是一名暗影猎手。对于人类、巨魔还有赞达拉来说，他都是一名杀手。他解放了自己的家园，他领导过自己的部族，他直谏过部落的酋长。

133

加尔鲁什正是因为害怕我才想要谋杀我。

突然间他萌生了一个念头，他考虑着要不要直接冲到码头，在赞达拉的登陆艇面前暴露自己。他已经和赞达拉交过手了，他知道暗矛巨魔的出现一定会让对方因疑惑而呆若木鸡。但他意识到，坏的一面是，这很可能会让对方发现他们对于抵抗势力情报的了解并不完整。

他意识到了其中的利弊，但如果换做过去，他恐怕早就冲上去了。在他带着暗矛部族离开奥格瑞玛的时候，就曾面对面地威胁过加尔鲁什。要是换做那时的脾气，他一定会咆哮着高呼自己的名号，让敌人们丝毫不敢起尾随之意。他会让敌人看到自己无所畏惧，而这将会让恐惧深深地刺进他们的心中。

他搭箭上弦，然后扬手放出。这支箭顶端的箭镞上带着一个能够轻易撕裂肉体的倒钩，这才是现在需要刺进敌人内心深处的东西。一名赞达拉巨魔正举着弓想要跳出登陆艇，可惜沃金没有给他这个机会，箭矢在空中划出了一个轻微的弧度，如同一个昭示死亡的黑点，径直落向他。这支箭射中了他的肩膀，然后穿过锁骨，刺入了颈下的脊柱，连尾羽也埋进了身体之中。

他砰然倒下，撞到了船舷之上，然后被磕得翻了一圈，头朝下坠入水中。登陆艇霎时失去了平衡，左边的压力让右舷抬了起来，不过很快又得以平复。

也就在这时，沃金将第二箭射出，把那个掌舵的巨魔钉在了舵盘上。

沃金闪身回来，然后转身离开。虽然他很想欣赏一下其他赞达拉看到这具尸体时的困惑与惊恐，但这无疑会付出生命的代价。四支箭矢飞了过来，射在他方才倚着身子的石壁上，紧接着又有两支从头顶飞过。

沃金撤退到下一栋建筑废墟前。当他到达的时候，一名武僧正帮助一个肩胛已经被压碎的熊猫人从沙砾堆中爬出来。不远处的海湾上，最后一艘登陆艇从战舰中释放了出来。突然间，一支箭射入了艇上领航员的耳朵，他痛苦地扭动着，然后摔了出去。

作为先锋的登陆艇抵达了岸边。一些赞达拉冲了出来寻找掩护，另一些则躲在船身后面挤成一团。中间的两艘登陆艇仍在迅速地挥动着船桨把海水往身后拨去。最后那艘小艇上，一名意志坚定的赞达拉战士顶上了领航员的位置。一支利箭命中了他，直穿过他的脏腑。他艰难地守在岗位上，双手依然在操纵舵盘，想把登陆艇导向岸边。而其他的巨魔则都在奋力地拉着船桨。

那个巨魔疯狂地交换着信号，指挥远处的战舰发动攻击。停靠在港口的战舰们调转了攻城武器的方向，再一次发起了攻击。无数巨石投射过来，将沙滩上的沙尘轰击得四处飞扬。沃金原本以为这些半埋进沙里的巨石都不过是白白浪费掉了，但一名赞达拉战士猛然冲了过去躲在巨石的后面，用它进行掩护。

然后，巨石一块接着一块落下。

游戏正式开始了。海岸上的赞达拉士兵越来越多，沃金一面射击，一面向敌人的侧翼移动。但是战舰上的瞭望员一直都在观察着他的动向，那些攻城武器很快就会调整方向，把他的藏身之处轰成碎渣。在东边，他们也正对提拉森藏身的洞穴进行着同样的攻击。沃金不知道敌人是怎么发现提拉森的，他也没有余暇去弄清楚。

每一波投石都让沃金不得不往后撤去，于是越来越多的巨魔开始往前推进。战舰放出了更多的登陆艇。有一些赞达拉甚至脱掉了身上的甲胄，带着长弓和被油布紧紧包裹的箭矢就直接潜入海湾。这些登陆艇靠成一圈，将卓金村围在中间，而它们所运载的战士们则抢滩上岸，占领了村庄。

暗影猎手箭无虚发，不过并非每一箭都能夺走性命。敌人身上的盔甲挡掉了不少箭矢。大多数时候，这些目标都只有脚裸露在外，或是只在跌落的甲片后露出一小块蓝色的皮肤。事实很简单，即便他为每一支箭矢都附上魔力，也无法阻挡敌军战舰上茫茫的弩炮和士兵。

沃金不得不继续往后撤去。他离开之时匆匆扫了一眼战场，视线之内只有一名武僧的尸体。她身上中了两箭。从这里一直延伸到南方的足迹可以判断出，她是在掩护两只小熊猫人撤退的时候被敌人杀死的。

他追踪着这些小熊猫人的脚印，回到了村庄之中。正当他沿着足迹踏入废墟之后的一片开旷地带时，身后传来了窸窸窣窣的声音。他迅速转身，然后便发现了一名赞达拉士兵。沃金回身取箭，但是敌人已经抢先射出了箭矢。

箭矢从侧面射了过来，贯穿了他的身体。肋骨传来的剧痛让他蹒跚不稳。他单膝着地，赶忙把手伸向自己的双刃剑，但此时那名巨魔已经搭上了第二支箭。

赞达拉巨魔满脸都是胜利的笑容，就连獠牙也闪烁着傲慢。

然而就在下一瞬间，一支箭矢划过一道圆弧，落在了赞达拉巨魔的两只獠牙中间。有那么半秒，就好像是他口中吐出了羽毛一般。接着他两眼翻白，仰面倒了下去。

沃金缓缓转过身，沿着箭矢射来的轨迹向后望去。那家伙正站在一座被离离青草所覆盖的小山丘上。四点五英寸的目标……射进嘴里……而他居然还说什么要是被人杀了记得给他报仇。

尘土慢慢地落在颤搐的巨魔身上。沃金把手伸向背后，猛地折断了箭头，然后从胸口拽出箭杆。伤口愈合的时候他笑了，然后拾起了巨魔的箭袋，继续边打边撤。

第 15 章

本该与冷雨相伴。明媚的阳光洒落下来,但却并未带来温暖,反而像是在嘲笑她一般。卡拉站在驳船的船头,并不是为了发号施令,而是因为从这里可以一览无遗地观察整个海岸。

这艘驳船将一艘浮在水上的长艇轻轻推到一边,激起了一阵温柔的涌浪。死去的领航员双手依然还架在舵盘之上。一支利箭穿透了他的身体,这肯定很痛,但他的表情看起来却丝毫没有为之所动。他盯着前方,双眼逐渐失去光彩,蝇虫也慢慢围了上来。

驳船慢慢靠近海岸,船底的泥沙发出嘶嘶的声响。她跳下船,黑色的斗篷在风中轻摆着。两名战士在等候着她——是尼尔赞船长和一个相貌丑陋,手持巨盾的高大巨魔。他们啪的一声立正,并利落地向她敬礼。

她致以回礼,表情却十分不满。"你们弄清楚情况了吗?"

"已经尽可能去确认了,我的女士。"尼尔赞把脸转向内陆方向,"为了战前的渗透调查,我们派出了一小队斥候穿过山谷向西。其中两名队员游上对岸,干掉了两个在那里钓鱼的熊猫人,并且占领了那边的高地。他们现在也还留在那里等待下一道命令。在此期间,其他斥候则继续向内陆前行,一切都按部就班。"

她挥出一只手,扫过眼前这片破败的土地。"但随后计划就被打乱了。"

"是的,我的女士。"

"为什么?"

这个赞达拉战士的眼睛瞪得直直的。"了解过程比解释结果更加重要,我的女士。"

于是她跟着他进入山谷,走到一幢距海岸约五十码的房屋残骸前。当他们抵达的时候,另一名战士单膝蹲下,拖出了一张芦苇编织的睡席。这上面留着一个脚印。

她感到一阵凉意穿过身体。"这不是我们的人?"

"不。是一个巨魔留下的,但他的体型要比赞达拉小上许多。"

卡拉转身望向身后的海岸。"就是他射死了舵手?"

"以及那艘艇上的一名战士。"

"这一箭射得真准。"

尼尔赞指着东边。"在那边,你和副官见面的地方,还发现了另一道足迹。是一名人类,他用我们的箭杀死了另一名舵手。"

她估量了一下那个人类士兵的潜伏点与海湾之间的距离。"而且还是用我们的战弓,对吧?碰运气射中的吗?"

尼尔赞抬起下巴,清了清喉咙。"我也希望如此,可惜并不是这样,运气可没法让我们的长弓留下这样的痕迹。"

"你说了实话,很好。"她缓缓点了点头,"还有什么?"

这名战士领头走出村庄,沿着道路朝南走去。"我们还在城镇里找到了更多的尸体。这两名弓箭手射得又快又准。他们在为其他人争取撤离的时间。大量的足迹表明他们向着南方逃脱了。还有些东西您会感兴趣的。"

他带她来到一个身中两箭,倒地而亡的熊猫人面前。即使已经倒地身亡,即使穿着一副纹绘咆哮之虎的铠甲,这种生物还是表现出了一种与生俱来的谐趣与友善。她蹲了下来,用手指戳了戳这名熊猫人的大腿。这具尸体已然僵硬,但她还是可以判断出这名熊猫人生前肌肉健硕紧实。

她抬起头。"我没看见武器,也没看见弹药。"

"爪子,我的女士。"

她抓起熊猫人的一只爪子,用拇指在其中一个关节上擦过。爪上的细毛都已经被磨去,黝黑的皮肤上长满了老茧。"她不是渔民。"

"我们还找到了四名。有些还带着武器。"这名战士犹豫了一下,"都被杀了。"

"让我看看。"

他们先是继续向南,然后转向东边,来到了一片道路之旁被青草覆盖的凹地。卡拉选中了这个地方作为伏击点。她原本想让斥候小队杀掉一些难民,然后把其他人赶回村庄。一旦她的军队占领了这里,这些熊猫人就会被用来当作苦工。

她调查了现场的狼藉。她的伏兵们都身着轻甲,携带轻便的武器,以求行动迅捷,但现在这支队伍却零落地瘫倒在四下。三十多名斥候葬身此地,却只让对方牺牲了四五名熊猫人?从她视线中的两具熊猫人尸体可以推断,对方并没有打算移走自己的死者。

"你们有没有统计过熊猫人的数量？"

"他们分别活动在南面和东面，东面的数量稍多一些。我们还发现了那名人类与巨魔的脚印，还有其他一些野兽的痕迹。"

"我要的是总数，尼尔赞！"

"我们靠近这里的时候他们有二十一个人。"

卡拉站起身来大步向凹地的中间走去，那里躺着一具非常高大的尸体。是塔格卡尔副官。至少她认为是。他的脸已经被毁容，但是从这具尸体的高度判断，肯定是他无疑。这是她精心挑选出来的侦查队员。

而他辜负了我的期待。

她踢了一脚那具尸体，然后转向尼尔赞船长。"我希望看到一份翔实的报告。我要知道他们每一个人的位置，他们的伤亡程度，所有的一切。我要知道所有你确证的信息，我不要看到什么猜测和估计。我要知道这些熊猫人到底是什么来头。我们被告知他们没有军队，没有民兵，没有抵御能力。看来我们的情报来源造成了一些相当可悲的误导。"

"遵命，我的女士。"

"还有，我要知道村民们都转移去了哪里。"

这名赞达拉战士点点头。"我们已经挑选出一支队伍继续跟踪。我们追踪到那两名弓箭手——人类和巨魔都往东边去了，但所有的迹象都表明难民是往南面撤离。我们还发现那些野兽又转回来载走了伤者和老人。"

"很好，我还需要知道更多的信息。"她停下来，从一名死去的巨魔脖子里拔出一支染血的箭矢。细长的箭杆上装着一只极其简陋的箭镞，"山间匪贼都不会稀罕这些玩意儿。我们带来一支军队，而他们竟然用玩具进行反击？"

"他们一直在夺取我们的物资,我的女士。"

"还有一次组织得很好的撤退。"卡拉拿箭指着那名斥候的尸体,"等你把所有事情都调查清楚了,我会很有兴趣把他们剥皮实草,插在这条道路的两旁,然后把掏出来的鲜肉扔到海里喂鱼。"

"知道了,我的女士,但是恐吓对熊猫人很难起到实质作用。"

"这不是为了恐吓熊猫人。这是为我们余下的人所树立。"卡拉把箭矢随手挥掉,箭支从盔甲上反弹出去,没进了草丛中,"任何一名相信自己生来就该沐浴在帝国荣光中的赞达拉都必须记住,一切都是来之不易,是以鲜血换来的。尼尔赞,记清楚了,我不允许类似的情况再次发生。"

* * *

沃金从梦中惊醒过来。这倒不是因为他在梦中正被赞达拉追捕,实际上他很享受这一点,能够成为赞达拉的目标,说明他是个有分量的人。看到赞达拉满怀愤怒与恐惧地在后面紧紧追赶,让沃金倍感愉悦。激起敌人内心的恐惧是他过去生活的一部分,也是他如今想要重拾的一部分。

他周身上下都处于疼痛之中,大腿处尤为剧烈。他仍然能感受到身侧的剧痛和喉咙处重新被唤醒的苦楚。这些伤口都缝合起来了,但完全愈合还需要时间。他非常厌烦这反复纠缠着他的伤痛,倒不是因为身体无法承受,而是它们无时无刻不在提醒着他曾经离死亡有多接近。

他和人类一起按照计划撤退。在既定的掩藏地点,他们找到了武僧们留下来的弓弩和箭矢。除此之外还有一些食物留在那里,他们随即一扫而光，然后拨乱地上的石块继续前行。石头排成的线路指引着他们去往下一个地点，如果没有这些标记，他们很可能早就迷失在原野上，然后被敌人发现并且杀掉。

赞达拉紧紧地跟在后面，但是人类和巨魔都已经了解了他们的作战方式。他们优先解决掉了敌人的弓箭手，从而在远距离战斗上获得了优势。赞达拉的弓箭手并不弱，沃金大腿上那条染血的绷带证明了这一点，只不过他们遇上了更加优秀的沃金和提拉森。而且沃金很不情愿地承认，提拉森要比他厉害得多。他仅用两箭就搞定了一名相当麻烦的赞达拉射手——第一箭从石缝中穿过，而且在其命中之前就算准了敌人的撤退路线并放出第二箭。沃金曾经见过同样精准的箭术，但那从来都不是在敌人正激烈反击的战场上。

沃金被惊醒是因为他所处的环境。白虎寺虽然完全称不上华丽，但是却温暖舒适，充满光明。沃金被分配到一间单人小屋，这间小屋的面积不比他在影踪禅院的那间大多少，但是周遭浅浅的色调以及从窗户透进来的盎然绿意，都让这里看起来显得空间充足。

他起身前去洗漱，待到回房的时候，他发现屋子里多了一件白色的长袍。他穿上长袍，然后跟着一阵奇妙的长笛声来到了一个离寺庙大殿很远的院子。老陈和提拉森都站在那儿，红蓝小队的武僧也都在。祝踏岚也出现了，无疑是乘坐翔龙而来。他们所有的人都身着白色衣衫。有一些武僧也同沃金一样在战斗中负伤了，他们有的拄着拐杖，有的吊着胳膊。

这里有五尊白色的小雕像，俱由柔石雕刻而成，不过一个手掌的高度。它们被放在桌子一边，旁边摆着一面铜锣、一只蓝色的酒瓶和五只蓝色的小杯子。祝踏岚对着石像鞠了一躬，然后向聚在一起的大家也鞠了一躬，众人也都回之以礼。接着这位掌门大师望向了老陈、提拉森和沃金。

"当一名熊猫人正式成为影踪派一员的时候，他会随我们的工匠大师一同前去昆莱山深处。他们会深入地底，寻找到山脉之骨，然后在上面圈出一小块地方。工匠会将武僧的相貌雕刻在上面，使武僧和山脉之骨联系起来。当命运轮转，时光流逝，在这名武僧去世之后，脱离连接的雕像便会被收集起来，贮藏在庙宇之中。这样，所有人就都能记得有多少人曾在这尘世间来过。"

雅丽亚·圣言从武僧队列中站出来，敲了一下桌上的铜锣。祝踏岚掌门叫出第一个武僧的名字，每个人都鞠躬致敬，直到他的声音消失。接着他们挺直身体，然后锣声再次响起，祝踏岚喊出另外一个名字。

这些名字让沃金大感吃惊，他颇有印象，而且能将其与往昔的音容笑貌联系起来。不是在武僧们奔赴战场之时，而是在那之前，在他得以康复的那段日子里。其中有一人给他喂过肉汤，另一人帮他换过绷带，还有一人则总是会在他玩机会棋的时候从旁轻声提醒。在他们活着的时候，他能够清楚地记得每一个人。如今逝者往矣，让他周身的痛苦更加剧烈，但也让伤口开始以更快的速度恢复。

他想起了加尔鲁什。他想，如果这五名武僧随意交换一下位置，加尔鲁什一定无法分辨出谁是谁。他会调查他们，会评估他们的军事能力，会计算他们可以为自己增加多少战力，但这便是加尔鲁什在乎的所有事情了。无论是五个人还是五千人，对他来说都是一样。对于战争的渴望让他眼里只剩下军队，再也不知战士为何物。

我不希望成为这样的人。这就是为什么在回音群岛的时候，他时常都会和那些在训练中表现优异的巨魔进行交谈。他努力想要记住每一个人，以及他们的名字。他珍视他们，也希望他们能明白这一点。

这不仅仅是因为首领的关注可以让战士们感到骄傲自豪，还因为这可以提醒他不要把活生生的战士只看作是投入战争的数字。

当最后一名武僧的名字被念出之后，每一个人都挺直了身体。雅丽亚又敲了一下锣，然后回到了队列中去。老陈迈出上前，拿起桌上的杯子——那些杯子跟他的手掌相比显得特别袖珍——然后放在每一个雕像前面，接着他拿起酒瓶。

"我所拥有的东西不多，也拿不出什么像样的礼物，你们应得的远比我可以给予的更多，但我的朋友曾说，对抗赞达拉是一份让人口干舌燥的工作，所以我谨以此酒，为诸位解渴。我很高兴接下来将会和在场的所有人分享这酒，但这第一轮，当敬给你们五人。"

他将瓶子里的金色液体均匀地倒进五只杯子里。当每只杯子都被盛满之后，他鞠躬行礼，然后把酒瓶放回原位。祝踏岚弓下腰身对老陈致以敬意，接着再向雕像鞠躬，余下的人也都跟着他如是而为。

掌门大师看着其他的人。"倒下的兄弟姐妹会非常欣慰你们还活着。你们的所作所为，你们所拯救的诸多生命，让逝者得以带着荣耀而去。你们或许从未想过完成这项任务会带来诸多遗憾，但这并不是阻挠我们的理由。我们沉思、悲痛、祈祷，但你们要知道自己完成的任务保护了千万人的'平衡'。毕竟，这才是我们的信仰。"

又一轮鞠躬完毕之后，祝踏岚走到三个局外人面前。"希望你们可以帮我个忙，和我一起商议接下来的事宜。"

祝踏岚带着他们来到一个小房间。房间里放满了关于潘达利亚各地区详细情况的地图，而机会棋子被摆放在上面，代表着双方的势力。沃金怀揣着一线希望，但愿这"棋局"反映的不是现实状况。因为如果真如此局，那潘达利亚恐怕命不久矣。

但祝踏岚冷峻的表情暗示着这些棋子象征的意义还要更糟：乐观

估计。

"我必须承认，我现在有些不知所措。"这位老僧用手爪扫过地图，"联盟和部落的入侵没有带来大规模的屠杀。他们互为平衡，任何一方的存在对于解决难题都是相当有用的。"

提拉森合上眼。"就像在神龙之心的时候那样。"

"是的，就像疑之煞被释放的时候那样。"祝踏岚把手背在身后，"联盟或部落中的任何一方都比我们要适合对抗现在这种入侵。"

沃金摇摇头。"每一方势力都打着自己的如意算盘。他们互不信任，肯定会谨慎前行。他们不会告诉我们行动计划，也不会在缺乏补给和掩护的情况下贸然出兵。"

祝踏岚抬起头来。"你们谁都没法劝得动旧日的盟友吗？"

"我已经被自己人谋杀过一次了。"

"让他们相信我已经死了比较好。"

"那么潘达利亚看来是保不住了。"

沃金笑了，露出闪亮的牙齿。"我们虽不能出面，但可以告诉你怎么和他们接洽。他们会权且一听你的说辞，所以我们需要找到足够的情报去打动他们。而我，已经想好了该怎么获取这些情报。"

第 16 章

陈·风暴烈酒最后检查了一遍行囊。他很确定自己带齐了所需的一切东西。总而言之，至少从物质上来说，他是准备好了，但他还是在禅院门口徘徊了好一会儿。

然后他笑了。

院子里，丽丽正在组织与牛车相关的工作。她指挥着石耙兄弟搬运和装载物资。他们相当卖力，再没有招致丽丽的责骂。老陈想，这不是因为他们害怕她，而是因为他们已经逐渐喜欢上了她。雅丽亚的父亲罗凯申也在帮着他们一起装载物资。他的出现让丽丽在指挥和责骂时更多了一分犹豫。

雅丽亚离开正在监督工作的丽丽走向老陈。如果不是她走过来的时候老陈正好低头一瞥，他说不定还会以为她一直忙不过来。但就是这么一瞬，便足够让他心跳加速了。"启程的准备马上就要完成了，陈师傅。"

"我知道。我只是很遗憾咱们这么快就要分开了。"

她回头望了望自己家人所在的第一批难民队伍。"把难民送到四风谷的风暴烈酒酿酒坊的确是个不错的主意。虽然旅途艰苦,但却可以换来安全。我很高兴我的家人被选中加入其中。"

"于情于理都该如此。你的家人可以从那里学到许多酿酒的知识,这对于以后在卓金村兴办酿酒坊将会大有裨益。我早就该想到这点的。"

她把手爪轻轻放上他的手臂。"我知道你这么做,是为了让丽丽送他们过去,这样丽丽就可以离开你身边到安全的地方。"

"我也很高兴一路上你可以照料她的安全。"老陈再一次紧紧扣上自己的行囊,"这不是一件容易的事,我现在不得不离开,你也要去接别的村民了。"

她用手掌轻轻拂过他的脸颊。"你能信任地把丽丽交给我,以及让她照顾我的家人,这都让我深感荣幸。"

他转过身来想要紧紧抱住她,但他能感觉到所有人的目光都在注视着自己。他可以不管别人的看法,但他绝不会让雅丽亚的名誉因此受损。"如果你不是影踪派的一员……"

"老陈,别说了。如果我不是一名影踪人,我们就不会相遇。我很可能会成为一位带着好几个孩子的渔妇。就算你来到卓金村,也只能给我一个微笑,一个点头,你会给我的孩子们表演杂耍逗乐他们,但也仅仅只能如此了。"

老陈笑了。"你的智慧令人无比倾倒,你知道吗?"

"我也很欣赏你的坦诚。"雅丽亚望着他的眼睛笑了,"你一直追随着神真子,你不像我们一样墨守成规。传统能够让人保持稳定,但却缺乏变通。如今的时局让平衡岌岌可危,我们需要学会应变。我喜欢你总是可以分享自己心中所想。"

"我喜欢跟你分享。"

"我希望以后还能有更多的时间可以相互分享。"

"老陈,你有没有准……哦,不好意思,雅丽亚。"提拉森停在门口鞠了一躬,他的行囊已经负在了背上。

"我一会儿就过来。"老陈向人类和雅丽亚都各鞠了一躬,然后小跑到他的侄女面前,"丽丽。"

"叔叔,有什么事吗?"她的语气有些冷淡,看得出来并不满意自己被分配的"运送"任务。

"少点儿野狗的习气,亮出风暴烈酒家族的风采来。"

她呆了一下,然后低下头。"知道了,叔叔。"

他把丽丽拉入怀中,紧紧抱着她。最开始她有些抵触,但随后便紧紧靠住了他。"丽丽,你将会拯救许多生命,非常宝贵的生命。不仅仅是为了我,为了雅丽亚,也是为了整个潘达利亚。这里已经免不了会迎来一场翻天覆地的改变——暴虐而恐怖的改变。你会带着圣花家族、石耙家族,以及其他所有同行的人,向世界证明即便在这样的变故之下,生命之火依旧可以生生不息。"

"叔叔,我知道。"她从老陈的怀抱里钻出来,"一旦抵达酿酒坊,我和雅丽亚就可以……"

"不。"

"你不觉得……"

他把丽丽拉回来,抬起她的脸,让她能更清楚地看着自己。"丽丽,你听过许多我的故事。关于食人魔的故事,关于我怎么用计把鱼人炖成一锅汤,还有……"

"教冻土元素和冰霜巨人跳舞……"

"是的,你听我说过许多故事,但我并没有把所有故事都告诉你。有一些事情,是我不能跟任何人分享的。"

"但你可以跟沃金和提拉森分享。"

老陈望着正在聊天的人类和雅丽亚。"我能跟沃金说,是因为我的许多故事里都有他,但那都是些可怕的故事。丽丽,它们毫无乐趣可言,不会让人笑得出来。卓金村的村民们也有悲伤的故事,但死里逃生使得故事有了美好的结局。而我们,我、提拉森、沃金,还有雅丽亚即将面临的事情是不会带来笑容的。"

丽丽慢慢地点点头。"我知道,提拉森一向都很少有笑容。"

老陈想起提拉森在卓金村战场上咧嘴大笑的样子,不禁打了个冷战。"丽丽,在那些恐怖的故事里,我是救不了你的。但是,我希望你能让酿酒坊的村民都做好准备,防止同样的悲剧发生在他们身上。石耙兄弟是相当糟糕的农夫,但如果给他们一把镰刀或是连枷,他们就可以给赞达拉送去噩梦。如今,祝踏岚和沃金的手中握着一个拯救潘达利亚的机会,而你每培养出一名改头换面的农夫或者渔夫,胜利的天平就会更偏向我们一些。"

"你把未来都赌在我身上了。"

"除了你,还有谁更值得信任呢?"

丽丽扑进他的怀抱里,紧紧抱着他,就像小时候想要阻止老陈去冒险那样。他也回抱住她,轻轻地抚摸着她的背脊。然后他们分开,向着对方久久地深鞠一躬,接着便各自回到自己的岗位上去。

* * *

老陈和提拉森的队伍与难民只同走了一小段路,然后便分开了。

他们一路北上,而丽丽和雅丽亚则带着难民向南。到达山顶时,提拉森叫停了队伍,佯装在山顶记录地形。老陈目送着难民队伍消失在远处一条蜿蜒小路上,等到他转身回来,提拉森也恰如其时地做完了记录。

老陈心中悱恻,但他不会让自己陷入阴郁。当他和人类一直往北,穿过一座又一座村庄时,他总是会在四下里发现那些能够让自己想起雅丽亚的事物。他摘了些"心之所往",轻轻将花瓣碾碎,细嗅其香。他发现了一块巨大的石头,看起来就像是一个身材巨大的食人魔正弯腰盯着地上的兔妖洞穴。他仔细记忆着石块的轮廓,因为他知道雅丽亚一定会对他的描述相当感兴趣。而且当自己解释到一半陷入词不达意的窘样时,她的欢笑也许还会更多。

约摸前行了一个小时,提拉森再一次喊停队伍,带着大家来到道路以东半英里处一片覆满青草的凹地里稍作休憩。从这里再往西行便是高耸入云的昆莱山脉。

除去跟雅丽亚一样负责保卫难民的那些武僧,其余所有战斗力量都会跟着沃金和祝踏岚一起深入群山。在那儿影踪派的武僧们会筑好防御工事,并根据侦察兵的报告做出进一步部署。

提拉森打开一个糯米团子。"雅丽亚的确足以让人心神不宁,但是老陈,再走下去我们可就得集中精神了。把心收回来吧。"

熊猫人盯着他。"我对雅丽亚·圣言所持的是无比纯洁的敬意,我的朋友。说什么心神不宁,胡说什么呢,那可是对她大大的不敬……"

"是的,老陈,我的错。"人类眼中闪着祝福的光芒,"其实你们彼此都互有感觉,而且她看起来真的很特别。"

"她确实是独一无二的。而且,她让我感觉自己找到了……归属。"潘达利亚确实是他穷其一生所寻找的地方,但她,才是他想要寻找家园的理由,"对,她让我找到了家的感觉。"

"那就结婚生子,在你的酿酒坊里携手白头。"

"我也希望可以那样。"老陈笑了笑,然后停住,"影踪禅院的武僧可以结婚吗?他们有孩子吗?"

"我确定他们可以。"人类轻声笑着,"你会儿女成群的,我确定。"

"你知道的,我永远都会欢迎你。你可以享有跟雅丽亚父亲一样的特权。可以在我的任何一座酒坊里敞开肚子开怀畅饮。你也可以把家人一并带来,我们的孩子可以一起玩耍。"老陈突然皱起了眉头,"你成家了吗?"

提拉森看了看手中吃了一半的糯米团子,然后把它重新包了起来。"这是一个有趣的问题。"

熊猫人感到有些不安。"你失去家人了,是吗?战争……"

人类摇摇头。"他们都活着,据我所知是这样。失去与死亡完全是两回事,老陈。无论你将会做什么,不要失去雅丽亚。"

"我怎么会失去她呢?"

"你这么问,说明你从未想过会失去她。"提拉森瘫坐下来,开始研究路线,"我愿意用任何东西去交换一副侏儒望远镜,或者地精望远镜。当然,要是有一整排他们制作的火炮就更好了。赞达拉战舰最有意思的地方便在于:没有火炮。除了巨魔,那上面几乎什么都没有。"

"沃金应该知道其中原因。"老陈一边点头一边在人类身旁坐下,然后望着前方的路,"他也想跟我们一起到这儿来,但你是对的,祝踏岚比我们更需要他。"

"我曾经告诉过他,我最擅长这样的局部战争。"提拉森滑下草丛,"我精于战术,但却不是一名战略思想家。而沃金已经在部落中干了不少这样的事情。我的意思是,他可以制定战略,可以找出拯救潘达利亚的方法，而这是你和我都做不了的。"

* * *

接下来的三天里，熊猫人和人类反反复复地在这条道路上往来，严谨周全地观察记录着北方的种种细节。他们的步伐极其缓慢，相形之下让蜗牛看起来都像是振翅疾飞的狮鹫一样迅捷。提拉森记下了许多备注，并且勾画了许多配图。老陈甚至怀疑除了魔古人的末代皇帝以外，从没有人做过如此细致的考察。

他们露营在高寒之处。老陈毛多肉厚，没感到有什么不适，但提拉森明显是哆嗦着迎来的清晨。不过从九十点钟开始，他跛脚的症状倒是终于完全消失了。这个人类小心翼翼地抹去了沿路留下的所有痕迹，即使没有见到任何人迹，他也坚持要折返一段路程，在来时的路上隐蔽埋伏一段时间以防万一。

通过观察和协助提拉森，老陈对他的理解又更深了一层。提拉森指出赞达拉之所以没有派出散兵和掠夺者，是因为他们对这次入侵准备得非常充分。他猜测敌人有三分之二的船只都装载着物资补给和后勤人员。他们至今仍未向南推进，这说明他们是在准备着进行一场持久战。这给了熊猫人一个集结兵力的机会，但也意味着他们面临的挑战将会更加严峻。

那你还说自己不善于制定战略。他突然明白了提拉森只是不想返回禅院而已。在这里，在这片旷野上，老陈总是有些心不在焉。他不想让自己想起卓金村——人类在战场上那个令人难忘的笑容是原因之一，但除此以外还有什么，老陈说不上来。

提拉森不愿承认自己的战略能力，但老陈知道沃金会担负起这个职责的。沃金会将他们搜集回来的情报一一消化，并编织成一份精妙的作战计划。能够判断出一支军队的规模是一回事，但找出正确的应对方式则是另一回事。沃金是可以看透这一切的人，他能够从敌人看似完美的计划中找出纰漏，继而扭转乾坤。

老陈发现，每当夜晚来临的时候，提拉森就会热切地想要跟他交流对于这次任务的想法，但这些幽静的时光却总是特别容易把谈话引到这个人类的家庭问题上去。老陈出于他天生的好奇心，自然想要一探究竟，可他又担心人类会反过来追问雅丽亚的事情，并且调侃他心中埋藏的那个小小计划。

熊猫人知道这种朋友间的相互调侃会相当有趣。可如果真被人问起，他只能选择摆上一大杯啤酒或是一碗热气腾腾的香茶，用自己最好的珍藏来封上对方的嘴。他不想破坏自己和雅丽亚之间的淡淡情愫。他很珍视那些美好的回忆和念想，甚至于即使他明白这些念想很可能只是一场无痕之梦，他也依然故我。

因此，两个男人谁也没有让这些对话发生，他们各自在暗夜中为值得开心的事情而开心着。然后在每一个早晨，他们都会隐藏好野营留下的痕迹，继续前行。

第三天的时候，他们发现了一座建在山坡上的小农场。山陵四周都环绕着梯田，看上去曾经有人精心照料过这儿。可现在野草疯长，许多庄稼也被野生动物咬坏了。乌云在北边的天空慢慢聚集，暴雨转眼将至。两人没说一句话，也顾不得隐匿行踪，在大雨倾盆落下之前跑到了小农场里。

这座农舍是由坚固的石头砌成，木质屋顶把落雨挡在了外面。农场主和他的家人一定是在接到了武僧或者难民的警告之后就已经撤离。虽然有一些匆忙打包留下的痕迹，但整座房子还是显得格外干净整洁。

事实上，除了吱吱作响的木地板以外，老陈觉得这间农舍简直完美。

而提拉森却在关心着一些别的事情。他用拳头轻轻敲打着身后的墙壁，当敲打到壁炉旁的食品柜时，他发现这后面听起来是空心的。他寻遍四周，找到了一些可以当作杠杆的东西。他使劲一撬，食品柜便滑动到了壁炉后面，露出了一条漆黑的通道。

通道的阶梯所指向的是一间储物用的地窖。提拉森握着匕首走在前面，而老陈则跟随其后，手里拿着一根木棍和一盏灯笼。老陈才刚走到楼梯中间时，提拉森就已经抵达了地面。然后不知道他们之中谁踩到了机关，身后的食品柜突然滑回原位，封上了入口。

提拉森抬头扫了一眼，挥手示意老陈赶快下来。"我的朋友，我想咱们躲避风暴的时候终于有个安身的好地方了。"

储藏室虽小，却到处排列着货架。每个架子上都放着几十罐装得满满的腌萝卜和白菜。胡萝卜也已经整齐地堆放在篮筐里。用蔬菜在集市上换来的鱼干也在屋椽下方挂满了整整一排。

而且，在角落里，一个橡木的小酒桶，正等待着被人打开。

老陈望望酒桶，再望望提拉森。"就尝一口？"

提拉森想了想，还没来得及回答，一阵穿堂之风就从他们头上呼啸而过。门被撞开了，通常来说这应该是风暴造成的。

但紧接着头顶上就传来一阵沉重的脚步声，一个巨魔叫骂着这该死的天气，显然，不仅仅是因为风暴。

老陈和提拉森默默相望。

人类缓缓地摇摇头。看来今晚是没机会品尝佳酿了，尽管这会是一个令人口渴难耐的漫长夜晚。

第 17 章

沃金蜷着身子单膝跪在地上，右臂紧抱着侧身。他现在的位置比之前和提拉森谈话的地方还要更高一些，但也没有离得太远。越往后走，山势越是陡峭。登山对他来说并不陌生，但侧身的伤痛让他无法以自己想要的方式攻克这座山峰。

他之前非常希望加入老陈与提拉森的侦查任务，但祝踏岚同意了人类对沃金的评价，认为他更应该去制订防御计划。这并非本意，但沃金还是感到很高兴，他在这方面拥有相当丰富的经验，而且作为一名巨魔，他比任何人都更深谙赞达拉的行动。

"沃金，你的身体在清除了残毒之后依然没有痊愈？你不好奇其中原因吗？"

沃金使劲摇了摇头，他的胸口仍旧上下起伏不止。

在小径下方大约六码的地方，祝踏岚悠然地站在那里，仿佛只是信步闲游至此一般。

沃金断定这是因为武僧的体魄比大多数人都要强健,而与之相反的,他自己则还处在一个相当虚弱的时期。"不知道。祖尔金失去了一只眼睛,截掉了一只手臂。那些都没有痊愈。"

"断肢或者某个复杂器官的再生,和伤口的痊愈不是一回事。"祝踏岚幽幽地摇了摇头,继续说道,"你的喉咙导致发声变得异常艰难,你的侧身会让你在战斗中饱受煎熬。你我都明白,如果让你和他们一道去执行侦查任务,你只会拖慢步伐。"

沃金点点头。"嗯,即使有那个人类帮我。"

"嗯。姑且认为他在这里待的比你更久吧,但即使刨除这一点,他恢复的势头也比你更加良好。"

巨魔绷着脸问道:"你为何会这样认为?"

"某种程度上,他认为自己值得恢复。"祝踏岚摇了摇头,"而你却没有。"

沃金想要大喊以示反对,但他的嗓子状况不允许这样。"继续。"

"有一种蟹类会寄居在别的甲壳中以保护自己。曾经就有一对这样的寄居蟹,他们是兄弟,从小一起生活。随着他们逐渐长大,某天其中一只蟹发现了一颗面部已经粉碎的颅骨,然后他爬了进去。另一只则发现了曾经保护这颗头颅的头盔。第一只十分钟爱那颗颅骨,从此便成长其中。第二只则视那头盔只是他寄居的外壳而已。当本该离去的那一刻到来之时,第一只不想离开,颅骨的空间已经让其成型,他停止了生长。而第二只呢,他不得不离开头盔和他的兄弟,因为他必须不断成长。"

"那我是哪一只呢?"

"这取决于你的选择。是要做那只作茧自缚的骨中蟹呢?"祝踏岚耸耸肩,"还是做那只不断成长,勇敢寻找新家的盔中蟹?"

沃金用一只手摩挲着自己的脸。"我是巨魔呢，还是沃金？"

"这样说不太对，你不妨反过来想想。你是那个差点死在山洞的沃金呢，还是一名寻找新家的巨魔？"

"家……有点儿讽刺吧。"

"是有点儿。"

我被困在那个山洞了吗？他一想到自己是怎样被引诱过去，羞耻之感就涌上心头。的确，他没有死在那里，这勉强可以算作胜利，但实际上他根本就不该参加那场战斗。加尔鲁什扔出诱饵，他就这么咬住了它。加尔鲁什用一场两人之间的私宴就麻痹了他，否则他本该料到那是个陷阱，并领着暗矛部落的所有战士一同登陆。

巨魔打了个寒战。

我被束缚在了耻辱之中。沃金看着它，看到了那个骇人的循环。任何一个有自尊心的巨魔都不该被那样欺骗。即使是提拉森那样的人类都不会落入如此拙劣的诡计。这耻辱令他无法脱身。同时他想不起来自己是如何逃走的，这意味着解开束缚的途径也无从寻起。关于这一点，提拉森说得对。沃金惧怕的是自己不知道的那部分。

然而，在观察这个循环的过程中，沃金注意到了它的弱点。他是如何活下来的并不重要。他本该被兔妖从山洞里叼走，然后扔到河里洗洗干净吃掉，但这也不重要。重要的是他还活着。他还可以继续成长，继续前进。他可以选择不被束缚。

这就对了。没有哪个巨魔应该被自己的本性束缚，但他又的确曾被束缚过，所以现在沃金把自身意识从巨魔的身份中释放了出来。作为一名巨魔，他会奋力反抗，他也能够反抗，但这仅仅只是为了向熊猫人和赞达拉证明他的巨魔本性而已。若是作为一名人类，我又能走多远呢？

他摇摇头。巨魔绝不会像那样被困。但也只有巨魔能够在那般绝境中生还。加尔鲁什派遣了一名兽人刺客想把他干掉——区区一名。加尔鲁什难道就这么不清醒吗？我难道没有威胁过要是他不乖就会用毒箭将他射穿吗？他居然以为泰坦或者巨魔之外的生物能干掉我？

祝踏岚谨慎地举起一只手爪说道："沃金，你正处在一个重要关头。继续听我讲完蟹的故事吧。那第二只蟹锲而不舍地寻找着新家，他又找到了一个更大的颅骨，上面同样覆着头盔。他必须做出选择，头盔还是颅骨。"

巨魔慢慢地点了点头。"但他为什么要把选择局限于这两者呢。"

"对影踪派来说，这根本无需考虑。但是你，从另一方面来看，你确有其他选择。"祝踏岚点点头，"若你想要更多寓言，我很乐意告诉你。我也希望你能乐意在军事上继续为我出谋划策。"

"嗯。不管是不是骨中蟹，都是我内心的一部分。"

"看来我应当留你独自思量思量了。"

半蹲着的沃金换了个姿势，坐到了地面上。没有巨魔会像他这样受困，他想要说服自己他已经不再是一名巨魔，可是向外人证明一个谎言并不能改变自己内心的想法。我是一名巨魔。我存活了下来。现在的我就是过去的我，只是更加睿智而已。

想着自身的获益，他轻笑了几声。这份睿智足以让我看清过往的荒唐。

沃金不断地自我剖析，在洛阿神灵面前展露内心。他坠入了一片灰色的景致中，植物朦胧的轮廓在丛林中显得影影绰绰。他想着这应该是个好兆头，然后突然之间天旋地转，邦桑迪隐约出现在上空。

"我不会再迷失了。"

"至少不会是因为兽人，对吧。"亡者的守护神在面具背后大笑，"那站在我面前的这个家伙是谁呢？"

"一名巨魔。眼下来说这便已足够。"沃金朝他伸出一只手，"我要将它取回。"

"你觉得我这里能有什么？"

"我的巨魔意识。"

邦桑迪再次放声大笑，随即从腰间的皮带上撤下一颗熠熠发光的黑珍珠。"在你前来找我之前，你还在说服自己不再是巨魔。我还以为你已经不需要它了。"

"你代我把它照顾得很好。"沃金双手托起珍珠。它躺在他的手心，轻若无物，散发着夺目的光辉。"多谢。"

"也感谢你给予我的献祭。"洛阿回头望向远处整齐列队的赞达拉部族，"他们厌恶我的庇护。"

"我会给予你更多的。"

"你会是一名忠实的巨魔。"

沃金攥紧左手，收起了珍珠。"其他的神灵一直在向我传送幻象，这是为何？"

"提醒你作为巨魔的职责。"

"剧毒之母是赞达拉的庇护之神，但她要我去做的事情却是和赞达拉针锋相对。"

"他们认为那些行为能够取悦她，但那并不代表他们懂得她的心思。"邦桑迪耸耸肩，"如果这些并不是她真正想要的献祭，那又有什么意义呢？"

"她把我放在赞达拉的对立面，是为了促使他们走上正轨？"

"如果他们失败了，你该对她有所感激才是。"

"是的,当他们失败的时候。"

"哈!这就是为何你一直都是我的最爱之一,不管你是何身份。"

"当我做出抉择的时候会知会你的。"沃金笑了,"死掉的赞达拉部族会传达这一信息。"

"我有着无穷的欲望,巨魔,但我也可以给予无尽的恩泽。"

沃金点了点头,灰白的世界随即融入山野之间。他抬起右手,珍珠已经浸入了血肉。沃金全神贯注地体会着,他感到珍珠的精华已经流遍全身,并开始生效。疼痛缓解了,肌体组织也逐渐新生。

巨魔让自己的恢复能力开始运作在两个地方。主要恢复了侧身的伤口,同时修复了肺部的创伤,让气息得以顺畅。不过他还是在那里留下了一处伤疤。他想要留下悔恨。他希望提醒自己过去犯下的错误。

同样地,他还治疗了自己的嗓子,但并没有完全恢复到原来的样子。他让创伤掩盖了悠扬的嗓音,因为那是曾经属于沃金的声音,那是威胁过加尔鲁什的声音,那是接受了那项任务的声音。沃金不想再听到它。

他还没有完全适应现在的嗓音,但这尚在能够忍受的范围之内。他曾告诉邦桑迪,此时此刻他只是个普通的巨魔,他不需要有多伟大。待到知晓自己能够成为谁的那一天,我自然会听到属于我自己的声音。

当他往下走向禅院之时,忽然意识到自己在许多方面都像是那只骨中蟹。他任由自己被他人界定。父亲的梦想成为他的遗产,这在某种意义上塑造了他。他几乎都认为自己被困其中,但他的父亲若知道自己儿子认为被束缚了,一定会感到惊骇。暗影猎手的身份、暗矛部族领袖的身份、部落领袖之一的身份,这一切的一切都像是骨片,建起了他内心的骨头家园。

这则寓言中藏着一个真正的秘密。颅骨和曾经起保护作用的头盔都是为了两个不同目的而设的。每只蟹都需要保护,但只有盔中蟹做出的才是正确选择。其他的选择虽然有用,但却无法让他循着自身的命运成长。

颅骨、头盔,或者是……其他的什么。若是武僧们面临这样的选择,他们要么就会选择留在禅院,完全面向内心,就像那只颅骨里的蟹。而其他人呢,比如雅丽亚·圣言这样的,会选择走出禅院,成长为任何他们需要成为的人。在潘达利亚,似乎没有必要去考虑这两者以外的其他选择。但如果真的想要第三种,那么可以像老陈一样选择"海龟壳",投入到漂泊无依的冒险中去。

但是,对我来说……用来描述那些骨片的字眼也并非都是贬义。父亲的梦想当然有其价值所在,沃金承认这一点。同样有价值的还有他的暗矛领袖身份,以及他在部落的地位。沃金曾经拒绝过赞达拉的邀约,选择了部落作为他在这个新世界中的盟友,但如今,部落却对他倒戈相向。

他承认,接下来将要做出的决定十分艰难。他意识到过去的许多决定其实都不是自己亲自做出的。这看起来相当不利,其实却不然。父亲的鼓励和他人的厚望让他不假思索地选择了成为暗影猎手。并非说事情已然如此,或是他有过后悔,而是他从未真正地考虑过另外一条路。

在他成为暗矛部族的领袖并决定为他们担负起责任的过程中,一系列事件开始环环相扣地推进。他对其中的任何一个选择都不后悔。赞达拉必须被阻止。在萨尔与部落帮助沃金和他的父亲拯救暗矛部族并在回音群岛建起家园的时候,他就已经做出决定将会与部落并肩战斗,反抗赞达拉之王拉斯塔哈。

离开部落是我有生以来最艰难的决定。几乎让我心如死灰。

沃金回到禅院。他加入了武僧们的训练，这不仅是为了学习武僧之道，让自己变得更强，同时也为了向他们展示巨魔之道。他在卓金村斩首了一名赞达拉而救回的那位武僧向众人大肆传播了那些描述沃金万夫莫敌的故事。从此，影踪派在训练中与他对抗的人数便加了一倍。

沃金已经很难再为自己辩护了。

毫无疑问，武僧之中有骨中蟹，亦有盔中蟹。某种程度上，这并没有困扰到沃金。行军部队中的每一名战士都会有额外的五名人员在后方负责支援，以满足他的各项需求，保证他的装备完好。很多影踪派的人，尤其是一些年迈的武僧，安于成为这种支援角色。而那些年轻的武僧们则如饥似渴地学习着如何对抗巨魔。

沃金注视着祝踏岚，就和这位武僧长辈平时观察训练的眼神一样。你中意这只头盔吗？这只你的武僧们成长其中的头盔？尽管他们的目光不时相遇，但这位影踪派掌门人始终不动声色。

在沃金没有进行体能训练的那段时间里，他成了一名熊猫人的地理与军事历史学者，但他发现后者实在是一个令人沮丧的主题，因为一切都是如此久远——至少对熊猫人来说是这样——致使书中的记载都带着神秘与民俗色彩。书卷中记载曾经有十二名武僧在十二年里一直都把守着一座山头，每一位武僧负责守卫一个月，依次轮换，不用当值的时间则自行休息。而熊猫人的所有武学招式，也许，或者说实际上就是源自于这十二名传奇的武僧。

地理学则简单一些。古老的帝王年表已经给这块大陆提供了翔实的细节，但他依然发现有些区域的描述含糊不清。例如锦绣谷，这块潘达利亚中南部的区域就完全被墨水所覆去。

当祝踏岚进入图书室的时候,沃金指着地图说道:"我找不到这块区域的任何介绍。"

"我们需要采取措施对这个问题进行逐步修正。"这位武僧转过身来,侧身对着随他一起前来的老陈和提拉森,"根据你的朋友们所找到的线索,我们可以精确地推断出侵略者的前行方向。"

第 18 章

老陈利落地吹熄了油灯。于是黑暗立刻灌满了地窖，使得上方传来的声音更加清晰可辨。熊猫人可以依稀判断出，是一队巨魔闯进了屋里。

其中一只巨魔点亮了蜡烛。银色的微光洒落，从地板的缝隙之中渗了下来，在老陈和提拉森身上形成一条条光斑。这名人类岿然站在原地，伸出一根手指举至嘴唇边，示意不要说话。老陈点点头，提拉森便垂下手臂，再不做任何举动。

赞达拉说的话老陈一个字也听不懂，但他还是聚精会神地听着。他不指望自己能记起那些熊猫人的地理文献，但至少得分辨出上面每个人各自的声音。他听到其中一人似乎下达了许多简短而严厉的命令，另外两人懒散地回复着，同时其中一个还在喃喃低语。

他看着提拉森，举起了三根手指。

人类摇了摇头，抬起第四根手指示意还有一个。他先是指向指挥官站着的地方，然后指着旁边老陈已经辨认出的那两个。最后指向了角落的方向，那里传来了水珠滴落到地板的声音，表明还有第四人在场。

老陈打了个寒战。眼下的情形跟之前被食人魔俘获的经历比起来大不相同。巨魔们普遍都相当机敏，赞达拉部族更是以自己的机敏为傲。而说起残忍，他在卓金村见识过的仅仅只是九牛一毛。赞达拉在其他战斗中的行径他一直都有所耳闻，他心里非常清楚，一旦被发现就必死无疑。

老陈和提拉森之前就探查过整间屋子，他们并没有在楼上留下任何武器或食物。他们带有武装，但地窖对弓箭手来说实在不是个施展拳脚的好地方，不过好在老陈还可以用武艺防身。在近身作战中，大部分人普遍都会青睐尖刺类的短兵器。任何发生在地窖中的战斗都会展开得迅疾而狼狈，即使是胜利的一方也会鲜血淋漓。

我们只能期盼他们不会一时兴起找到下面来。风暴很快就会过去，他们也就会随之离开。呼啸的风声愈发尖锐，仿佛在嘲笑着老陈的期盼。起码我们不会挨饿。

提拉森独坐在地上，从箭鞘中选出了八支箭。这些箭矢有一半是双刃，另一半则是交叉的四刃。箭镞的每一道刃口都会在和箭杆接触的地方切割出新月般的内弧，这样一旦刺入人体，就会像鱼钩一样难以拔出。

他把箭矢并排放在一起，每一支双刃箭搭配一支四刃箭，然后再把四刃箭倒过来朝着相反的方向。接着他又用剥皮刀把一些绷带割成小条，将箭组绑在一起，做成双头箭。

尽管光点让提拉森脸上的表情有些难以捉摸，但还是流露出一股冷酷的笃定。他工作的时候会不时瞥一眼头上低矮的地板。他观察着，倾听着，又自顾自地点点头。

不知过了多久，巨魔们都安置了下来。地板传来了一声沉闷的撞击，他们似乎安排了一名弓箭手去睡觉——因为反正有三人都可以射击。角落里沉默的那一位虽然没睡觉，但他遮挡的光线已经明确地标示了所躺位置。指挥官是最后一个上床的，他躺下之前吹灭了最后一支蜡烛。

静默如同幽灵。提拉森走到老陈身旁。"看我的暗号——到时候你就知道了——然后上楼，找出控制杆打开食品储藏室，干掉视线范围内的一切敌人。"

"说不定他们一早就会离开。"

人类指了指指挥官的位置。"他带着一本日志。我们需要那东西。"

老陈点点头，挪步至楼梯处。提拉森停在地窖中央，取出他的双头箭，然后把双刃的那一头插入地板的缝隙中，并且将箭杆扭曲出一个弧度。他在每一只沉睡的巨魔身下都插上了箭矢，先是指挥官，然后是那两个私语者，最后是那个一直沉默的巨魔。安插完毕之后，他望向老陈。他指了指那四只箭，最后停在指挥官的位置，随后便暗示他上楼。

熊猫人点点头，蓄势以待。

这时人类猛地把第一支箭向上一刺，然后迅速扭转一番。在伤者还没来得及喊出声之前，他又已经跃到了中间，重复同样的动作把箭刺入了两名巨魔的手中。他们号叫着，而提拉森已经赶到了最后一支箭的地方，同样地向上猛刺。

老陈匆匆踏上楼梯，根本无暇找寻什么机关。他直接用桶往门上猛砸。门板裂了开来，陶罐和木碗顺势滚进地窖。那只沉默的巨魔就躺在他的左手边。箭矢从他的上臂穿过，直入胸膛。他把另外的那只手伸向了地上的一把小刀,但老陈迅速抬腿踢了出去。这名赞达拉被踢飞了出去,狠狠地撞在石墙之上。

另外两名私语者同样遭受重创倒在了地上。一个被利箭刺穿了腹部,另一个看上去似乎被脊椎的疼痛牵扯住了。他们挣扎着想要坐起来,可是插在缝隙中的四刃箭牢牢勾住了他们。伴随着厉声的尖叫,鲜血四溅开来。他们的脚后跟不停地撞击着木板,手指在地板上挠出了歪歪扭扭的抓痕。

指挥官是一名萨满,他倚在门边。脉冲般的黑暗能量正在他手中汇聚成球。垂死同伴的哭喊向他敲响了警钟。为他准备的那支箭只在肋骨处擦了个边。他狠狠地盯着老陈,墨黑色的双眼中翻腾着怨恨,嘴里咆哮着邪恶的咒语。

老陈知道若是一动不动会有什么后果,当然,如果不够迅速的话,即使动了很可能也会是同样的结果。他不再多想,奋然起身一跃。

老陈的飞踢转眼将至,而萨满的咒语也会在下一瞬完成。就在他们即将要两败俱伤的时候,一支箭击穿了地板。它掠过老陈的脚踝,然后是萨满的双手和身躯,最后刺进了这名巨魔的下颌。它生生地穿过头骨,将舌头与上颚固定在了一起。

老陈的招式落下,将这名赞达拉踢到门外,然后直飞出去落入了风暴的黑暗之中。

提拉森举着弓,箭搭在弦上,出现在楼梯尽头。"机关卡住了吗?"

当剩下的巨魔们正在一旁垂死挣扎的时候,这位熊猫人点点头答道:"嗯,卡住了。"

提拉森上前探了探那名沉默的巨魔,割断了他的喉咙。地板中央的两名巨魔显然都已经断气,但他还是过去检查了一遍。随后他挪步至指挥官安放东西的地方，那里有一个装着日志的背包，旁边还放了墨水与一盒笔。他快速翻阅了一下日志，又把它放了回去。

"我看不懂赞达拉语，但他们的谈话已经提供了足够的信息，他们也在和我们一样四处刺探。"他环顾四周，"我们把飞出去的那个也拖进来吧。然后烧了这地方？"

老陈点点头。"如此最好。我会打开地窖里的小酒桶，然后用火焰之息点燃它们。我会记住这里，然后找机会向农场主赔偿损失。"

这个男人看着他。"他们失去农场不是你的责任。"

"也许不是吧，但我会自责。"老陈最后看了一眼这座农场小屋，试图记住它有过的样子。火苗腾起之后，他随着那名人类隐入了眼前的风暴之中。

* * *

他们向西前行，那是禅院的方向。途中他们找到一个崎岖的山洞，大胆地升起了一小堆篝火。老陈很欣慰能够有这样一个沏茶的机会，因为他需要取暖，需要思考，而提拉森也需要时间去研究那本日志。

对于战斗，老陈从不陌生。他曾经这样对他的侄女说过：所见之事，他都情愿立刻忘记。忘记算是人生中的一个小小奇迹了，它能帮你忘却最深的痛苦，如果不行，至少也能让那些回忆变得黯淡——如果你想让它黯淡的话。

他见多识广，也犯下过不少血腥之事，但是刚才提拉森在农场小屋里做的那些，他还未曾真正见过。并非是那支射穿地板的箭令他念念不忘，即使它救了自己一命。他见过太多战士的木盾被射穿后伤及手臂，由此可知在优秀的弓箭手面前，木头的防御力显然不够。这个人类是名技艺精湛的弓箭手，方才发生的事情也都在意料之中。

但老陈不确定的是，他不知道自己是否能够忘记今晚提拉森在地窖中沉着冷静准备箭矢的情景。那些箭矢都是在他的深思熟虑下设计妥当，它们不仅仅只是为了命中，还杜绝了生还的可能性。他的初衷就是为了困住巨魔。他将箭杆扭转弯曲，确保它们在进入体内之后能够锁住肋骨或是其他骨骼。

战斗中的出色表现是会带来荣誉的。在卓金村的时候，即便是提拉森和沃金村这样狙击赞达拉行为也是可敬的。这给武僧们提供了拯救村民的机会。赞达拉也许会认为这是懦夫行径，但动用攻城武器来攻打一座小小的渔村显然也算不得高尚。

老陈倒了一些茶，递给提拉森一只小碗。人类接过茶碗，合上了日志。他深吸一口茶香，然后开始品尝。"多谢。这味道相当不错。"

熊猫人挤出一丝微笑。"日志里有什么有用的信息吗？"

"这萨满算是个颇有天分的艺术家，他的地图画得很好。他在各处都作了一些当地生物和地貌的速写。其中甚至还夹着一些压干的花朵样本。"提拉森用一根手指敲打着日志，继续说道，"日志的最后几页是空白的，但是页面的四角都画了一些看不出规律的圆点。不过在一些已经书写过的页面上也重复了好几次这些图案。我推测在空白页画上这些东西的，应该另有其人。"

老陈抿了一小口茶，希望这可以让自己的身子更加暖和。"这些都是什么意思？"

"我觉得这应该是一些航行标记。把页面的底部对准地平线，找找和这些圆点相契合的星座，应该就能理出一些新的头绪。"提拉森蹙起眉头，"现在还看不见夜空，而且这里的星座肯定也不一样。不过，等天气状况明朗一些，我打赌我们一定能研究出来他们的前进方向。"

"那就太好了。"

提拉森把茶碗放在日志的封皮上。"那么现在，要不要让我们俩之间也'明朗'一些呢？"

"什么意思？"

人类回身指了指农场的大致方位。"农场事件之后，你就变得异常沉默。怎么回事？"

老陈低头看着那只茶碗，但萦绕的雾气给不出任何答案。"你杀死他们的方法，那不是战斗，那并不……"

"公平？"人类叹息道，"我预估了形势。他们有四个人，而且比起我们更加精于战斗。我必须尽可能快，尽可能多地杀掉他们或是让他们陷入瘫痪。陷入瘫痪是指确保他们无法攻击我们——无法有效地反击。"

提拉森看着老陈，他的神情略微有些焦虑不安。"你突然那样闯进去，如果地上的两个和角落里的那个不是困在那里动弹不得，你能想象接下来会发生的事情吗？他们会先将你碎尸万段，然后再把我解决。"

"你可以直接射穿地板进行攻击。"

"只有当我在目标正下方的时候，这样才行得通，而且我还是靠着他咒语闪烁的光亮才找准了方向。"提拉森叹了口气，"的确，我的做法是很残忍，而且我也可以告诉你，战争总是残忍的。但我不会对你这么无礼。我……我无话可说……"

老陈给他添了一些茶。"你可以抓捕他们。你很擅长这个。"

"不，我的朋友，我不擅长。我擅长的是杀戮。"提拉森喝了口茶，然后合上了双眼，"我擅长远程狙杀，擅长在看不清敌人模样的情况下杀死他们。我也不想这样。为此我必须困住敌人，让他们和我保持一定的距离。在战场上我与每一个人都保持着距离。如果你看到的那些对你造成了困扰,我很抱歉。"

这个人类的语气中流露的极度痛苦让老陈的心一阵收紧。"你还擅长很多其他的事。"

"不,说真的,我没有。"

"机会棋。"

"我只是把那当作猎杀游戏在玩。"提拉森苦笑道,"所以我才会嫉妒你,老陈。我嫉妒你拥有让他人微笑的能力,你让大家都对自己充满信心。而我呢,外出狩猎,杀掉足够准备一顿盛宴杀的野兽,然后把它们做成别人从未享受过的精致菜肴,这些能够令人难忘。但只要你出现,随便讲述一个什么故事,就能轻易地被他人记住。你就是有这种直击他人心底的能力。而我触摸别人心底的唯一方法,就是用箭杆顶端的那寸许钢镞。"

"也许那只是曾经的你,这不代表着今后你将会一成不变。"

人类迟疑了片刻,然后饮下一大口茶。"你说得对。我还是在害怕着又变回以前的老样子。你知道,我擅长这种杀戮,非常擅长。我怕自己会沉溺其中。你害怕杀戮,而我畏之更甚。"

老陈无声地点点头。他感到无话可说,因为没有什么话语可以安抚这个人类的内心。他意识到在大多数熊猫人的眼中,这就是火金派应得的下场。随心所欲也就意味着完全不在乎任何人或任何事。要杀掉远处某个看不清脸面的敌人,当然比近身作战来得轻松。火金派炽烈偏激,任何生灵在他们眼中都微不足道,简直就是邪恶的化身。

而与之相反的土水派,则会理智地引导别人对各项事务进行通盘考虑,尽量不采取行动。这几乎就是恶魔的对立面。而这种对立也正是武僧强调平衡的原因。他看着提拉森。平衡对我的这位朋友来说,却总是可望而不可即。

* * *

赶回禅院的路途中,关于平衡的问题一直在老陈的思绪里徘徊。老陈思忖着自己的平衡点,大概就是在纠结应该是组建家庭,还是继续探险。他发觉如果雅丽亚在他身边,那这两件事似乎都会变得简单起来,这两条路都可以让他享受最好的人生。

回程中,提拉森对巨魔的日志进行了一番计算。"这个猜想不是那么精确,但他们是在朝着潘达利亚的中心地带推进。"

"锦绣谷——"老陈眺望南方,"古旧而迷人的地方。我只在沿着蟠龙脊往西走执行任务的时候见识过它的壮丽,但从未踏上过那块土地。"

提拉森不觉笑了。"那我估计你快了,而且会很快。我们会在那里找到赞达拉,但我觉得没有人会乐在其中。"

第 19 章

"祝踏岚掌门,保守战术在战争中往往都会被高估。"沃金转过来向着老陈与提拉森点头示意,"看到你们都回来了我很高兴。"

人类也跟着点点头道:"我也很高兴我们能活着回来。听到你的声音正在恢复可真好。"

"是的,沃金,真好。"熊猫人酿酒师微笑着说,"我可以帮你沏些茶,促进它的恢复。"

巨魔摇摇头。他注意到老陈与人类之间有些疏远,不过现在不是深究这个的时候。"无妨,它会自己好起来的。祝踏岚掌门,恕我直言,我们需要研究研究这个地方。"

"沃金,别急着这么严厉地评判熊猫人。是的,你可以从我们的行事方式中找到瑕疵,但是不要因此就先入为主地认定我们没有正规军队是一种错误。要知道,我们数千年来都从未被外族成功征服,你的看法在事实面前显然站不住脚。"这位影踪派领袖把两只手爪负在身后，"从你和老陈的叙述来看，迷雾之外的世界正面临着无法预测的大灾变。你可以质疑我们对待战争的逻辑存在缺陷，但不可否认的是千年来它始终都行之有效，几乎都成为黎明日出、黄昏日落一般的准则了。"

"你的话似乎对现状没什么帮助。"

"它只是触犯了你的傲慢而已，傲慢会蒙蔽你的双眼。"祝踏岚看着地图点点头道，"可用信息的确很少，但那条溪谷并非人迹罕至的未知地，那儿早就有人居住了。而且由于最近的侵略，它已经成了难民们的庇护所。不过我们没有进行过实地勘测，也缺乏你想要的战略信息。"

"即便把溪谷隐藏起来真的如你所愿可以把入侵者与潘达利亚隔离开来。"提拉森抬眼看着地图，"这也只是在逃避问题，而不是解决问题。"

"但不管怎么说，它的确可以拖慢那些制造麻烦的人。"这位年迈的熊猫人深呼吸一口，又缓缓吐出，"接下来我要给你们看的是影踪派掌门代代相传的东西，它的历史远可以追溯到影踪派成立之前。这些都是别人曾展示给我看的，现在我只是把别人给我的东西再展示给你们。我不知道先辈们的恐惧或偏见有没有抹杀什么，也不知道这其中是否有被遗忘或是被修饰过的部分。现在我将要与你们分享之事，是我从未跟任何一个武僧提起过的。"

他的手爪再次背过身，随即又分开来。接着两只手掌中心便分别托着一颗噼啪作响的黑色能量宝珠。他高低不一地举着，忽然双手之间闪现出一扇窗户，金色的光芒随之蔓延，紧接着，窗口里的画面开始变幻。

"这个地区一直隐藏在徒圣陵园。拂晓之时，赞达拉部族已经在这里将魔古族的开国暴君雷电之王复活于世。他的麾下曾经有过一批忠实的仆从，但在他垂死之际，却把这些战将——杀害——或许只是为了防止他们争夺王位，引发帝国内战。这些我们都无从得知。我们能够确定的是，魔古人相信死亡并不意味着终结，他们认为死亡或与死亡相关的东西可以被复苏，以做后世之用。我猜想，这大概就是他们进犯溪谷的目的。"

沃金凑近了些，这是他头一次见到魔古人的模样，不用像之前在山洞里那样只能探查他们的气息。他看着画面，开始变得口干舌燥，喉咙也隐隐作痛。魔古人据传都是由玄武墓石雕刻而来，他们肌肉健壮、神情冷酷，甚至比赞达拉巨魔还要高大。沃金承认，祝踏岚的警告确有道理，他说回忆也许会让他们看上去比实际更加骇人，可实际上即便把他们缩小到一半的尺寸，看起来依然坚不可摧。

画面中，他们正行军横跨潘达利亚，用利刃和火焰不断扩张领土，征服当地居民。熊猫人的数量不断减少，最终成为一个被奴役的种族。一些尚算幸运的熊猫人成天扮着跳梁小丑，取悦那些魔古主人。这些熊猫人居住在石砌的宫殿之中，生活相对优渥，可一旦他们的笑话冒犯了哪个主人，这种优渥便会戛然而止，换之以断头折骨之类的事情来博得主人一笑。

画面忽然切换了，沃金顿时心如刀绞。他又回到了那个差点命丧其间的山洞，但这次它不仅仅是一个破败潮湿、堆满了蝙蝠排泄物的山洞了。魔古族的男巫在里面吟唱着法咒。山洞里有一些蜥蜴蛋，抑或是鳄鱼蛋，沃金难以分辨，不过这并无大碍。这些蛋都被挑拣过然后埋在沙土中，魔法控制着沙土的温度，保持其温暖恒定。蛋被孵化之后，小生物们便会被传送到某个在巨魔看来可以称作群栖地的地方。

在沃金差点死掉的这个地方，他曾感受过魔古人所触碰的那种魔力，那是泰坦神力。这种力量曾经塑造过整个世界。而在这个地方，凡间种族通过运用神之造化，把简单低等的生物转化成了蜥蜴人。他们利用这些蜥蜴人组建了一支傀儡军队，以此维持帝国运转，让魔古人得以坐享征服的成果。

整个过程不忍卒视，但沃金始终无法转移注意力。骨骼断裂的断裂，伸缩的伸缩，同时肌肉开始撕裂，关节也不断重构。当重组完成之后，还会依次调整各个部位，获取更大的力量。蜥蜴人们伸展开来，变得更高更大，同时手指也开始生长，拇指也开始位移。数分钟内，小小的蜥蜴就完全转变成了身覆鳞甲的战士——这或许可以算作魔古人能力的证明，但更多地体现了造物者的绝对神力。

巨魔颤抖起来。难道说是这里沾染的泰坦神力给予了我生命力以抵抗死亡？这个念头在他脑中闪现，突然间他只想放声大笑。因为这意味着加尔鲁什策划了一场绝无可能成功的谋杀。

画面再次变换。巨魔的笑声哽在了喉头。这次的场景中充斥着火焰与鲜血，比适才的征服还要更让人绝望。天空布满阴霾。血红的闪电如熔岩般流过上空，碎裂的光芒笼罩了整片大地。当武僧们推翻了他们的魔古统治者时，魔力将现实世界紧紧地裹住了。他们为自由而战，并且英勇地赢得了胜利。他们用战争博取自由，英勇地迎来了胜利之日。

随着魔古帝国的分崩离析，天宇逐渐明亮，江流也不再血迹漫漫。熊猫人把战死的敌军集体葬在了徒圣陵园。他们对殖民统治者表现出的这种尊敬让沃金感到惊讶。若是他与提拉森在战场中兵戎相见，他定会把这个人类的头颅插在木棍上，然后立于十字路口，让往来的旅人都能知晓他的胜利。

熊猫人的行事准则源自他们的平衡意识。他们用敬意来消除一切的恐惧与憎恨。沃金看着墓地被一一封闭，看着战事的痕迹被藏在尘土之下，也看着潘达利亚的上空再次升腾起雾霭。这是和平的护符，可以用来遁去形迹，应对战争的可怖。这，也是平衡。他们的善良无争足够治愈一切，这种掩藏，最终也会在不再需要的时候自行消散。

画面褪去了。巨魔迎上祝踏岚的目光。"祝踏岚掌门，我能够理解，但我不想做出评断。"

"你希望事情会是另一番光景。"

"谁也无法预料世事的走向，但光是希望的确无法赢得战争。"沃金抬起手指着地图上的徒圣地区说道，"你说有人住在这里。他们能告诉我们些什么？"

"能告诉我们的很少。他们隐居在自己的世外桃源里，无忧无虑，自得其乐。他们不喜欢担负风险，不会与外界人士进行任何交流。"祝踏岚微笑着说，"他们还会鼓励那些生性热爱冒险的人离开村子，去追寻神真子的脚步。"

老陈抬起头来。"所以他们不会去打扰魔古君王和战将的墓地。"

"风暴烈酒师傅，你明白的。尽管有些魔古人存活了下来，但他们并不会造成太大威胁。我们对赞达拉知之甚少，魔古人则不然，他们很清楚赞达拉的力量。我们就是吃亏在一直相信没人会有能力或是有意愿去复兴魔古帝国。但是，赞达拉似乎已经开始着手准备这些了。他们将雷电之王从坟墓中转移了出去，然后……"

人类抱起双臂。"……那现在，他们再次来犯是为了夺走雷电之王麾下将领的遗骸？"

"他们打算复兴雷电之王的意志与力量。"

雷电之王眼中的赞达拉，就如同加尔鲁什眼中的部落诸族。沃金点点头。"那么，有两件事我们要开始考虑了。第一，我们要明白雷电之王的首要目标就是重建自己的政权。"

老陈摇摇头。"这对潘达利亚将会相当不利。"

"没错。不过我怀疑墓中的岁月或许已经淡化了他的记忆。这里的居民们都早已忘却了他，对于他们来说，雷电之王不过是坟墓里的一具尸体而已。"人类叹息着继续说道，"然后是第二件事，那便是我们必须得阻止赞达拉的侵略军夺取陵园。"

沃金摇头道："不，应该是阻止他们复活那些战将。他们之中似乎只有极少数几个具有唤醒亡者的力量。"

提拉森迅速点头。"明白，杀掉他们……"

"我在想，杀掉一部分应该就能起到作用了。"沃金看着祝踏岚，"而你的当务之急是让潘达利亚做好准备抵御魔古军队。现在你手头上可以调配的武僧有多少？"

"一百名。除此之外我还派遣了两倍的人手去投入后勤工作，比如运输和训练等。不过这些都不是你所指的武僧。"熊猫人扬起下巴，继续说道，"你想要的战斗力量，包括你们三位和我自己，一共有五十人。"

"五十名勇士前去阻止赞达拉入侵，并且要把传奇帝王送回坟墓。"沃金若有所思地点点头，"我会带着七个人去往墓地。至于其他人的职责分配，现在就来讨论清楚吧。"

* * *

"你这可不是在取悦我，尼尔赞船长。"面前那只俯伏在地的巨魔丝毫没有抚慰到卡拉的心灵，"你查清楚了全歼我们斥候小队的那个凶手的身份，并且希望以此获得我的褒奖。可就算他真的是曾经在卓金村作战的那个人类，又有什么用呢？你应该了解，我更希望看到的是一具尸骸，而不是还能继续战斗的弓箭手。"

"是，我的女士。"

"萨满的日志丢了，这是最令我感到不快的一件事。那本日志本该归于我手，可现在想来已落入了那个人类和他的熊猫人盟友的手中。"四周还站着许多旁观的军官，若是眼前的这个巨魔胆敢出言反驳，那她定会亲手宰了他以儆效尤。在之前的那支侦察队覆亡之后，尽管深知再想抓住那几个凶手已是颇为渺茫之事，卡拉还是又把他派了过去调查。

她抬起脚尖踢了踢他的肩膀，示意他起来换成跪姿。"你能赶回来上报，并且把部下在东面布置妥当，也算是立功了。不过，若你能记下那个人类在渔村的脚印，然后识别出他在此地的足迹，那便再好不过了。你应该比我想象的还要更有用一些吧。"

尼尔赞船长努力仰起头。"您真是太大度了，我的女士。但愿那场熄灭了农场大火的风暴没有掩去脚印。"

她合起双手靠在嘴唇前，停留了一会儿又放下，然后点点头。"你们都带上各自的部下，在我们的预定路线上分散开来。假设敌人已经知道了你们正在向前推进，在各个路口以及适合埋伏的地方都要小心提防敌人的武装力量。你们，以及你们的士兵都最好打消掉撤退的念头。被敌人快刀斩乱麻好过在我手底下被千刀万剐。

"最好能留下一些活口，对他们进行拷问，套出他们知晓的一切信息。如果遇到带有政治影响力的人物或是军官，把他们直接带给我，然后处决这些人的家人，焚烧掉尸体，把头颅钉在十字路口。我方斥候的牺牲，熊猫人逃不了干系。我们的每一个牺牲，都要让这些野蛮物种十倍奉还。最后，从所有的俘虏里选出一个释放回去，要年幼的或者是年迈的，没有战斗力的，让这个人去散播我们的故事。"

她身子往前探了探，勾着手指托起尼尔赞的下巴说道："尼尔赞，至于你嘛，我给你一个大福利。你将会负责这笔血债中人类需要承担的那部分。你和你下属的行军距离将会是最远的。我要你找出联盟军队的集结之处，然后在不暴露自己的情况下抓捕俘虏。这些俘虏最好是人类，狼人也行，不得已的话就拿精灵凑数，再捎上两三个矮人或者侏儒。我要让他们以十二倍的代价来偿还我们的牺牲。这一批俘虏不得释放，因为他们很快就会明白自己的人手为何失踪。"

"是，我的女士。"

"然后把这些俘虏带到战将们的墓地，届时我自有用处。"她站直了身子，"你们都去吧。成功之时给我回报。"

岸边飞沙走石。十几名巨魔船长奔走回到自己的部队。她强忍着心中的愉悦目送着他们离去。他们不会让她失望，因为她下达的是一个不会失败的任务。要想成功，就必须建立信心。接下来还有着难如逆天的任务在等着他们。

她转过身，忽然感到一名魔古人的影子笼罩了她。"早安，尊敬的蔡南。"

"你把你们的牺牲看得太轻了。换作我，我会为每一位牺牲的战士让熊猫人付出一百条性命的代价。"

"我有考虑过，但我们占据的十字路口太少了，而且也没那么多木桩。"她淡然地耸耸肩，"不过，我们可以慢慢杀下去，杀到让你的主人满意为止。"

"死掉的熊猫人恐怕不足以娱乐他，死掉的人类或许可以。"这个魔古人诡异地笑着，那笑仿佛解释了为何执行死刑之时一定要戴上头罩,"你正在寻找的那个人类以及熊猫人,还有之前的那个巨魔,这些会大大地让我的主人欢心。"

"如此,那我便会尽我所能去达成。"她鞠了一躬,"我会将他们亲自奉上,让雷电之王饮尽他们的灵魂,饱餐他们的痛苦。"

第 20 章

沃金发觉自己被困在了梦境——抑或是幻境中，他不太敢肯定。不过梦境通常会在他开始思考所见所闻的时候消散。而幻境，种种迹象表明丝舞者所给予的幻境有着相当的分量，这意味着他必须仔细领会。

他的脸正藏在一张仪式面具背后。他对此很满意，因为这样一来，无论是否进入到了赞达拉体内，别人都看不见他的表情。这一次与之前附身提拉森的经历截然不同。沃金感觉到这副身躯非常"巨魔"，甚至比他自己的身体还要"巨魔"。他环顾四周，然后终于意识到自己回到了那个所有巨魔都是赞达拉的时期。

这次回溯的久远程度前所未有。

他认出了潘达利亚，但他知道就算自己叫出这个名字，邀他来访的东道主也不会承认。潘达利亚是它的俗名。魔古人对其真名讳莫如深，即使是面对他这样的贵客也不例外。

这支队伍里的熊猫人没有一个像老陈那般魁梧雄壮,他们都是四处逃散而后被魔古人抓回来押解上路的。东道主是一名与沃金地位相当的魔古染魂者,他建议大家攀上山岳,这样才能对这片大陆一窥究竟。他们在山顶处歇脚,并享用午餐。

尽管现世的肉体与此刻的意识相隔了千万年之久,沃金还是认出了这个歇脚之地正是今后将会建起影踪禅院的地方。他在面具下一口一口吃着香甜的米糕,而在另一时空中的同一地点,他的身体正在沉睡。他甚至都在想自己是不是进入了某个前世的记忆。

这个念头让他振奋,又令他反感。

尽管心底燃起的巨魔意识让他抗拒这种振奋感,但却无济于事。赞达拉自视甚高,可是其他巨魔——例如暗矛部族,又会拿赞达拉的堕落程度来说笑,并对赞达拉的尊重表示不屑一顾,就像小孩对父母的关爱不屑一顾一样。可是,无论多么不堪的父母,与子女之间的沟壑都会很轻易地被哪怕一丁点的善意填满。因此,发现自己曾经是赞达拉的一员,又或者说发现自己身在赞达拉体内,让他有种莫名的自在感,这种感受解释了某种他心中长久以来都试图抗拒的渴望。

承认它的存在并不意味着我要受其束缚。他心中反感的那一面让他可以从这种渴望中逃离。这位魔古东道主嫌侍酒仆从的动作不够及时,便抬起手来,向着那个缩头弓身的熊猫人放出了一道墨蓝色的电光。这个熊猫人打了个趔趄,然后赶紧举起一只金色的酒罐开始斟酒。魔古主人不断地鞭笞着他,然后忽然转过了身来。

"我真是个糟糕的东道主,居然没有让你享受这种愉悦。"

沃金默然接受了折磨熊猫人的请求。这并不是为了证明自己要比这个可怜的侍者优越,而是为了证明自己和东道主有着同等的地位,能够施以同样的痛苦。他们对准了同一个目标,就好像架好了奥术之箭的射手一样，比拼着谁能更加精准地命中要害。他们想要比出一个结果，而猎物的结局并不重要。

没有人会为猎物哀悼。

好在正当沃金琢磨着要不要在这项比试中放手一搏时，幻象开始变化了。他从客人变成了主人，正和宾客们一同在一座金字塔的顶上休息，而这座金字塔所处的丛林正是后来的荆棘谷。他们从远方，从世界各地巨魔的领地中运来石块，在这片广袤的原野上建起城市。这座城市如此久远，远到在沃金的记忆中都无处可寻，唯独记得那些古老的石块如今已被碾磨成填补城墙的碎石，而那些城墙上也早已攀满藤蔓。

沃金从宾客们的眼中捕捉到了一丝不易察觉的蔑视。这座金字塔看起来就像山中险峰一般高傲。巨魔们并不热衷于攀登，他们也不需要依赖高度来眺望疆域。当他们与洛阿神灵交流之时，当他们被赋予幻象之时，这种平凡的、现世的高度便消失殆尽。而且巨魔们不会把俘虏当作侍者来使唤——有什么种族配得上与巨魔接触呢？他们有自己的社会等级制度，每一个阶层都有明确的责任与义务。苍穹之下，一切事物都有条不紊。

这才是事物本该有的样子。洛阿神灵们为魔古人无法洞悉其规律而感到惋惜。

沃金尝试着从这些宾客身上感应泰坦神力的气息，但最终无果。或许他们还没有发现神力的存在；或许他们是在帝国晚期才开始使用它来创造蜥蜴人；或许雷电之王已经疯够了，想要节制它的使用；又或许他早已走火入魔。但这都不重要……

重要的是赞达拉和魔古族之间的裂痕。肥沃的土地让魔古族衰落了。这两个种族之间有种礼节性的冷漠，沃金之前捕捉到的那一丝蔑视就在这种冷漠中逐渐壮大。他们都相信对方不会袭击自己,因为他们都相当自信可以摧毁对方。所以在他们共同协作之时,并不会多加观察对方,自然也看不到对方的摇摇欲坠。

说来也怪,他们两方阵营都走错一着。魔古人珍爱并依赖的奴隶们站起来推翻了他们。而始终将赞达拉置于社会顶层的巨魔等级制度,使得其他各个阶层都独立了出去。每走出去一个部族,就意味着赞达拉的势力被削减了一分,但赞达拉部族还是高傲而大度地放任他们离开——就像抛弃不听话的小孩一般,想象着待到他们意识到自己年轻气盛的叛逆有多愚蠢时,自然会回来乞求……

乞求赞达拉的原谅。

沃金被房间中的一声咆哮惊醒,惊讶地发现脸上的面具已经没了踪影,眼皮上还留有几根蛛丝。空气中溢满了雪的气息。他坐起身来,环抱膝盖定了定神,随后穿上衣服走出门去。庭院中身着丝绸或是皮革的武僧们正在受训,沃金绕开他们,径自走向山间。

赞达拉和魔古族都对攀登山峰不屑一顾,而沃金从心底要求自己一定要抵达他们无心抵达的高度。他忽然想到,他们笃信自己并不需要攀上高峰,若是用熊猫人的思维方式来解释,便是因为他们确信自己已经在人生中达到了平衡。

自我陶醉注定了他们的命运。

上山的路走了大约四分之三,他遇到了正等他的人类。"即便陷入了沉思之中,你行动起来也是悄然无息。"

"但你还是探到了我的行踪。"

"我在这一带已经待得太久了。我习惯了听声辨位。你本身丝毫没弄出声响,但我从周遭事物的波动中听出了你的到来。"人类面带微笑,"昨晚没睡好?"

"煎熬了一整晚。"沃金舒展了一下背部,"你呢?"

"我睡得好极了。"提拉森从脚下的石块上起身,走上眼前这条羊肠小道,"自从同意了你那个基本上属于自杀行为的计划之后,我睡得格外好。这可真让人惊讶。"

"这也不是你的第一次自杀行动了。"

"姑且算是如此吧,但我的理智不得不对这次行动表示严重怀疑。"

提拉森已经看不出任何跛脚的模样了,同时他的心中除了还有悔恨作祟以外,也再没有其他什么异样。这让巨魔倍感欣慰。"这趟旅途将会让你的生存技能大放光彩。"

"狗屁的生存技能。"人类回头望了一眼,目光锐利,"你也看到了我是怎么从神龙之心逃脱的。我是跑出来的。"

"不,你是爬出来的。"沃金张开双手道,"你做了求生所必须要做的事情。"

"我是个懦夫。"

"如果和手下的人一同抗争死亡也算是懦弱的话,那每一个将军都是懦夫。"巨魔摇摇头,"再说了,你也不再是那个人类了。那个人没有胡子,而且还染了头发。那种危急时刻,在身边的人还需要他的时候,他是绝对不会独自逃走的。"

"但我逃走了,沃金。"提拉森大笑起来,却并非因为这个笑话,"至于我的胡子和这头任其生长的天然发色,是因为自从我与死亡擦肩而过之后,就不想再自欺欺人了。现在的我已经很了解自己,了解我是什么,了解我是谁。现在的我无所畏惧,不会再逃避了。"

"但是,我恐怕还是不会让你跟着一起去。"

"那你为何带上了老陈?"

沃金胸中泛起些许怒意。"老陈不会逃跑。"

"我明白，我也并非主张逃跑。"人类叹了口气，"但就是因为他不会逃跑，所以我认为他不该去。有些武僧已然成家，而我孑然一身，我不知道你……"

沃金摇摇头道："她会理解的。"

"老陈有一个侄女，还有雅丽亚需要照顾。坦白地说，对于我们即将展开的行动，他看得有点太开了。"

"之前发生了什么？"

他们继续向上攀登。一路上，人类把农庄里发生的事情巨细无遗地描述了一遍。沃金完全能够理解。不过若是他的话，会选择最先向沉默者下手。因为他没有卸下装甲，这意味着他将是最难对付的一个。而另外那两名战士，也就仅仅只是战士而已。谈话中，沃金还了解到那群巨魔的头领并非战士。

人类实施的正是沃金也会采取的手段，其中的缘由亦是一样。关键就在于要想办法困住敌人。不仅仅是让他们无法加入战斗，更要学会利用痛苦和恐惧，让他们陷入全面瘫痪。

可是，当他大致了解了提拉森的全盘所为之后，也明白了老陈那异乎寻常的沉默。许多身赴战场的人们都会对自己的行为不忍卒视。人们总是把战争定义为关乎勇者的英雄故事。故事总是跳过了其中的惨烈部分，通篇都在赞扬将士们在压倒性的劣势之下表现出的勇气与刚毅。千百首歌谣都在传诵某位勇士以一人之力牵制上千名恶敌，而那些逝者，却连些许追思都无法得到。

老陈就是那种总是会美化战争的人，因为战争一直以来都与他保持着某种距离。这并不说是他从未受到过威胁，而是他通常都将自身的情绪释放得很好。但对于每一个斗士而言，谁要是一直置自身安危于不顾，谁就是疯了，或者就等于把自己扔到敌人面前任凭宰割。

过去，老陈一直都在为他的朋友而战，在他们的战斗中给予支持。如今，他在为了一个他称之为家的地方而战。但除此之外，他只是一名普通的熊猫人而已。没有一个死者看起来会和他一样，或是和他的侄女、朋友一样。

当他们抵达峰顶之时，沃金蹲伏了下来。"我明白你对于老陈的疑问。我们中间没有人会怀疑他的勇气，也没有人想让他受伤，但这也是他必须跟去的理由。如果他不能亲临其中，不能目睹我们用各种方式奋勇杀敌，不能听闻对手最后一刻的哭号，那么无论我们成功与否，他都会更受伤。他是一名熊猫人。潘达利亚就是他的未来。这是他的战斗。我们无法保护他免受其伤害，所以最好的方法就是让他加入我们，让他拯救我们。"

人类思量片刻，最终点了点头。"老陈跟我说过一些你的故事，关于你过去的故事。他说你很睿智。那么在如今反转过来的形势之下，你会为了保卫他的家园而战吗，就像他当初为你所做的那样？"

"当然。"巨魔远眺潘达利亚，细细地品着云覆其道的山峦、雾隐其秀的密林，"这里是一片值得为之而战、值得为之而死的土地。"

"这场战争可以阻止那些一直在我们的家园里肆无忌惮的人吗？"

"是的。"

提拉森捋着自己的山羊胡。"部落领袖和联盟战士聚在一起，为了一个并没有要求他们忠诚的人而战，这听起来怎么样？"

"你指的只是曾经的我们。"沃金耸耸肩，"经过了那次暗杀行动，我的身体活了下来，但是曾经的我已经死在那个山洞。他们想要杀掉的沃金的确已经死了。"

"跟我比起来，你更能决定自己是谁。"

"我不是骨中蟹。"沃金从提拉森眼中读出了几分不解，"是祝踏岚告诉我的一则寓言。"

"他跟我讲的是千门之屋。有一些门我勉强可以通过,但完全契合的却只有一扇。而过去我通过的那扇门如今早已消失无踪。"

"你选择了自己的那扇门吗?"

"没有,但我想我不久就可以做出决定了。我的可选范围已经缩小了。"人类微笑着说,"当然,你知道如果我走过那扇门,等着我的会是另一间千门之屋。"

"而我,无论找到什么样的外壳,最终都会因为成长而不再合身。"沃金抬起手臂扫过无垠的潘达利亚与幽幽的青翠山谷,"向你自己承诺,在死之前一定要回去看看家乡的山谷。"

"我就勉强许一个这样的承诺吧。"人类又笑了,"否则我说不定真的会死在这里。"

"我保证,一定会替你干掉杀死你的人。"

"让那一天晚些到来吧,最好是等到我已经老得什么都记不清,但却仍然怀有一颗最初的感恩之心的时候。"

巨魔望了他一眼,又移开了目光。"我们二人如此理智,可为何我们的族人却始终互相憎恨?"

"因为一旦找到差异,仇恨便能够轻而易举地建立。而比起仇恨的建立,找到得以凝聚的共同点要艰难许多。"提拉森旋即又轻笑了几声,"若是我回到联盟,跟别人讲述我们一起做过的事情的话……"

"你会被认为是个疯子?"

"我会被判谋反罪,然后被处决。"

"我们又有更多的共同点了。不过处决起码比暗杀来得光明磊落。"

"找寻差异更简单省心。处决也好,暗杀也好,都源于此。"人类摇摇头,"你知道如果我们开始行动,即便是全世界都看到其结果,他们也永远不会吟唱关于我们的歌谣，亦不会讲述我们完成的事业。"

沃金点头道："但我们是为了被歌颂才这么做的吗？"

"不，那些东西不适合通过我的门。"

"那么，我的朋友，让这些曲调成为赞达拉悲伤的挽歌吧。"他站起身来，朝山下走去。

"就让它们被咏唱千年万载，夜夜伴我安眠。"

第 21 章

影踪禅院的武僧们以一种值得赞赏的专注进行着备战工作,只不过在沃金看来,这与之前经历过的类似场合相比似乎缺少了一些幽默气氛。四名历经战火洗礼的武僧——两名来自红色小队,两名来自蓝色小队,他们都是经由抽签被选中与沃金、提拉森和老陈同行的。这看起来有些听天由命的味道,但沃金总觉得这些签只是让那些没有能力执行任务的人,在不丧失自尊的情况下得以退出。

攻打锦绣谷可不是一件容易的事。它深藏在阴影之中,以崇山为障,峻岭为屏,数千年来从未失陷。如果说有什么能让他感到一丝欣慰的话,那便是即使强大如赞达拉,想通过如此险要的地势进入溪谷,也将会付出相当的代价。

我期待着。

每一支七人小组都以各自的方式备战着。提拉森寻遍了禅院的兵器库，挑选出最精良的箭矢，将它们一一折断，并亲自装上羽毛。他把箭杆漆成艳丽的红色，尾羽染成蓝色，他说这是为了纪念红队和蓝队。有人问他为何又把箭头用煤烟熏成漆黑，他回答说是为了向赞达拉黑色的心灵致意。

老陈则组建了后勤远征队。在赞达拉即将挑起的这场战争中，武僧们也许会因为鲜少作战经历而认为这种任务意义不大，但沃金却很明白他这位朋友的双重用意：一旦开战，需要的不仅仅是粮食，水和绷带等储备也都会成为制胜的关键。这是老陈照顾他人的方式。无论面临何种战争，无论这战争要让他付出什么，他都会忠于自己的天性。对此沃金真心表示感激。

祝踏岚走到巨魔蹲坐的城垛边，他正用磨石打磨着双刃剑的第一面曲刃。"你再怎么磨它也没法变得更利了。它的刃口已经能劈开白昼与黑夜。"

沃金举起剑锋，看着边刃上闪烁的金色阳光。"卓绝的磨炼可以把挥剑的战士打磨得更加锋利，但我们恐怕没有那个时间了。"

"我认为持剑之人也一样足够锋利了。"年迈的武僧眺望南方，远处的溪谷之中云雾缭绕，"当魔古帝国的末代君王陨落之时，武僧们揭竿而起。恐怕当时的他们不会想到自己的技艺会由影踪派一脉相承，而我们也没有意识到他们一直都是后世武僧心中的明灯。我们如此尊崇他们的传奇故事，他们也应当对我们寄予厚望。"

祝踏岚紧锁眉头继续道："那场起义中，与武僧们并肩作战的不仅仅是其他熊猫人，还有锦鱼人、猢狲，甚至是林精。游学者虽未提起，但人类和巨魔也很有可能参与到了其中。"

巨魔报以微笑道："不大可能。那时候的人类还未成气候，赞达拉和魔古族也还是盟友关系。"

"每个种族都会有些另辟蹊径之人。"

"你指的是那些疯子和叛徒。"

"这场战斗是为自由而战,你本应该明白这个道理。"祝踏岚摇摇头,"之前的那场战争,之前的那段岁月——我们被奴役的岁月——已经成为了一道烙在了我们灵魂之中的惨痛伤疤。也许这道伤口只有溃烂的可能,永远无法真正痊愈。"

沃金把剑翻了个面,开始用磨石打磨另一面曲刃。"腐烂的伤口需要把它切开,然后排除瘀血。"

"我们渴望将那场噩梦抛诸脑后,但也许我们忘了首先要将瘀血排除。不是忘了如何去做,而是忘了为何一定要做。"年迈的武僧点点头,"你在这里这么久,做了这么多事情。你功不可没,我都看在眼里。"

沃金的脊背上闪过一丝凉意。"听到你这么说我很高兴,但同时也悲伤不已。我饱经战火但从未乐在其中。我不像某些人是为战争为生的。"

"像那个人类?"

"不,不是他。他很擅长作战,但如果他是那种需要战争的人,他早就离开这里了。"沃金的双眼眯成一条缝,"我和他的共同之处在于我们都有意愿去承担他人不愿承担的责任。这一点与影踪派相同。现在你知道为何它如此重要了吧。"

"嗯。"熊猫人点了点头,"如我们之前讨论的那样,我已经向锦鱼人和猢狲派出了使节。但愿他们会和我们站在同一战线。"

"林精们似乎有这个意愿。"一群身形细小的长臂生物围住了老陈,每一只都拖着一个麻布口袋。他们会把各个小队的工具带至溪谷,再回到禅院向祝踏岚报告这支小队走了多远。在了不起的力量和耐力的支撑下，他们让远征队得以把精力节省下来投入到后半段穿行溪谷的征程中去。

"他们很顺从，而且比看上去要聪明。"武僧微笑道，"对于你们所做的一切，我们——我是说潘达利亚的所有居民——都感恩于心，溢于言表。我已经派出了工匠大师前往山区，将你的肖像刻在山脉之骨上。如果你牺牲了……"

沃金点了点头。雕像对他而言从来都只有军事上的象征意义，但对于影踪派来说，就完完全全是另外一回事。"如果我牺牲了，你们会向我致以崇高的敬意。"

"你为我们付出的这些，无论怎样祭奠都不够。武僧们以起义拉开了序幕，而现在我们将要为其谱写最终的篇章。"

巨魔挑起一条眉毛。"你知道我们只是在争取时间。我们可以拖住他们，逼退他们，但是七名，或者四十七名武僧，都不足以抵挡赞达拉和魔古人的大军。"

"可我们所需要的正是时间。"祝踏岚笑了，"几乎已没有人记得我们还是奴隶的那些日子，但也没人希望再次被奴役。魔古族重整旗鼓了，他们带着曾被推翻的野心和欲望再次袭来。我们需要时间组织应对。时间可以提醒人们莫忘历史，可以教会他们珍视未来。"

* * *

次日一早他们便向着锦绣谷进发，启程之时沃金回望了一眼晴日峰。那是最初的武僧们秘密受训的地方——魔古人总是懒于攀登高峰，因此确保了它的隐秘性。他的记忆不断回溯，一同攀登顶峰的人类与洛阿幻境中的魔古盟友，两者交相涌现。同样是盟友，是伙伴，但情形却大不相同。

这感觉颇有些怪异,却又在情理之中。

沃金对着远征小队研究了一番,然后笑了。五只熊猫人,一名人类,一名巨魔。每名队员都被分配了两名林精,负责帮忙携带武器、口粮和其他各类补给。如果加尔鲁什看见这样的场景,看见沃金与他们相处得如鱼得水,一定会给他冠上更严重的投敌罪名。

这个团队其实并没有取代部落在沃金心中的地位。这是一支相互扶持的队伍,在某种程度上,这会让他想起部落。一个包含多样种族的团队会留有各自的空间。沃金所了解并热爱的部落,是那个在萨尔的指挥下作战的部落,是目标团结一致的部落。

而加尔鲁什总是用部落来满足他的一己私欲,满足他对征服与权力的渴求。他的欲望会让部落四分五裂,很可能会发展到无法补救的地步。在沃金看来,这跟赞达拉—魔古联盟扶持魔古人重掌潘达利亚一样,都是巨大的悲剧。

他们一直向南前行了几日,抵达了锦绣谷上方的高地。云层翻滚着,如同汪洋中的骇浪,预示着一场即将到来的风暴。不知林精们是否有感觉到任何预兆,但他们什么也没说。他们一如往常地扎好营帐,然后把自己隔离起来。

尽管明知道不应该这样做,沃金还是决心记住每一位熊猫人的名字,如同他铭记老陈那样。提拉森则选择了一条更聪明的捷径,他把武僧们都当作兄弟姐妹来对待,但同时又与每个人都保持一定距离,不去知晓他们的姓名,不去了解他们的冀望与梦想。这会让一切变得更简单一些,如果……如果他们的雕像从山脉之骨上坠落的话。

而沃金不想让这一切变得简单。永远不会。在过去的岁月里,他一直都与自己的部族同在,一直都在为自己的部族而战。在这里想保持距离很容易，因为牵扯的不是他的子民，不是他的家园，也不是他的部族。然而，如果这是一场值得一搏的战争，那么这些生灵就是我的子民，此地就是我的家园，他们就是我的部族。

但他突然想到，尽管魔古族的统治只是往事，但或许他们也正抱着一模一样的想法，认为这里是他们的土地，这些都是他们的子民。即便已经过去数十个世纪，即便他们早已被世人遗忘，他们依然饥渴难耐，为无法得到应有的权力而备受煎熬。巨魔们也渴望重建往昔的帝国，但他至少在摸索着前进的道路，而魔古人对于重建政权几乎没下过什么功夫，他们沉湎于昔日的荣耀，把未来与自己隔绝了开来。

他们选择了一个面朝西南方向的山洞扎营。他们没有生火，简单地把饭团、干浆果和熏鱼当作晚饭。老陈想办法用水袋沏了些热茶，不过这似乎反而使菜的味道变得更加醇香。

提拉森用他的小碗一饮而尽，又伸出手满上。"我一直想知道我的最后一顿饭会是什么样。"

老陈满心欢喜地笑道："提拉森，这个问题日后可有得你琢磨了。"

"或许吧。但如果眼下就是我的最后一顿，我也想不出有什么比它更好的了。"

巨魔举起酒杯。"真正好的不是食物，而是这个团队。"

* * *

沃金担任了晚饭之后的第一轮放哨，之后便一夜安眠直至黎明。这一夜他没有生出任何梦境或幻象，至少不记得自己有过。对此他倍感煎熬。有那么一瞬他都在想洛阿神灵是否又一次抛弃了他，但他还是认为事实正好相反,邦桑迪之所以让沃金与其他神灵保持距离,是想让他得到充足的休息,以便将更多的巨魔作为牺牲献上。

当一行七人向他们的林精运送者们挥手作别时,提拉森给了他们每人一支箭矢作为纪念礼物。沃金瞥了他一眼,他耸耸肩。"我会用赞达拉的箭矢来补上差额的。相信我,赞达拉的补给耗尽之前我们都不会缺少箭矢的。"

为了不被挤对,也为了表感激之情,沃金削光了自己的半边头发。他给每一只林精都赠送了一缕红发。林精们看着手中的发丝,就像被馈赠了一把珠宝似的,然后便开开心心地隐入了山野之中。

七人小队轻松穿山越岭,沿路而下。武僧单大哥走在了最前面,在陡峭的地势边寻找据点,并一路勇敢地设置锚索,让大家跟上。他向众人讲述了一个武僧的故事,说在起义期间,先辈们曾经就这样在峭壁间套着绳索下降,对魔古人攻其不备。沃金从故事中找到几分慰藉,盼望着这个方法还能再次奏效。

正午时分他们终于抵达了云层之下。艳阳并没有将迷雾驱散一丝一毫,它的照耀连同地面的反射集聚在一起,让云团闪烁着几缕金色的光芒。沃金攀爬至南面的一块空地,站在那里品读着脚下的山谷。

若是非要选出一种色彩来代表潘达利亚,那便是绿——深深浅浅琳琅满目的绿。从脆嫩的芳草新芽,到浓郁的翡翠森林,整片大陆都是满眼碧色。但在锦绣谷,碧绿却让位给了金黄与鲜红。秋日将临,但这些并非秋色,而是漫山遍野花朵的色调。它们正值盛放,就像是处在一个春色永不凋零的世界中。漫射的光线让一切阴影变得柔和,身处其中让一切动作都变得如梦一般慵懒倦怠。

赏望溪谷的景致,便是这跋涉路途中最为奢侈的放松。

从高处望去可以看到一些建筑,但完全不知道谁住在那里,也不知道是谁在维护着它们。毫无疑问它们都有着相当久远的年岁，但四周的植被却没有肆意生长以致将房屋吞噬。是这条溪谷的永恒将它们留存至今。沃金不知道这种灵气是否能保全同行众人的性命。

或是让我们坠入永恒的死亡？

女僧李泉是一位长着棕白相间皮毛的熊猫人，她指着东南方向说道："侵略者应该会从那个方向过来。魔古族的宫殿就在那个位置，而祝踏岚掌门所说的雷电之王的战将们则埋在我们的正南方。"

提拉森点点头。"那本日志表明他们正试图从溪谷东面找寻切入点，但我目前还没有看到任何成功侵入的迹象。"

巨魔轻笑了几声。"我的朋友，你期望看到些什么？是想看到把村庄夷为平地的大火？还是遍野倾泻的焦痕？"

"当然不是，但不管怎么说总该有些临时营帐。我们可以选择等在此地，待到入夜看看是否会有火光，以此找出他们的行踪。"

"或者也可以继续向前深入，以防他们像我们一样不生火也照样扎营。"沃金站起身来，"我倾向于后者。"

"在白天进行射击会更简单。晚上也不是不可能，只是要难上许多。"

"很好。我们走到那条路上面的小高原上。保持高度。"

提拉森指着自己那把弓的尾部。"如果我们先往南走再绕回东面，就可以尾随在他们的军队后面。他们不会在已经探查过的地区搜寻我们。而且，那些缩在队伍末尾的家伙完全无法和前锋相提并论，他们都是些害怕危险的胆小鬼。"

"是的。找出他们，然后干掉他们。"

老陈扫视了一眼，眯起双眼道："然后再次溜走。"

巨魔和人类交换了眼神，然后沃金点点头。"大体上应该是从南面和西面回撤,按照来时的路线回去。"

"至少我们了解地形,知道在哪里设下陷阱。"人类放下他的长弓,"七人去对抗两个帝国的精英,这算不上最糟糕的计划。"

"同意。"巨魔挪了挪绑在背上的包裹说道,"我脑子里也想不出更好的计划了。"

"这不是重点,沃金。"老陈也把他背上的包裹拽了拽,"我们到这里来是为了给他们制造麻烦,而且我认为这个计划会让我们达到初衷。"

第 22 章

他们走进一个金色的山谷,在漫长的岁月中这里几乎从未有人出入,但沃金并不感到害怕,他知道自己必须有意识地采取一切措施来防止被别人发现。他并没有感到后背发凉,也没有头皮发麻。这感觉就像是带着一个仪式面具,让自己和恐惧隔绝了开来。

然而,他知道事实绝非如此。在锦绣谷入睡的时候他并未被梦境侵扰,但那是因为自己已经不需要梦境。行走在这座山谷之间就仿佛置身于一场鲜活的梦境。某些来自这个现实之境的东西流入了他的心中。有一种傲慢在某种程度上和他的巨魔天性产生了共鸣。他触碰到了些许魔古法力的残留,就仿佛正被魔古帝国的幽魂所拥抱。

在此处,在这个伟大种族曾经支配强大力量的地方,他并未感到恐惧。而彼处,在远方的魔古山宫殿里,在今日敌人的安睡之处,骄傲的魔古之父曾面向着西方的子民们挥手致意,为他们夺取整个山谷的征程践行。这片土地尽属于他们，只要他们乐意，便可以在这片土地的任何一个地方做任何想做的事情。这是他们随心所欲之处，亦是心中渴望成形之处。这里没有任何东西会伤害到他们，因为一切的生灵都对他们深感畏惧。

而这也是沃金每每从战场安然返还的原因。他深谙恐惧，他喜欢敌人畏惧于他。他并非生来便让人畏惧，也不是从任何人手中继承威名，他是亲手赢得的这一切。刀来剑往、咒法相抗、浴血于战场，他用自己过往完成的杀戮，为敌人奉上了恐惧。

沃金理解恐惧为何物，也正是这点把他和那些目光局限在自己疆域里的魔古诸侯们区分了开来。他知晓其本性，也知道如何运用。他能够感受到恐惧之潮的涌动，而魔古人却永远摆出一副高高在上的姿态，只看到他们想看的，只听到他们乐意听的。他们从不认为自己需要攀得更高望得更远，从没有想过要去认清这个世界的现实。

当他们跨过了半座山谷开始安营扎寨的时候，已是入夜时分。提拉森看着他问道："你感觉到了，是吧？"

沃金点点头。

老陈把埋在茶碗里的脑袋抬起来。"感觉到什么了？"

人类笑了笑。"这解答了我的疑问。"

熊猫人摇摇头。"什么疑问？你又感觉到什么了？"

提拉森皱起眉头。"我感觉这里像是我的领地，也像是我的归宿。因为这片土地浸淫着鲜血，而我向来以杀戮为生。你的感觉也是如此，对吧，沃金？"

"差不多。"

老陈笑了，喷了一口茶出来。"哦，这个啊。"

人类皱起眉头。"你也感觉到了？"

"没有。但我知道你们感觉到了。"酿酒大师看看他们俩，耸耸肩，"我之前就看到过你们现出这样的眼神。你，沃金，被我见着的次数要比提拉森多，但这是因为我跟你并肩作战的次数也比他来得多。每一场战役中你战斗到最投入的时候，都会出现这种表情。冷峻，而又难以平息。每当我看到这个神情出现的时候，我就知道你会胜利。这个表情仿佛在诉说你是当天战场上最优秀的战士。任何挑战你的人都是在自寻死路。"

巨魔把头一歪。"我现在脸上有这个表情？"

"没有。好吧，也许眼睛周围有那么一点。你们俩都是。在你们觉得没有人或者是没有意识到有人注意你们的时候。这表情就像在申明此处是你们的领土，你们绝不会投降，誓将赢取胜利。"老陈又耸耸肩，"考虑到我们这次的任务，这样挺好。"

人类把杯子伸到老陈面前，在老陈替他满上的时候点了点头。"那你又感觉到了什么呢？"

老陈放下他的皮革水袋，挠挠下巴。"我感觉到只有和平才能为这里带来希望。我想你们俩是感觉到了一些魔古族遗留下来的细微气息。但是对我来说，和平与希望才是家园里应有的东西。它们一直都在鼓励我停止流浪——但却并非强求。它们张开双臂欢迎着每一个人，它们让世界不再孤独。"

老陈望向两人。这是沃金印象中第一次看到老陈金色的双眼中充盈着哀伤。"我希望你们也能有此感受。"

沃金对他的朋友露出一个微笑。"你能够感觉到这一切，对我来说就够了。老陈，我有家——一个你帮助我夺回的家。你保卫了我的家园。我也定会为了你的幸福倾尽全力。"

没花多少工夫，沃金就成功地让老陈和其他武僧都敞开心扉描述了一番对于此地的感受。他们乐得如此，沃金也从交谈中收获了不少喜悦。然而，夕阳西坠之时，一阵阴冷的寒风从东面吹来，让武僧们都陷入了沉默。而一直站在营地上方的山坡顶上观察情况的提拉森，则突然指向一处。

"他们来了。"

沃金和其他人随即一同爬上山坡。在那里——东面——魔古山宫殿被点亮了。银色和蓝色的光亮在宫殿表面闪烁，某些像常春藤一样的植被在墙隅间蜿蜒蜷曲，熠熠发光，勾勒出了这座建筑的轮廓。眼前展现的魔法让沃金印象深刻，不是因为它所传达的力量，而是因为它所透露出的漫不经心与慵懒随意。

老陈打了个寒战。"看来'欢迎'在这里已经被尘封了。"

"是已经没了气息。"沃金摇摇头，"甚至被深深埋葬了。这里已经不再欢迎任何人。"

提拉森望着沃金。"宫殿远在射程之外。不过我们可以在天亮前赶到那里。在那些欢宴者醒来之前。"

"不，他们就想用那样的景象来引诱我们过去。他们期盼着有人来袭。"

人类扬起眉毛。"他们知道我们要过去？"

"他们不得不假设我们会过去，就好像我们不得不假设他们知道夺取日志之人会有所行动。"沃金指着南边的山脉说，"部落和联盟很可能也都派了斥候驻扎在那边的山头。他们肯定也会发现这座宫殿然后做出应对。只不过在实际行动之前还需要一小会儿来商讨计划。"

"除非有人自愿过去一探究竟。"提拉森轻声笑道，"若是在几个月之前，这个人非我莫属。我很好奇现在有谁愿意扮演这个英雄。"

"这妨碍不到我们的任务——只要他们不挡在我们的路上。"

"同意。"人类捋了捋胡须,"我们继续前进,引东边的人上钩?"

"对,除非有什么事情阻挠这个计划实现。"

沃金又度过了一个无梦之夜,但这并未带来充分的休息。他想要感知洛阿神灵,但是同所有的神灵一样,他们变化无常。如果什么时候他们厌烦了,随口溜出的一个词就会向敌对势力警告沃金的存在。就好像他跟提拉森说的那样,他们必须假设敌人知道他们正在靠近,但事实上赞达拉并不能确定他们的准确位置。这是一个优势——考虑到他们此次任务的性质,任何优势都显得弥足珍贵。

第二天清晨,沃金很怀疑朝阳到底有没有出现过。云层越积越厚,唯一一道穿透云层的微弱光线是雷电在空中激起的涟漪。这闪电似乎永远不能触及地面,仿佛就连它们也在害怕着魔古山宫殿会施以报复。

一行七人都有意识地放慢了脚步。阴沉的天色下很容易失足滑落。脚下沙砾涓涓流动的声音听起来也像雷声一样。他们有时会在原地停下来,竖起耳朵仔细聆听周围的动静。他们的斥候不得不缩短自己与队伍之间的距离,因为四周昏暗笼罩,视野极其糟糕。这也导致了他们驻足停留的次数愈发增多。

夜复一夜,魔古山宫殿的光亮都在不停闪耀着。这景象加剧了山谷中的紧张氛围。沃金的眼神透露出他已经把这里当作了自己的地盘,而宫殿里的人毫无疑问是在对他挑衅。这宫殿就如同引诱飞蛾的火光,但是他们七人谁也没有让自己走进这个陷阱。

截至目前,仍未看到任何赞达拉斥候的踪影,这一点让沃金颇感不安。如果是由他来指挥赞达拉的话,他会命令轻装部队向前进发,甚至会一路推进到那面横断在螳螂妖老巢与山谷之间的西部城墙脚下。说起那种叫作螳螂妖的生物,他们的故事足以让最顽劣的熊孩子立刻安静下来——沃金所指的可是巨魔一族的小孩,而不是那些天性善良的熊猫崽。不在那块边界设防简直就是严重失策，尤其是在赞达拉很清楚自己处境的情况下。

两个没有太阳的日子过去了，他们终于发现了赞达拉出没的迹象。夜幕刚刚降临，领头的单大哥就在两块高地之间的鞍形地带停了下来。他们已经抵达了南部城墙和山脉的交界之处，现在正穿过丘陵朝东面走去。这名武僧放出一个信号，沃金和提拉森便赶上前来，而单大哥则退回了其他人等待的地方。

眼前的景象让沃金浑身发冷。近二十名赞达拉轻甲战士在那里建起了一座哨站。他们在林中伐倒了一大片金叶树，然后砍下树枝，挑出其中足够粗壮的那部分，和树干一起打磨削尖，一根并着一根插在防线之上。这些尖桩全都朝外指着，只在西边留了一个狭窄的缺口，而缺口处也用木桩隔出了曲折的路线，因此任何攻击者想要进入营帐，都必须急速改变方向。

巨魔鼻孔微张，但他还是克制住了自己愤怒的鼻息声。砍伐秀美的林木来建立一个如此残酷的堡垒，对沃金来说简直就是亵渎神灵。毫厘之罪，亦难逃报应。

在营帐的中心地带，一个大型篝火的东面，有两根被打入地下的树干。它们约莫二十英尺高，彼此的间距则是高度的一半。两根木桩上都绑着绳子，将一名人类战士的双腕吊了起来。他的蓝色战袍悬在腰间，被遮住的腰带托住而不至于掉下。他身上刀伤无数，虽不致命，但足够产生难忍之痛，以及让鲜血不住滴淌。

沃金很确定自己从未见过这个人，可他的样子似乎有些眼熟。而旁边的其他四人也都一样穿着破烂不堪的战袍。沃金猜想，他们的战袍应该是跟那个受刑之人所穿的一样。四名人类被绑在一起，在赞达拉士兵的监视下蜷缩颤抖着。

有两名巨魔守在哨站的入口,还有两名负责看管囚犯。其他的人,包括一名手握人类长剑的初级军官,都围在这个被吊起来的人类周围。这名军官不知说了些什么,周围的赞达拉都大笑起来,接着又是一刀砍在人类身上。

沃金看不下去了,做好了离开的准备。然后他看见了同伴脸上的神色。"我们不能插手,你知道的。"

提拉森艰难地回答道:"我不能就这么丢下他在这里受折磨。"

"你别无选择。"

"不,别无选择的人是你。"

巨魔点点头,拉上一支箭。"我明白了。让我来了结他的痛苦。"

这句话惊得提拉森张大了下巴,然后他闭上嘴,摇摇脑袋。他拒绝迎上沃金的目光。"我不能让他死。"

"援救等于自杀。"

"可以做到的。"

"他们是谁,值得让你赌上我们所有人的性命和这次行动?"

提拉森沉下了肩膀。"没有时间解释了,反正我必须这么做。"

"对我,还是对你自己?"

"沃金,请让我救他吧,这是我的义务。"猎人紧闭双眼,痛苦在他脸上一闪而过,"但你是对的,我不能影响任务。你带上其他人先走吧,我自己应该能够应付。我们离目的地已经很接近了,就当我是在分散他们的注意力吧。求你了,我的朋友。"

沃金听出了提拉森语气中的深切悲恸,他再次斟酌了一下眼前的形势,然后点点头。"你从这里溜下去,尽可能地接近他们。我会射杀他们的领队,然后把余下的人引到伏击点去。届时你抓紧时间营救俘虏,然后带着所有人一起隐入山林之中。"

提拉森把一只手放在沃金肩头。"我的朋友,这个计划比最开始我们决定要到这里来还要愚蠢。要想成功就得按我的办法,我会绕路去到那边的石堆顶上以便狙击,你和其他熊猫人则藏到哨站门口的小树林里准备接应。当我放箭之后,一个赞达拉也不能放走。"

沃金看看提拉森指出的两个策略地点,点点头同意了。"把放箭的任务交给我,你去救你的人出来。他们不会跟着巨魔走的。"

"那个被吊起来的人之所以出现在这里,是因为他们以为我已经死了。最好他们继续这样认为。到时候你对着他们大声咆哮,让他们逃跑。我会让女僧李泉带着他们,去跟联盟取得联络。"提拉森叹了口气,"这是最好的办法了。"

沃金目测距离后点了点头。人类之间的错综关系让他头疼,但巨魔清楚短兵相接的白刃战会更适合现在的情况。而且,他自己也希望是那样。他希望让对方在临死之时看到自己眼中的蔑视。那群家伙把如此美丽的山谷弄得乌烟瘴气,万死亦不足惜。

"同意。"

提拉森捏了捏沃金的肩膀。"我知道你会射中的。"

"你知道我射得比你好。"

"嗯,当然。"猎人笑了,"你到达位置之后,我会给你信号。"

提拉森朝着既定地点出发了,沃金则返回到熊猫人的队伍里。他向众人简略说明了一下情况。没有一个人抗议这种疯狂举动,这让他很是吃惊。接着他想起了老陈这个一直都忠心不二的朋友,这份忠诚在熊猫人中一直口碑极佳。懂得承诺去帮助朋友和盲目遵守义务之间有一个很大的区别——前者总让不可能完成的任务变成可能。而且,这些武僧们把这次救援行动当作是在帮助这个世界重归平衡。跟提拉森比起来,这对他们来说更像是一种需求。

救援小组顺利地溜到了指定地点，在那个离前哨站缺口二十英尺的小树林里静静等待着。沃金完全没来得及思虑这样做是否理智，他的脑子里只想着如何给那名赞达拉军官送去死亡。沃金提起他的双刃剑，缓缓地笑了。

四英寸半。

提拉森的信号便是用一支利箭射进了那个军官张大的嘴中。此时那名巨魔刚转过身来面对着人类俘虏，于是鲜血便顺势溅到了他身后蹲着的两名战士身上。第一支箭刚刚落下，第二支箭便紧接着射入了他的胸膛，从后背贯穿而出。他跌跌撞撞地倒下，那支穿透他身体的箭势头不减，不偏不倚地钉在了另一名蹲着的巨魔身上。

蹲着的巨魔向后倒去，一边发出低沉的咕哝声，一边死死盯着胸前红蓝两色且仍在微微颤抖的尾羽。

两名缺口处的守卫听见了篝火旁的骚动，赶忙转过身来。火光迫使他们的瞳孔缩小，失去了夜视的能力。不过这并不重要，因为沃金已经如死神般悄无声息地接近了他们，而那些影踪武僧则根本就是幽灵之影。而且在篝火的噼啪声与守卫们的倒地声掩盖下，就算是落在后面的老陈发出的细微响动，也瞬间便被吞没。

沃金加入了战斗，他的双刃剑随着手臂的挥舞发出吟啸之声。他的第一击砍中了一条大腿，接着又转向另一名向他靠近的守卫。暗矛巨魔猛然突进，第二次挥刀便砍下了那名守卫的脑袋。沃金找回了鲜血在空中弥漫的美妙气味，然后他转身继续寻找下一个目标。

在他四周，其他的熊猫人也都无畏无惧地面对着巨魔庞大的身躯和锋利的武器。女僧李泉俯身躲过头上挥来的斧头，然后用刀锋一般尖利的手爪刺入了一个巨魔的喉咙。当巨魔还在喘息的时候，又一记直拳击了过来，将他的下巴打得粉碎，紧接着还补上了一记利落的回旋踢。

而刀大哥则抽出长矛,对战一个手持相似武器的巨魔。这名影踪武僧招架住了巨魔刺来的每一次攻击。他招架一击便往后退开一步。赞达拉把这当作是熊猫人畏惧他的征兆,以为自己胜券在握,但这种幻觉仅仅只持续了两三招——刀大哥一挥长矛,旋转着刺向巨魔,用矛柄顶住他的膝盖,将其击溃。接着他对准敌人的太阳穴蓄力一击,让他完全失去了知觉,几乎直接毙命。这样也好,这巨魔便不用感受那被长矛刺倒在地的耻辱。

老陈缺乏影踪武僧的精准,但他用丰富的经验来予以弥补。他紧握着结实的棒子,挡住了巨魔反手挥出的大锤,接着他将棒子一扭,巨魔的武器便顺势往左边滑落。巨魔决心压制住这个比他矮小许多的熊猫人,挥舞着大锤从其他方向再次攻来。

老陈放手任他如此,他俯下身子,把一条腿勾到巨魔身后,然后一个扫堂,就轻而易举地让这名赞达拉摔倒在地。紧接着老陈飞快抬起右腿,踢中了对手的喉咙。在清脆的喉骨断裂声响起之后,酿酒大师又继续朝着另一名战士走去。

激烈的战场中,一支暗箭掠过。其中一根吊着犯人的绳索啪的一声断开。那名人类扭动着,猛地倒向对面的木桩,后脑被重重地撞了一下。第二支箭紧随而至,射断了剩下的那根绳索。人类终于得以着地,而箭矢还在木桩上微微颤抖着。

赞达拉很快便从惊吓中恢复了过来,开始进行反击。两名战士一起冲向了沃金。其中一个挥剑低砍,沃金提起双刃重剑的一面挡住,然后用力一推,将另一面刀刃插入了这个巨魔的胸膛。在他倒下的同时,沃金猛地将双刃剑从他体内抽出,让他的肋骨也为之断裂。

另一名赞达拉咆哮着冲了上来。"叛徒,去死吧!"

沃金一声怒吼，双手钳住了他。

赞达拉在齐腰的高度挥舞着带刺的狼牙棒。沃金没有往后躲闪，而是继续前进。他抓住巨魔的手腕，推向他的胸腔。他抬高自己的左臂压在赞达拉巨魔的前臂上，同时迅速扭动右臂，锁住巨魔的另一只手肘。沃金继续扭转着，直到对手的胳膊咔的一声断掉。赞达拉巨魔尖叫着瘫倒在地。

沃金收回右手，一拳打在了这个巨魔的脸上，直穿而过。

这场战斗以迅雷不及掩耳之势结束了。女僧李泉砍断了囚犯身上的绳索。老陈赶忙接住了这名被折磨得遍体鳞伤的囚徒。沃金也在老陈帮其松绑的时候慢慢靠了上来。这个人类的后脑和双手都满是斑斑血迹，但情况似乎并没有太过糟糕。

人类看着熊猫人。"他在哪儿？提拉森·克尔特在哪儿？"

沃金抢在老陈回答之前说道："这里没有提拉森·克尔特。"

人类瞪着沃金，眼中充满怒火。"我也许眼冒金星了，但我绝不会认错那箭法。我认得那双给箭杆涂满油漆、装上尾羽的手！他在哪儿？"

巨魔咆哮起来。"或许那些箭矢是他准备的，但他——提拉森·克尔特——已经死了。"

"胡扯，我不会相信的。"

沃金龇牙大喊道："他是被我——沃金，暗矛部族的首领——杀死的。"

血迹不断从人类头上渗下来。"传言说你也死掉了。"

"那你就当我和他都是幽魂吧。"沃金提起带血的重剑指向南方，"在你也成为亡魂之前，滚。"

女僧李泉适时走上前来，拉走了这个人类，和其他犯人一起组编成队。他们迅速把所有的巨魔物资都回收起来，武装好自己，而后逃往山林。

老陈转向沃金。"你为什么说他已经死了？"

"无论对提拉森还是对他们来说，这都是最好的答案。"沃金把双刃重剑在一名死掉的赞达拉身上一抹，"我们走。"

沃金和老陈与三名武僧一起撤出了这个木桩围场。他们用赞达拉砍下的树枝抹去了逃犯与自己的足迹。沃金负责断后与侦察敌情，而其他人则向西回到其他武僧等待的地方。

但是他们才刚走出来进入到一小块空地，一道火柱就突然升起，将沃金的视线闪得一片空白。慢慢地，他的视线恢复了过来。远处，一名赞达拉女性站在那里，身侧还戒备着六个蓄势待发的弓箭手。而提拉森双眼已被蒙住，双手也被反绑，正跪在她的脚下。

她抓住提拉森的头发，把他的脑袋向后一扯。"沃金，你这头宠物可给我添了不少麻烦啊。不过，我现在心情还算不错。放下你的武器，不然，你和你的熊猫人玩伴就会见识到我心情不好的样子了。"

第 23 章

她直呼沃金之名的时候，巨魔感到一阵莫名的愤怒。他盯着提拉森，虽然他已经被绑了起来，但是丝毫看不出有因为受不住虐打和折磨而泄露沃金身份的迹象。沃金对自己竟然有这种想法感到羞耻。提拉森是不可能出卖我的。

沃金将他的双刃剑插入地里。

这名赞达拉对着沃金颔首致意。"那么我就简单把话说清楚好了，暗矛巨魔。想来你也没法再耍什么花样，但是既然你已经弄出了这么多麻烦，以防万一还是把你的小宠物们绑起来为妙。你应该知道，我自己对熊猫人是没什么兴趣，但我的合作伙伴却未必。"

沃金环顾四周。"我没看见有其他人在场。"

"我们是这么打算的。你得跟着我们走在前面，而行李会紧随在后押解上路。"她停顿了一下，双眼微微眯起，"你不记得我了，是吗？"

他端详了她好一会儿，她知道他正在努力回想。"我不会撒谎，我确实不知道你是谁。"

"感谢你的坦诚。我本也不期望你知道。"她领着众人回到哨所并绕了进去。在哨所的中央，站着两具高大魁梧的身体。沃金曾经见过他们，在幻境，以及在噩梦中。"这就是你的同盟么？"

"这是魔古人，潘达利亚的统治者。"她微微一笑，"你知道这是一个陷阱，对吧？不是为你而设，而是为那个人类弓箭手。他惹到了我，但是把他骗入陷阱却并没有想象中那么困难。"

"而且你认为只要控制住了他，就能控制我？"

"我希望如此。"

他们绕到东边，穿过了女僧李泉和人类逃跑的那条小道。沃金没发现任何追捕的痕迹。"你就这么把诱饵放走了？"

"当然，但愿他们跑得够快吧。"这位赞达拉望了他一眼，"你可能想不到我会就这么放任他们逃脱，这会让魔古人认为我们很弱，当然，其实他们早就已经这么认为了。我根本不在乎你的同伴离不离开，实际上，我还有些期望如此。当他们逃回敌营诉说自己经历的时候，会让恐惧深深扎进所有人的心里。这可比阿曼尼军队承诺帮我们守住侧翼要管用得多。"

沃金一言不发，压住自己听到她提起阿曼尼联盟时的惊讶之情。"就算他们得以脱身，也没人会相信这样的经历。"

"这可是一段奇谈，一位联盟贵族被沃金——从墓地里爬出来的活蹦乱跳的沃金从巨魔手里救了出来。"她带着沃金来到几头迅猛龙面前，有两名侍从正牵着缰绳候在一旁。在这些备好鞍座的迅猛龙旁边是两辆货车，看样子是熊猫人制造的，但是拉车的却是穆山兽。

她跨上其中一头红色的迅猛龙，示意沃金坐上那头绿色条纹状的迅猛龙加入她。"这头野兽原本属于你杀掉的那名军官，我发现他很令人讨厌,从那之后便把他当成了弃子。跟我一起吧,沃金,好好体验一下穿越这片大陆的感觉。"

她的迅猛龙向前一跃,如流星闪电般驰出。沃金也用脚猛地踢了一下身下猛兽的肋骨,让它一跃而出。他以这迫不及待的出发来回应她的请求。当她提出要来一场竞速比赛时,沃金竟觉得那正是他想做之事。凛冽的风呼啸着穿过红发,他的身体突然恢复了往昔的记忆,忆起了该如何在迅猛龙全速奔跑之时保持身体平衡。往日的愉悦随着风驰电掣的疾奔正一点一点复燃。感受着胯下猛兽的力量和速度,感受着这片大陆的绮丽风光,他深深地陷入了沉醉。

他再次狠狠往这头猛兽肋骨处一踢。迅猛龙立即做出反应,它知道如果不跑得更快一些,骑手肯定会更加糟糕地对待自己。迅猛龙的利爪将足下的金色土地踏成碎渣,激起阵阵尘土。沃金将身子紧贴着猛兽的脖颈,发出刺耳嘶哑的笑声,因为他已经超过了她。

沃金继续往前,让他的迅猛龙肆意狂奔。它知道路,但是沃金根本不在意他们要去往何处。骑在迅猛龙身上的这一刻,他忘记了一切:使命、职责、部落、加尔鲁什,还有影踪禅院。就算背负着这些重担,就算空气中还充盈着方才哨站一役带来的血腥,他依然暂时从这些事情中解脱了出来。他已经记不起上一次有这种感觉是何时了,只记得必定已是相当久远。

"这边!"

他们一路向着魔古山奔去,山间的宫殿正处在之前夜晚所见火光的高度。卡拉驾着坐骑向东边跑去,来到了两座山峰之间。沃金也紧随其后,把迅猛龙停在一座低矮狭长的建筑前方。眼前这栋建筑飞檐凌空,屋后还连着一个空置的大院。他跳下坐骑,像那位女主人一样把缰绳交给一旁的侍从,然后跟着她走进前门。

她大声击掌，许多低眉顺目的巨魔便急忙从走廊和墙边跑了过来。如果沃金没有认错这些文身的话，他们当中大多数都是古拉巴什，但现在却的确是在为赞达拉服务。

这位女主人指着沃金说道："这位就是暗矛部族的沃金。如果你们对他有任何怠慢的话，我就会在天亮时破了斋戒，挖出你们的心肺来享用。你们先服侍他沐浴，然后给他准备一身得体的衣物。"

为首的那个仆从颇有些不屑地打量着沃金。"主人，他就是暗矛巨魔？他是不是在猪圈里滚了一圈，然后从猪倌那里偷了一身衣服。"

女主人飞快地走上前去，狠狠扇了这个仆人一记耳光。那名仆人瞬间倒地，根本来不及躲开。

"他是暗影猎手。他们侍奉的是洛阿神灵。你们会发现他如同诸神一般闪耀。明天太阳升起之时，如果你们不能让他英俊得令魔古人哭泣，令赞达拉妒忌，你们就都等着品尝我的愤怒吧。退下！"

除了那个被扇倒在地失去知觉的老女仆之外，其他的仆人们都依令散开了。女主人转过身来对着他微笑道："我相信你的熊猫人朋友会更加忠诚地服侍你。我甚至还想过你那个人类弓箭手朋友，也更适合做服侍的工作。我们会好好讨论这些事情的，以及其他的事情，当然，是等你沐浴更衣之后。"

在一般情况下，沃金完全不会对一名赞达拉感兴趣，但现在他觉得她还挺吸引人。"接着你会帮我回忆起你的名字。"

"不，我亲爱的沃金。"她笑靥如花，"你不可能记起我的名字，因为你根本没听过。不过等会儿我会告诉你，然后给你一个你永远也无法忘记这个名字的理由。"

* * *

　　沃金本打算拒绝女主人的盛情，因为那些仆从明显已经恨透了他。照顾他，满足他的需求，这些工作对仆从们带来的折磨远超过其对于沃金的困扰。清洗他的身体、修剪他的头发和指甲、为他的双手双脚涂抹药膏、服侍他穿上一件系着迅猛龙皮革腰带的高贵丝质长袍，这些对于赞达拉和古拉巴什来说，简直就如同胯下之辱。更糟的是，他们还被迫让沃金佩上一把象征荣誉的仪式短匕。那匕首放在鞘里绑在他的左臂上方，这是他作为一名暗影猎手应享的权利。仆从们把沃金看作是一个来自病态忤逆的堕落部族的下等巨魔，但他们明白自己永远也没法得到他此刻被赐予的荣耀。

　　这个地方的奇妙之处也影响着沃金，使他相信自己实际上是值得被尊重和赞美的。对于这位女主人，他的内心还是抱以了些许感激，毕竟他得到了关心和照顾。古拉巴什和阿曼尼或许把暗矛一族看成是一个笑话，但是当赞达拉的拉斯塔哈国王想要联合所有巨魔部族之时，沃金也曾代表暗矛部族被传召过。虽然他婉拒了部族联合的提案，指出萨尔的部落才是他的归宿，但不管怎么说，他还是被邀请了。

　　当一切准备妥当，一位长脸的仆人便领着他来到了庭院中央。在一圈石块围起的空地正中，正点着一团篝火。篝火的斜后方摆着一张矮桌，上面放着两个金色的高脚杯和一个盛装着深红色葡萄酒的酒罐。篝火和矮桌的中间是两张坐垫，相互之间只留下了一条缝隙以供仆人们奉上茶点。

　　她跪坐在其中一个坐垫上，用木棍轻轻拨弄着火光，并在他走进来的时候立即起身相迎。她换了一身深蓝色的丝绸衣裳，跟魔古山宫殿的浅浅色调相得益彰。她的腰间系着一根由金锁环环相嵌的古朴腰带，自从智慧种族开始铸造钱币以来，在所有时代和所有已知的的土地上，这样的装饰都显得非常时髦。腰带的两端垂落下来，悬到膝盖的高度。沃金设想着若是这黄金之索随着赞达拉的征服越织越长，她恐怕就不得不把它在腰间多缠两圈了。

她伸出一只手指着桌上的红酒。"我为你准备了美酒与茶点，随意享用一些，恢复一下体力吧。选一个酒杯，然后把它们都满上。我会喝下你选剩的那杯，或是两杯一起喝也行。我想让你知道，你是我的座上之宾，我绝不会以任何不荣誉的方式加害于你。"

沃金点点头，但是还是没越过两人中间的篝火。"你来倒酒，你来选。你给了我这等荣耀，我相信你。"

她把酒倒上，但是没有挪动桌上的杯子。"我的名字是卡拉，为维尔纳多服务。他跟拉斯塔哈国王的关系就好像你跟萨尔的关系一样，甚至更加亲密。他负责这次对熊猫人的进攻。不过我想他可能没有料到，他欠你一笔债。"

"此话怎讲？"

卡拉笑了。"我来给你上一堂历史课吧。我为维尔纳多效命，他则效命于我们的国王。拉斯塔哈采纳了祖尔的建议，决定将所有的巨魔部族统一到一个旗帜之下。所有巨魔部族的首领都不敢违抗——除了你，暗矛部族的沃金。你转身离开，与我擦肩而过。我望着你的背影，直到你消失在我的视线之外。我花了好长时间研究你留在沙滩上的足印。我很好奇哪一样东西会被首先侵蚀掉，祖尔的梦想还是你的足印。"

她低下头，深深凝视着那火光。"在卓金村的时候，我手下的一名士兵给我看了一个脚印，连我自己都很惊讶我竟然一眼就认出了它。但是那时，你也知道的，我们安排在部落的间谍告诉我你已经失踪了很久。那些关于你的传言可信度非常高。大多数部落成员都认为你在执行一个与他们的利益至关重要的秘密任务时牺牲了。大家都在悼念你，但也有不少人声称你是被谋杀的。"

沃金扬起眉毛。"没有人觉得我还活着吗？"

卡拉拿起两支高脚杯向他走去，递给他其中一杯。"可能有一些偏执狂会觉得你还活着吧。还有一些古怪的萨满，他们认为你已经升天成为洛阿之一。一些人对着你祈祷，还有一些人在自己身上刻上了暗矛的徽记——多数都是把它刺在上臂的内侧，因为兽人可不乐意看见这些刺青。"

他接过一只酒杯。"而你的主人很喜欢幽魂的故事？这就是他感谢我的原因？"

"哦，不，他欠你的可不仅仅是一个谢字。"她抿了一口酒，然后转身慵懒地走向坐垫，丝质的礼服下的修长的身体微微摆动。她跪坐下来，几乎像是在祈求神明眷顾一般，举杯相邀。"请过来吧，与我共饮。"

沃金应邀上前，他把酒杯放回矮桌，然后缓缓坐下。"你的主人？"

"你必须明白一件事情，沃金。我给你这样的敬意是因为我认为你绝不是一个傻瓜。你会从我们的谈话中知晓很多事情，很多重要的事情。你必须明白我是开诚布公、全心全意地与你分享。我确有目的，但我会对你以诚相待。你可以问我任何问题，只要是能够回答的，我当言无不尽。"

他再次举杯饮酒。这种深色的红酒尝起来有水果的香甜和香料的芬芳，原料中的一部分来自卡利姆多，但更多则是采自潘达利亚。他喜欢这味道，但酒精并没有让他松懈下来。"你的意思是……"

"这些魔古人都傲慢无礼，目中无人。他们对于巨魔的认识还停留在魔古帝国解体之前。他们只看到了赞达拉所作所为的很小一部分，而其他仆从巨魔更是被他们看作劣等生物。还有那些敌对势力的巨魔——魔古人为数不多的与部落作战的经验，更加坚定了他们的偏见。

"还有卓金村和你。"她又抿了一小口酒，舔舔嘴唇，"我原本不知道是你在跟我们作战，当然，在听到你的死讯之后，就更加这么认为了。我相信那些说你的死是个阴谋的谣言是真的，因为你拒绝加尔鲁什比拒绝我们的国王还要坚定得多。我原想只有部落才能杀死你，现在看来我的想法是错误的。"

沃金没有用语言回应，而是抬起下巴让她看到自己喉咙上的伤疤。

"是的，我早就在好奇为何你的声音跟我记忆中大不相同。"卡拉笑了，"那些联盟也同样听说了你的死讯。他们大多都松了一口气。那些在深夜由你给他们编织的梦魇终于消失了。至少现在是如此。

"但是，说回到魔古族。围观一个巨魔和一个人类携手攻向赞达拉，让他们感觉格外有趣。你的诡异莫测对他们来说象征着强大实力，让他们印象深刻。尽管你的熊猫人下属打乱了原定计划，他们还是看得相当尽兴。而且，今晚设下的这个陷阱，我也想过或许有可能会抓到你。就算你没在队伍之中，也可以用这些宠物的性命来要挟你与我会面。"

"为什么？"

"因为我希望你加入我们。这可以令那些魔古人的态度大大改观，让他们意识到我们在这个世界其他的地方依然拥有强大的影响力。在他们看来，我们所做的不过只是唤醒了他们长眠的帝王。他们的自大傲慢让他们忽略了这样一个事实，他们的帝国早已崩塌。我们现在为他们提供的服务，早已不是他们在千年盛世之时可以掌控得住的了。

一个人类和一个巨魔围攻我们,这反应出了我们现在的软弱,我们的血液中的生命力正在流失。如果你加入我们,情况会大大改变,这对我们很重要。"

沃金皱起眉头。"我早已拒绝了赞达拉提出的邀请,当时你也在场。"

"这不是相同的邀请,暗影猎手,现在的世界已经大不一样了。"她伸出一根手指,轻轻抚摸着他喉咙和身侧的伤疤,"你曾经宣称部落是你的归宿,但是他们抛弃了你。加尔鲁什是一个目光短浅、心胸狭隘的莽夫,竟然在这场大混战来临之时,杀害了唯一一个可以为他提供建议和帮助的人。你对他已经仁至义尽了。你的人民是暗矛部族,我们可以让他们在所有部族中位居首位。

"是的,加尔鲁什会因此呻吟,阿曼尼会因此痛苦。他们只能抱住自己的历史不放,而我会指出他们的失败。因为暗矛部族是唯一一个始终坚持真我的部族。你从未建立起一个帝国,并非因为你不能,而是你选择不那样做。你不像他们,努力拼搏却始终一无所有,费尽心机却终究得不到认可。他们期望着重获几个世纪前的丰功伟绩所带来的荣耀,但事实上很快就将发现自己最终一事无成。"

她扬起下巴,与他目光交会。她的眼中闪烁着对未来的期待。"这是我给你提供的条件。暗矛部族的沃金,像效忠萨尔一样效忠于我吧。为了你的人民展现出暗影猎手的所有力量吧。和你的人民、你的暗矛部族一起,让我们联手向世界证明其他人的愚昧,再一次让那些失去生机的土地焕发活力,给它们带去新的秩序。"

沃金举起酒杯。"这是一个无上的荣誉。只有傻瓜才会拒绝这样的请求。"

第 24 章

"只有傻瓜才会相信我单方面做出的承诺。"

"你非常有说服力。"

"而你则让我倍感亲切。"她轻松地笑了,"当然了,有些事情我的确需要了解。当我发现你的时候,你怎么会在熊猫人的队伍中,还带着一个人类帮手反抗我们?"

沃金望着她的脸好一会儿。"陈·风暴烈酒你是知道的,他已经是我的老朋友了。在部落对我下手之后,他发现了我。你的魔古盟友所憎恨的武僧收容了我,治愈了我。他们对那个人类也做了同样的事情。"

他又喝了一点酒。"至于反对你,我只是知晓了会有一场前所未闻的入侵,好奇谁会是这背后的始作俑者。顺便小小地报答一下我的救命恩人。"

卡拉歪着脑袋。"你提到知晓,这么说丝舞者给了你同样的幻境。"

沃金点点头。"我曾想过那可能会是她。"

"是的，赞达拉曾经的守护者。她对我们的复兴，对我们和魔古族的联合都不怎么高兴。在过去，我曾征召过许多对魔古法术感兴趣的战士，以致他们背弃了她。祭祀的仪式从此荒废，但她却在记恨中愈发强大。"卡拉凝视着酒杯中的黑暗深渊，"对于她乐意惹起一点小麻烦来避免日后的大麻烦，我倒是不觉得惊讶。"

"你得到了和我一样的幻境，但你却忽视了它们？"

"我会去寻找一个解决方案。"

"我就是这个解决方案？"

"你比一个解决方案要有用得多，沃金。"她向前倾身，压低了嗓音，"你付出多少，我就会给你多少回报。比如，你那勇敢的小分队已经让我们的军队认识到了，即便是赞达拉，在箭雨面前也会是那么无助。更重要的是，这已经提醒了魔古族他们过去的奴隶能有多致命，抓住他们将对我们的声誉非常有利。再一次，谢谢你。"

暗矛巨魔不为所动。"如果我证明了自己有这样的价值，你就不怕你的主人会抛弃你，让我取而代之吗？"

"不，他害怕你。他缺乏足够的勇气，缺乏你拒绝国王的要求的那种勇气。他需要让我来使你处于控制之下。"她羞涩地一笑，"而且我不怕你背叛我，因为我可以用你的朋友来钳制你。陈·风暴烈酒我早就认识。那个人类我所知不多，但你对他的尊重是显而易见的。"

"胁迫只会削弱我对你的信任。"

"不，我只是希望在你充分考虑我的提议之前，暂时停止你的行动。我对你以前拒绝加入我们并且反抗加尔鲁什的制度是留了心眼儿的。你很有原则，这是个奇妙的品质，也是我很看重的品质。"她把杯子放在一旁，把手垂在跪坐的膝盖上，"只要你肯加入我们，愿意同我们精诚合作，我就会释放你的伙伴。"

"并且不会像对待其他囚徒那样，刚一放人就派猎手尾随？"

"有我们在这里为他们的安全讨价还价，就不会有人追杀他们。"她抬起一只手，"但是，容我重申，这件事的决定权始终在我手中。你的同伴会很自在，他们享受不到我提供给你的奢侈，但至少会足够自在。"她笑着继续说道，"然后，明天你就可以亲眼看到，与魔古人的合作可以为我们带来什么。一旦你目睹了一切，你就会明白为什么我的提议是最慷慨，也是最值得慎重考虑的。"

* * *

他们的话题逐渐转变成了琐碎的俗事。沃金确信，只要他愿意，卡拉就会和自己同床共枕。她会把亲密行为看作是促成合作的方法。但是，很可惜，这只在智力低下的人身上才会起作用。她没有把沃金当作傻瓜，所以她明白，若是沃金轻易就提出同床，那只是在假装自己易受摆布。她不会因此信任他。

另一方面，克制情感让沃金在某种程度上取得了一些主动权。也许她非常能干，但同时她也明显地迷恋着他。她其实已经记不清那时候海滩上留下的足印是何模样。她尽其所能为此次合作营造着完美的气氛，其实只是简单地想证明自己多年来对沃金的兴趣。

他可以利用这点，无论自己对她的邀约会给出何种回应。

他们促膝长谈，困乏之后就在露天庭院中各自睡去。当第一缕晨光划破黑暗之时，沃金醒了过来。他没有休息好，不过倒也没感到疲倦。绷紧的神经生出能量，弥补了睡眠的不足。

用毕熏鲫鱼和甜年糕搭配的简单早点，仆人们再一次服侍他们洗漱穿衣。然后他们便跨上迅猛龙，掉头向着西南方向驰去。卡拉一言不发。她的骑术相当不错，劲风拨动了她的长发和斗篷，看起来是如此雍容华贵。此情此景，沃金看在眼里，突然明白了赞达拉为何会如此自傲，为何会如此执着地想要拿回失去的东西。沃金先前对于这些问题的疑惑，也就随之消散在风中。

知道自己堕落得有多深，知道自己再也无法重现往昔的荣光，会让一个人从内而外被恐惧吞噬。

他们绕着山脚驶过一座伛偻的高峰，来到了一片荒凉废墟前。这里显然不是因遗弃而自然形成的。很久以前，这里就毁在了战乱之下。尽管气候的变迁洗去了血迹和烟尘，尽管金色的植物掩藏了尸骨和残骸，但那座被打碎的拱门还是清晰地昭示着暴力曾经来过。

他们走上了穿过山脉的道路，虽然天色昏暗、满目疮痍，但潘达利亚的威仪还是让这个地方显得十分壮丽。沃金觉得自己曾经来过这里，尽管这可能只是因为在奥格瑞玛之时，他就已经明白曾有政权盘踞于此。他意识到在暗矛巨魔满足于朴实得体的民居之时，其他许多种族却热衷于筑造宏伟壮观的作品来体现自己的优越。他听闻过铁炉堡和暴风城的高大雕塑，所以他明白这个地方也必定会铭刻着魔古族的辉煌过往。

魔古族没有让他失望。

他们一路前行，来到了半山腰处一个被粗暴凿开的宽大洞穴面前，往里窥视，可以见到一座建在青铜底座上的灰白色雄伟雕像。雕塑的形象是一名昂首挺立的魔古战士，手中握着一把无比巨大的战锤。即便缩小到正常的尺寸，这把武器也足以蔑视加尔鲁什的力量。尽管冷漠的面容让人无法探寻魔古人的个性，但手中的武器已经清楚地表明了这个种族的残暴，表露了他们碾碎一切反对者的欲望。

卡拉和沃金没有进入陵墓。远处，一支游行的队伍正以庄严的步伐向他们走来。走在最前面的是赞达拉的队伍，他们高举着长矛，让旌旗在顶端随风飘扬。紧随其后的是一辆由科多兽拖拽的、造型优雅的熊猫人篷车，上面站着三名魔古人以及六名守在两侧的赞达拉战士。再往后是一辆小一些的篷车，载着十二名赞达拉巫医。走在最后方的是负责殿后的赞达拉部队，他们和巫医之间夹着一辆摇摇晃晃的破旧货车，上面绑着老陈、提拉森、三名武僧，以及四名男性人类。老陈的体重压得木头辒辘嘎吱作响，拽车的野兽伴随着厚重的鼻息声迈出撼动大地的脚步，缓缓前行。

队伍在陵墓面前停了下来，萨满接掌了车上的囚犯，让他们在前方开路。赞达拉和他们的魔古盟友则跟随在后。卡拉下令让一名队长负责指挥防御部队。当她和沃金隐入陵墓的黑暗中时，留在外面的赞达拉部队便立即散开来摆出防御阵势。

其中一名魔古人——如果沃金猜得没错的话，应该是一名染魂者——用两根指头指着两名囚犯。赞达拉巫医便把刀大哥和单大哥带上前来，分别定在了雕像底座的左右两角。然后魔古人再次指点，两名人类也被拖到了另外两个角上。

接下来的景象让沃金替提拉森感到一阵羞愧。熊猫人武僧在押解者的带领下去到了指定位置，期间没有推搡也没有胁迫。武僧们自有其泰然自若的尊严。他们昂首挺胸，完全无视接下来将要发生的事情。而另一方面，那两名人类不知是失去了心中的平衡，还是敏锐地感知到了即将降临的死亡，都在哭喊着抗拒就位。他们其中一人已经浑身瘫软，在两名赞达拉的支撑下才保持直立。另一人则号啕大哭着尿了裤子。

卡拉侧身对着沃金低声说道：“我尝试过想说服魔古人只把人类投

人仪式，但是在观摩了影踪派的战斗之后，他们坚持熊猫人也必须被当作祭品。我只能让陈和你的人类朋友不当祭品，而其他……"

沃金点点头。"嗯，你不能做出让首领起疑的决策。"

魔古染魂者走到左侧的那一角，靠近了刀大哥。他伸出一只手把武僧的头猛地往后一搂，让他露出咽喉。接着用另一只利爪扎穿了刀大哥的喉咙——不是致命一击，也没有难忍的疼痛，但是当他重重地把手抽出来的时候，指甲上还是带着熊猫人的淋漓鲜血。

染魂者用手触碰了下旁边一团正在猛涨的火焰，它便收缩回来，再次塑形为噼啪作响的蓝色火舌。

魔古人来到了人类的前面，施以同样的动作。人类的鲜血洒落下来，流向角落，激起了一股细小的喷泉。当喷泉平复之后，留下了一片浅浅的水洼，水洼的表面随着火焰的节奏舞出阵阵涟漪。

魔古人接着走到另一个人类面前。他的血液化作了一股红色的旋风，但这旋风随即便隐去了形迹，只能见到人类褴褛的衣衫仍在舞动。同样，这舞动的节奏也与水面的涟漪暗合。

最后，魔古人走到单大哥的面前。武僧不等他动手，自己抬起了下巴，傲然把喉咙暴露在外。魔古人照例从他身上放出鲜血，血液流到青铜底座激发出了一阵熔岩喷发，但是在沃金看来，这更像是单大哥怒火的写照。这一次，地表的熔岩并没有平息下来，而是继续流动着。那熔岩汇聚成线，流向了水洼和旋风。

烈风、流水、炽火，也都在向外伸展。当它们彼此相遇时，便开始了激烈的抗争。碰撞所产生的能量直直上升，形成了一道乳白色的半透明的能量之墙。它们直冲上顶，把雕像隔为了四份。刺耳的尖啸犹如电闪雷鸣。同时雕像上也开始出现裂痕，锐利的裂痕就如同外面那些碎石身上所留下的一样，如树根一般辐射开来。沃金想着，要是这雕像崩塌倒下,生出的碎石恐怕会有足足十英尺高。

足够把我们全部埋葬了。

但是那尊雕像没有倒塌。那些能量之墙开始逐渐收缩并渗进裂缝之中,在一系列惊心动魄的变故之后,它们融入了的雕像中心,也就是心脏的位置。这能量起搏了两次,也许是四次,然后便沿着无形的脉络游走全身。整座雕像都沐浴在一阵乳白色的光晕之中,龟裂,然后再次龟裂。仿佛这光晕正在对雕像施以难以置信的压力,仿佛一个巨大的磨石正打算把这雕像碾成尘埃。

然而经脉中游走的能量却让雕像一直维持着形体。

接着,在雕像的脚踝和手腕处,都伸出了缥缈的触须,看起来就如同烟雾一般。它们裹住了刀大哥的脸,这个武僧不住地扭头尖叫,但烟雾还是浸进了他的体内。接着,那道光晕降临到了他的头顶,如同碾碎一粒葡萄一样,彻底了结了他。

刀大哥变成了一摊血浆,顺着卷须往雕像流去。目睹完他的惨状之后,沃金才注意到其他三人也已经没了踪影。那道光晕也回到了雕像身上,并且变得更加明亮。光晕如呼吸般脉动着,愈演愈烈,而雕像的双眼开始燃烧了起来。

接着,伴随着一连串的爆破和崩裂声,这股魔力渐渐退去。光晕闪耀,热潮涌动,却又在转瞬间消散无形。雕像的轮廓逐渐收缩成型,与此同时,双臂也伸展了开来。毫无生气的石头变成了黝黑皮肤下的健硕肌肉。辉光融进了雕像之中,让血肉沿着方才的裂痕一一愈合。这里再没有什么龟裂的石像,只有一名骄傲的魔古战士。他袒露着上身,立于青铜底座之上,无与伦比,所向披靡。

另外两名魔古人急忙走上前去,在他面前单膝跪下。他们恭敬地低着头,其中一人拿着一件镶着黑边的金色斗篷,另一人捧着一支象征职权的金色权杖。魔古勇士接过权杖，然后走下底座，让另一人为他披上斗篷。

沃金认真地端详着那名魔古勇士的面庞，假定他已经在此被埋藏了数千年。在最初的几分钟里，他毫不设防地估量着周遭的情况。当他望着赞达拉的时候，沃金在他的眼神里读出了一丝蔑视，而后当他转向熊猫人的时候，眼神又变得无比愤怒。

魔古勇士向着老陈和曹大哥迈步走去，但数千年的死亡让动作变得有些迟缓。卡拉赶忙上前挡在了他和囚犯之间，而站在她身旁的沃金则向后退开一步。沃金意识到卡拉其实早就料想到了这种情况，并且在仪式过程中就选好了位置以便应对。

她鞠躬行礼，但没有下跪。"郝督军，我以维尔纳多将军之名欢迎您。他正在雷电之王的岛屿上恭候您的大驾，而您重返于世的主人同样也在那里。"

这个魔古人从上至下地打量了她一番。"让我杀掉这些熊猫人向我的主人致敬，这并不会耽误什么事。"

卡拉伸出一只手指着沃金。"这是暗影猎手沃金为您主人准备的礼物。如果您想要对熊猫人大开杀戒，我会在旅途中为您安排一场狩猎的，但这两个胖家伙，我确实是和沃金有约在先。"

郝督军和沃金交换了一个眼神。魔古督军很清楚这是怎么回事，但一时之间也没法反对。他深色的瞳孔中闪着怨恨的光芒，明明白白地向沃金透露着，这笔账他记下了。

最终，郝督军点了点头。"我在这墓室里沉睡了多少年，就需要多少熊猫人供我捕杀。而我家主人长眠的年限，则需要杀掉两倍数量的熊猫人才能弥补。尽快安排好，巨魔，除非你的暗影猎手已经为我主准备好了比这更多的数量。"

沃金眯起双眼。"郝督军，你可以杀掉千千万万的熊猫人，但这恐怕只会让你的帝国陷入缺少劳力的困境。你有践行意愿的权利，但这只会带来悲剧。世界已经大为不同了，督军大人。"

郝督军轻蔑地哼了一声，然后转身走向其他魔古人和赞达拉高层所站的地方。

卡拉小心翼翼地呼出一口气。"好险。"

"你竟然还抱着侥幸心理。"沃金摇摇头，"他肯定会要了老陈和曹的性命。"

"我知道。我最终还是得把那个姓曹的武僧交给他，魔古族恨影踪派恨到了骨子里。我会找另外一个熊猫人代替陈，在这些魔古人看来，他们都长得一个样。"

"要是他发现了，你会被宰掉的。"

"那样的话，你、陈，还有你的那个人类朋友，谁也活不了。"卡拉笑了，"不管你乐意与否，暗矛部族的沃金，咱们现在已经是一条绳上的蚂蚱了。"

第 25 章

"看起来我不得不忍受一段囚徒生活了。"

穿行的队伍把囚犯们押了出来,让他们都回到囚车之上。与此同时卡拉正凝视着沃金。"什么意思?"

"我的公然忤逆让郝督军非常愤怒。而你的主人呢,一直都惧怕着我。如果我大摇大摆地跨上雷电之王的岛屿,只会让他们对我的情绪进一步加深。"沃金耸耸肩,"你需要向他们证明已经完全控制了我。我仍是一名阶下之囚,我必须受到和其他犯人同等的对待。"

她郑重地考虑了一会儿,然后点点头。"再加上你需要接近你的朋友,这样才能照顾他们。"

"无论甘苦,我都希望能与友人一同分享。"

"那怎么可以,他们上的是铁镣铐,你怎么也得整一副金的。"

"好吧,勉强还是可以接受。"

她伸出一只手。"你的匕首。"

沃金笑了。"当然,待我们策马回返之后,我就会归还。"

"一言为定。"

在返回卡拉住处的途中,沃金让自己纵情享受着最后的自由。头顶的云朵仿佛正为它们无法与郝的黑暗相称而感到尴尬,淡化了自己的身形。而溪谷则再次显现出了它原本的金色光彩。要是我被困在一个坟墓里几十个世纪,我也会很开心在此地迎来重生。

卡拉把沃金留在了自己家里。她没开玩笑,真的打造了一副由粗大锁链串联起来的黄金镣铐。事实证明,这东西要比铁质的重上许多,但是她预留了足够长的锁链,使得他可以走动得更方便些。她还给了他相当大的自由,完全不用受警卫限制。他们彼此都知道,只要老陈和提拉森还跟其他囚犯关在一起,他就绝不会逃跑。

他们花了相当长的时间,来讨论接下来要对潘达利亚发动的征服行动。在攻占卓金村的时候,拒绝使用地精大炮就是卡拉所做的决定。维尔纳多对此并不认可,而且已经下令为接下来的入侵准备火炮和弹药。卡拉觉得这是软弱的表现,但她的主人表示,魔古族很早以前就知晓了该如何充分利用火器,如今将这些东西投入战场就是在对盟友表达敬意。

自从帝国覆灭以来,魔古族就没做过多少比白日梦更有意义的事情。卡拉觉得他们根本就没有做过什么有建设性的事情,但是虽然纪律松散,他们还是不停在繁衍后代。接下来的入侵计划非常简单粗暴,但首先,赞达拉军队需要协助魔古军队稳固住潘达利亚的中心地带。就像一场重新开盘的机会棋局一样,魔古人坚信着所有事情都会奇迹般地回到正轨。

她假定赞达拉会守住魔古人的固有领地,直到他们自己的军队形成规模。之后,联合起来的军队便会以摧枯拉朽之势攻向联盟或是部落。当然，先选择哪一方并不重要，因为剩下的一方也不会活太久。长城以西的螳螂妖一直以来都是个大麻烦，将会被留到最后解决。一旦完成了对潘达利亚的征服，魔古帝国就会用他们的力量来支持赞达拉跨过重洋，夺回卡利姆多，然后是分裂开的另一块大陆。

清晨时分，他们再次动身出发，时间比之前那次还要更早一些。昨天夜里，魔古山宫殿的例行欢宴终于消停了一晚，每个人都早早睡去，生怕第二天会迟到一丁点儿以致触怒郝督军。沃金戴着那副显眼的黄金镣铐，被特许乘骑在迅猛龙之上。老陈、曹大哥、提拉森，以及其他囚犯则被看管在一辆板车之上。沃金很少能见到他们，直到队伍抵达卓金村，在他被押上一艘较小的舰船，丢进了甲板下方一间可以从外面上锁的客舱时，才总算得以和伙伴们团聚。

一同从影踪禅院出发的三名同伴，都已经因为长途跋涉和严刑拷打而变得肮脏不堪、血迹斑斑。但即便如此，当看到沃金猛低下头穿过低矮的舱门时，他们还是笑了。老陈轻轻拍打自己的手爪。"就你一个囚犯带着黄金镣铐。"

"不管怎么说这也还是一副枷锁。"沃金向着曹大哥鞠躬致意，"你失去了兄弟，对此我深感遗憾。"

武僧回之以礼。"我为他们的勇气感到自豪。"

提拉森抬起头望着他。"那名女巨魔是谁？为什么……"

"这个问题之后再来讨论吧。现在我有个问题要问你，我的朋友。说实话，这非常重要。"

人类点点头。"问吧。"

"我对那个被放走的人类说了什么，老陈有告诉你吗？"

"说我已经死了？说你已经杀了我？是的，他说了。"提拉森浅浅一笑，"很高兴知道部落的精英能够杀了我，但这不是你想让我回答的问题吧?"

"当然不是。"沃金皱了皱眉,"那个人类想知道你在哪里。他既害怕,又抱着希望。他希望你还活着,希望你能拯救他,但让他胆战心惊的也是你。为什么?"

人类埋着头,用一根手指清理着另一根手指的指甲垢。好一会之后,他才开始娓娓道来。"我的父亲是一名猎人,我父亲的父亲也同样如此,我家世代都侍奉着范尼斯特家族。而你在进入我体内窥视我的记忆时,最初见到的那个向我下达命令的人,便是博尔顿·范尼斯特,这一代的家主。博尔顿是一个十分惧内的人,他的妻子泼辣且满腹心机。因此不管遇到什么战役、活动,博尔顿都会全身心地投入进去——只要这能让他远离家庭的喧扰。这就是为什么他的存在让暴风城感到相当欣慰。当然,这也并不是说他毫无城府。他的三个女儿就都是在他的安排下各自嫁入豪门。若是女儿可以取悦这些位高权重的人,他也就可以获得权势作为回报。而我们在溪谷放走的那个人类,便是博尔顿的侄子——莫瑞兰·范尼斯特。通常来说,当博尔顿在外远征的时候,都是把家族交给他打理。"

沃金仔细聆听着,同时观察着人类脸上掠过的表情。当他说到家族的奉献时,闪烁着的明显是自豪;而当说到他主人的家事时,则像是在强忍着厌恶与反感。提拉森无疑已经尽了自己最大努力,但是博尔顿·范尼斯特这样的主人永远不会真正地感到满足,也永远不值得信任。就像加尔鲁什一样。

"那些被疑之煞撕扯开内心的人,谁也没法例外。他们会怀疑自己是否值得活在世上。他们会怀疑自己的意识和记忆。他们会在转眼间变得无所适从。他们无法做出任何决定,因为疑之煞会告诉他们,每一个选择都是错的。他们就像是一头置身于两堆美味草料之间却活活饿死的骡子，因为他们没法做出选择。"

终于，人类抬起了头来。疲惫的身心软化了他的肩膀，辛酸的过往在脸上刻满了沧桑。"然而对我来说，疑之煞却像是照亮我黑暗人生的一支蜡烛。它让我在转瞬之间就开始怀疑所有的人，但是，也因此看到了一切的真相。"

沃金鼓励似的点点头，但什么都没说出口。

"我有一个女儿，只有四岁。在我最后一次离家之前的一个夜晚，她给我讲了一个牧羊女在一头善意之狼的帮助下对付邪恶猎人的故事。我本以为这是一个跟吉尔尼斯的狼人难民有关的故事，但是，当我被煞触碰的时候，我看到了真相。"

"我的妻子就是那个牧羊女，那么温柔，那么善良，那么无辜和可爱。说起来有些奇妙，我是在冲出去消灭捕食羊群的恶狼时遇到她的。我不确定她是否看上了我，但对我来说，她完美无瑕。我追求她，赢得了她。她是我生命中的最大奖赏。

"不幸的是，我是一名战场上的杀手。我依靠杀戮来养活自己的家人，我依靠杀戮来保卫自己的国家。我不会创造，而只会破坏。这个事实困扰着她的心灵。当她知道我可以杀死任何人，可以轻而易举地夺人性命时，她陷入了深深的恐惧。我的人生和我的本性已经让她渐渐失去了对生活的热爱。"

人类摇了摇头，继续说道："我的朋友们，真相是，她是对的。当我远离家乡去履行职责时，她和莫瑞兰逐渐亲密了起来。莫瑞兰的妻子在几年前死于难产，他的孩子和我的孩子从小就是玩伴。如今他开始成为守护在我妻子身边的人，而我却什么都没有怀疑，又或者是我在故意逃避真相。因为若是我真的看到了这一切，我就会知道他是一名比我更称职的父亲，比我更温柔的丈夫。"

提拉森咬着他的下唇，过了一会才继续说道："当我看到他的时候，我就什么都明白了。他在听到我的死讯之后就做出了决定，他想要证明自己也是勇敢的，所以他来到了潘达利亚，但他的叔叔却把他和其他人一样当作战场上的棋子。如今重返军营的他会证明所有需要证明的东西。他会成为一名英雄。他会荣归故里和家人待在一起。"

"但是，迎接他的将会是你的家人。"沃金揣摩着人类的表情，"你仍然爱着她们？"

"全心全意。"人类用手捂自己的面庞，"再也无法见到她们的念头会渐渐杀了我。"

"你会牺牲自己的幸福，来成全他们？"

"我所做的一切都是为了给她们更好的生活。"他抬起头来，"这也许就是最好的结局。你已经看到了，你看到了我在那个夜里是如何射击的。我未尽全力的箭术都比原来还要精准得多，莫瑞兰很清楚救他的人是我。杀戮就是我的工作，沃金。而且我相当出色，出色到足够毁掉自己的家庭。"

"你做出的是一个相当艰难的决定。"

"我每天都在怀疑自己的决定，但我不会回头。"提拉森碧绿的眼睛眯了起来，"人生已经有了那么多的风雨，往事又何必再提。"

"我也面临着一个非常艰难的抉择。与你类似，但影响还要更为深远。"巨魔重重地叹了口气，"不管我做何选择，都会让家国破碎，血染山河。"

* * *

三位同伴敞开心扉彼此分享，让沃金觉得他们都是远超出自己期望的挚友。当沃金准备好的时候，他也会把那些内心深处的思绪拿出来和大家分享。他们相信我会做出正确的选择。是的，我会做出抉择，然后承担后果。而且我的朋友绝不会让我独自承受。

折磨沃金是赞达拉船员们在旅途中为数不多的乐子，当然，他们还是有分寸的。他们为四名囚犯准备了还算不错的食物——来自同一口铁锅，但是他们会首先分配给人类和那两名熊猫人，轮到沃金的时候，就只能分到些许锅底烧煳的残羹冷炙。而且，若是他的同伴稍有谦让，所有人就都没得吃，于是沃金只得劝他们先把自己喂饱。

同样地，其他人都可以在中午时分登上甲板呼吸新鲜空气，沃金却只能于黎明之前在船头待上一会。而且，船身会适时地摆动起来，激起层层海浪将他淋得湿透。沃金毫无怨言地忍受着寒风冷雨，暗自庆幸禅院的生活已经让他习惯了阴冷。

而且这寒浪还带来了一些别的好处，它把赞达拉巨魔们都逼回了温暖干燥的船舱，这让沃金得以享受片刻安宁。

* * *

当舰船抵达雷电之王的岛屿时，沃金正好站在船头。港口的设施看起来比这里的其他一切都要更加崭新，而一旁的隧道则明显带着赞达拉的施工风格。往左望去，搬运工们似乎正在把火药和其他物资搬进仓库。他不清楚那些低层的仓库是空的还是满的，但即使只被装填了一半，也足够为一支军队提供很长一段时间的充分供给。他很怀疑，随着郝督军的到来，那些刚刚被卸下的物资是否马上又会被重新装载，再次奔赴卓金村而去。

舰船刚刚靠岸，四名囚犯就被推搡着走下舷梯，上了一辆牛拉的货车。货车被帆布覆盖着,里面除了干草堆什么也没剩下,所以囚犯们只能紧挨着并排躺在黑暗之中。但随后他们便发现帆布上有着一些可以用拇指扩大成孔的斑点。于是,在货车沿着这条碎石瓦砾比完整石块更多的道路一直前行的时间里,沃金便和其他人一起研究着岛屿。

让沃金感到沮丧的是,一路以来,能看到的东西实在太少。从他们抵达的时刻推算下来,现在应该是上午十点左右,然而外面看起来却像是刚过午夜一般。划破天幕的闪电提供了些许亮光,照出了一片沼泽四布的潮湿土地,而其间的每一块干燥土地上都驻扎着大大小小的行军帐篷。当货车经过的时候,沃金认出了其中一些军旗,并且发现它们已经被改成了令人厌恶的样式。

如此多的行军帐篷,很可能只是赞达拉为囚车安排的伪装,但沃金转念便否定了这一点。这样大张旗鼓的骗局没必要放在他们身上。赞达拉不会相信深入到这里的敌人还能带着假情报离开,他们甚至不相信有任何人敢站在这里和他们作对。欺骗,只是一种浪费时间的弱者行径。

他们的想法相当无谋,但现状也许的确如此。沃金已经好几个月没有部落的消息了,提拉森的情报则更加过时。赞达拉及其附属巨魔部族的数量,说不定已经足够将潘达利亚上的外来种族全都赶回海里。如果一切顺利,卡拉很可能会看到联盟和部落在诱导之下变得剑拔弩张,或是变本加厉地相互仇视。如此一来,赞达拉的计划也就得到了保障。

而一旦他们取得成功,我所希冀的平衡就会被打破。

货车载着囚徒们缓缓来到了目的地。他们已经确信这只是一个仓促搭建起来的囚笼。用皮带绑起来的铁栏栅和一张勉强可以锁上的铁门,看起来就像是用从海底捞起来的沉船残骸匆匆打造而成。囚笼被安放在了沼泽中的一座小山丘上,唯一的好处便是臭气熏天的壕沟把囚犯和最近的守卫隔离开来。

正当沃金准备跟三个伙伴说上几句话的时候,一辆马车驶了过来,载着他穿过这片沼泽,上到了高处的一条大道。一名战士在前面驾车,其余的人则站在后面的马夫板上。他们飞快地向着东北方一座低矮黑暗的复杂石砌建筑奔去。

守卫把他送到那个小石屋里。在那儿,卡拉的仆人把他重新打理了一番,让他变得至少可以见人。他们除去了他手上的黄金手铐,将那把仪式匕首再次交给了他。然后他重回车中,来到了一幢更加高大的建筑面前。抬头望去,一对魁麟石像镇守在门口,而卡拉也正在那里等候着他。

"很好,也算是人模狗样了。"她匆匆抱了他一下,"郝督军正在跟雷电之王说话。容我再次对那些武僧表达歉意,而接下来,若是想让你的其他朋友得救,就得靠我的主人从中周旋了。"

卡拉带着他绕过一个又一个拐角,道路错综复杂,使他根本无法记清。他没感到任何魔法运作的迹象,但也不敢掉以轻心。他怀疑这些复杂的道路是经过巧匠复原,以便欢迎雷电之王的重生。这样的布局对这位魔古皇帝来说肯定有其特殊意义。这或许会让他产生久违的熟悉感,让他在重新面对这个世界的过渡期里心绪能和缓一些——面对这个已经遗忘他的世界,面对这个惧怕着他回归的世界。

当卡拉进入房间的时候,门口的两名守卫打起了十二分精神。维尔纳多正在房间的尽头等着他们,他身着一件魔古风格的长袍,很明显还为了宽厚的体型而特意剪裁过。这位赞达拉将军甚至还将自己的头发染成了白色,并且将其鬃起来,和魔古人别无二致。在沃金看来,他好像是恨不得把自己的指甲留长,变成利爪一样。

卡拉止步鞠躬。"我的主人，请允许我……"

"我知道这是谁。人还没到我就已经闻到臭味了。"这名赞达拉首领打断了她的介绍，"看着我，沃金，给我一个不把你就地处决的理由。"

暗矛巨魔笑了。"如果我是你，恐怕早就已经动手了。"

第 26 章

维尔纳多盯着他，眼睛睁得大大的，就好像正戴着一副窃来的侏儒护目镜一样。"你会吗？"

"当然，这可以让郝督军的怒气得以平息。"沃金张开双手，"看看你的着装，你的打扮，很显然对你来说最重要的事情便是讨魔古人欢心。杀了我会对此大有神益。"暗影猎手让这个对自己的回答感到难以置信的赞达拉缓了一会儿神，然后继续说道，"但这也可能是一个天大的错误，会让你功败垂成。"

"是吗？"

"毫无疑问。"沃金压低声调，嗓音就像喉咙上的伤口刚刚愈合时一样粗糙、刺耳，"部落曾以为我被人谋害而亡，但我死里逃生的事也已经被许多人知晓。如果你杀了我，弄得人尽皆知，那么暗矛部族就永远不会加入你们的队伍。你的国王统一所有巨魔的美梦就会从此破灭，部落也会转过头来与你们为敌。关于我的种种传言一直都在部落中大肆传播着。若是我死了,真相将永不见天日,加尔鲁什也就得以从内部的非议中解放出来。而若是让我活着,就可以让加尔鲁什每时每刻都活在提心吊胆之中。我就是一把悬在加尔鲁什头顶的夺命利剑。"

"你是他的夺命剑,但也是我的眼中钉。"

"许多人的眼中钉。"暗影猎手笑了,"你可以利用我和我的地位去激励古拉巴什与阿曼尼。你可以把提携我当作一种承诺——帮助弱小部族的发展的承诺。恐惧确实可以给一个人提供动力,但前提是要让他看到与之对等的希望和回报。"

赞达拉老将军的眼睛眯成了一条缝。"我会提升暗矛部族的地位来做一个表率。你觉得这个提议如何?"

"非常合理。你将会把你的国王都未能收服的暗矛部族招致麾下。"

巨魔的眼神变得贪婪起来。"我能信任你吗?"

卡拉点点头。"他也是有所求的。我的主人。"

沃金庄重地低下头来。"并不是因为我的三个伙伴都在你手中,仅仅因为这个的话我的目光未免显得太短浅了。部落的首领已经谋杀了我一次,我的手中不会再有权利。当然,暗矛部族还是对我忠心耿耿,但是凭他们的数量想要对抗部落或是你的军队都是不自量力。在见到魔古人之前我就已经清楚了你手中握着的力量。熊猫人在过去曾经相当强大,可是现在呢,他们竟然需要拉拢我和一名人类来对付你。"

"那么,沃金,站在你个人的角度,你究竟想从我这里得到什么?"维尔纳多伸开手臂,"你想取代我的位置吗?你想要统治赞达拉吗?"

"如果我如此渴求权利的话,我早就坐在由兽人鲜血浇灌的王座上,统治奥格瑞玛了。我不会选择那样的道路,也不会有那种想法。"

沃金拍了拍他左臂上绑着的匕首，"你是赞达拉的继承人。赞达拉的传统造就了你，决定了你的道路与你的命运。而我是暗影猎手，同样也继承了古老的传统。当赞达拉的社会还在蹒跚学步的时候，我们的传统就已经传承了许久的岁月。

"我的选择都在遵循洛阿神灵的旨意。洛阿会确保自己的子民得到最大的利益。如果沙德拉·埃罗萨告诉我你的死对巨魔来说是最好的，那这把匕首早已刺中你的眼睛，直戳你的头骨了。"

维尔纳多强装作镇静，但交叉在胸前的双手出卖了他。"她让你看到了什么？"

"她不断地向我展示那些幻境，表达她的不满。不过不是让我杀掉你，将军。"沃金双手向下按了按，"她只是在不断提醒我，不要忘记我的使命。我的生命、我的梦想，都在她的统御之下。唯一能使她满意的便是让巨魔一族记起古老的传统，再次主宰世界。如果你收我入麾下，侍奉你便等于侍奉她。"

沃金的陈述听起来发自肺腑，让这位赞达拉停下来思考了一会儿。然后他笑了，用手轻轻拽了一下身上的金色丝质腰带。他的内心世界全都明明白白地写在了脸上，很显然是在为自己的深思熟虑感到满意。

然而他在做这一切的时候，却是待在一个按魔古人身高比例打造的房间里，如同孩子一般塞在魔古人的衣服里。身后高大厚重的精致窗扉和整面凿刻着图像的石壁，都让维尔纳多看起来像是缩水了一般。沃金想不明白为何拉斯塔哈会派他至此，难道说只是选择了一位最不可能得罪魔古人的将军？而且，他也不得不假定维尔纳多并非是唯一介入此次入侵的赞达拉高层。

但他是我必须要对付的一个人。

"容我仔细思量思量，暗矛巨魔。"维尔纳多点点头，"你的暗影猎手身份将会带来相当的价值,你的政治建议也非常中肯。我会考虑这些事情的。"

"希望这能让您满意,我的主人。"沃金用熊猫人的方式鞠了一躬,然后站到卡拉身后。他们一齐离去,一起穿过昏暗的走廊,只留下脚步声在穹顶的阴影中回荡。他们一直保持着沉默,直到走出宫殿,来到台阶下两只魁麟所在的地方。

沃金一脸坦然地望着她。"看来你已经意识到了我们必须除掉他。如你所言,他的确是害怕着我,尤其是因为我暗影猎手的身份。"

"这也就是为什么他必定会把你排挤出去。"她皱起眉头,"除了加尔鲁什赤裸裸的野心,恐怕再没有什么比维尔纳多的想法更加愚蠢了。他想要先把暗矛部族招致麾下,再把你无情抛弃。他会逼迫你在临死之前写下一纸声明,任命他或是他的傀儡成为暗矛一族的新任领袖。"

"我同意,但这也为我们赢得了不少时间。"

"他会先把你丢进牢里受几天折磨,然后再放你出来,让你对他感激涕零。"

沃金点点头。"这会帮你赢得准备的时间。"

正当她准备回话的时候,郝督军大步流星地跨过了宫殿大门。他仍旧披着先前那件斗篷,但除此之外身上已经多了一双长靴、一条金色的丝绸长裤,以及一件配着金色腰带的黑色丝质上衣。不出所料,他装作若无其事地停了下来。

他在跟踪我们。

"我的主人已经向我许诺,将会有数之不尽的熊猫人供我宰杀。要想让世界变得更好,就必须把这些劣等种族消灭干净。"这个魔古人咧着嘴,露出森白的利齿,"包括你的伙伴,巨魔。"

"向你主人的智慧致以敬意。"沃金躬下腰身,虽然他身子弯下的幅度很轻，时间也不长，但他确实还是鞠躬了。

魔古人哼了一声。"我知道你，巨魔。你这种人眼里只认得力量。好好看清楚我主人的力量，然后活在深深的恐惧中吧。"

郝督军舒展开双臂，但这不像是在汇聚力量，相反，倒像是一位地道的主人正在为客人营造欢愉的气氛。当他开始对着魁麟念念有词的时候，这些石兽动了起来。两尊石像都完好无损，并没有像他复活时那样裂出纹路。很显然，之前在墓穴中的法术完全无法与他现在所施展的力量相提并论。雷电之王的力量瞬间就让冰冷的石块化作了活生生的肉体，让眼神空洞的雕塑变成了饥渴的野兽。

郝督军再次大笑起来。两只魁麟就好像被猎人召唤的猎犬一般，离开底座跑到他的身边蹲下。"你的熊猫人可干不了这个。就算他们花光所有时间，也永远无法创造出如此优雅的法术。千万年的沉睡已经让雷电之王变得更加强大。如今他重返人世，必将使帝国的威名再次远扬。这个世界没有任何力量可以阻挡他，也没有任何力量可以抗拒他的要求。"

"只有傻瓜才会反抗他。"沃金恭敬地鞠了一躬，"我可不是傻瓜。"

当郝督军离开之后，卡拉深深地叹了一口气。"我可不希望面对这样的敌人。"

"我的错。"

"一个暂时的，可以被纠正的错误。"她转向沃金，取走了他身上的匕首，"我会尽量劝服维尔纳多，让他相信你才是成功的关键。他会释放你的，不过要等到……"

这名暗矛巨魔笑了，他抬起自己被黄金链条锁住的双手。"我可是巨魔，耐心是我的种族天赋。"

在把他交给守卫之前，卡拉亲了一下他的面颊。"不会太久的，暗影猎手，不会太久。"

* * *

有人在囚笼门口发出一声喝令，沃金的同伴们都退到了一旁。直到守卫离去之后，他们才走上前来欢迎沃金的回返。他们热切询问，于是沃金便开始娓娓道来，从卡拉对他开出条件开始，一直讲到了与赞达拉首领的会面，以及郝督军所展示的力量。

曹大哥一言不发。老陈也陷入了异乎寻常的安静。人类则伸出手，拉住牢笼底端的铁栏。"你对他们讲述的那番说辞毫无破绽。"

沃金靠到他身旁注视着他。"你选择了继续做一个'死人'，这会带来深切的悲痛，但对你的家人而言却是最好的结局。对吗？"

"是的。"

"而你做出这个决定，是因为你发现生活的本质并非是你想象的那样，也不是你所期望的那样。对吗？"

提拉森点点头。"就像我说的，你的逻辑毫无破绽。"

沃金蹲下身子，压低声音。"想要为自己的家人谋求幸福，就必须面对现实，而不是活在幻想之中。这就是赞达拉一直以来的问题。"

老陈靠过来一些。"我不明白。"

"你应该清楚，我的朋友。你曾经亲身经历其中，你了解暗矛部族。你曾与我们共同进退，你曾倾听过我们的酒后真言。赞达拉、古拉巴什，还有阿曼尼，他们都看不起我们。在他们看来，当其他部族历经帝国兴衰，看尽世间荣辱的时候，我们仍一事无成。古拉巴什曾经认为他们可以消灭我们，但是他们失败了。原因就是他们看不清现实。

"我们暗矛部族幸存了下来。因为我们活在当下，活在现实的世界中，而没有沉浸在对往昔的向往中不能自拔。他们总是用自己想象中的标准来衡量一切，他们并不清楚那些过往帝国的真实模样，而只是抱着一厢情愿的浪漫幻想。他们的想法早已脱离了现实，不仅仅是因为流传的故事中存在太多谎言，更因为他们想要的东西在今天的世界里根本没有立足之地。"

看见维尔纳多身着魔古族的衣物，住在魔古族的宫殿里，让那些长久以来反复纠缠着沃金的梦魇和幻境在他的脑海中变得具象起来。若是把巨魔一族的历史完完整整地摆在某人面前，能看到的恐怕便只是一个高傲族群不断没落的过程。巨魔曾经是一个统一的整体，但是伴随着漫长的年月，不同的阶层已经分化为了不同的部族。如今，帝国的残片想要把往昔的荣光拼凑完整，但这不仅仅在结果上不现实，单单是施行的过程就会让各个部族彼此残杀不止。即便是赞达拉重新统一了所有巨魔，也不过只能确立自己在族群内部的地位，而无法重现整个巨魔一族的辉煌。可每一块残片依然都还是在天性的驱使下，争抢着想要构建帝国一统天下，并以此证明自己生来的优越。

但这种行为恰恰证明了他们已经失去了自信。

沃金的父亲——森金——就从不那么认为。他只想为暗矛部族谋求最大的福祉。他只想给族人们一个远离恐惧的家园，让他们可以在没有压力的情况下审视自己的意愿和需求。对那些沉迷于权利、沉迷于过往历史，以及做着帝国美梦的人来说，这样的想法简直微不足道。

然而，正是这种想法才能让一个帝国萌芽。提拉森的妻子曾经因为心中的恐惧而认为他只会杀戮和毁灭。在沃金看来，他的妻子显然低估了他，但她的这种评价完全可以用在赞达拉和魔古族的身上。复仇雪耻的需求驾驭着他们，但就算他们摧毁了所有的敌人，又能如何呢？他们会创造一个田园般美好的社会吗？又或者只是会为自己找出一些新的敌人？

提拉森已经为他的家人做好了牺牲自己的准备。老陈可以为了丽丽和雅丽亚义无反顾地赌上性命。曹大哥和所有的影踪派武僧也都可以为了潘达利亚慷慨赴死。沃金的父亲为家庭牺牲了自己，沃金相信自己也能如此。但谁是我的家人呢？

当拉斯塔哈国王的代理人——祖尔——想要联合所有巨魔的时候，沃金拒绝了他，告诉他部落才是自己的家。加尔鲁什对他的暗杀似乎让那个言论不攻自破，但是沃金意识到加尔鲁什这样的行为绝对不能促进部落的发展，这场谋杀只让加尔鲁什离他的目标越来越远。他谋杀沃金的行为昭示了兽人的欲望和部落真正的利益之间有着巨大分歧。

部落是我的家。为家园奉献全部是我的责任与义务。沃金点点头。待在潘达利亚，舔舐伤口，看着部落遭受不幸，这是对家人和责任的背叛。

无论作为巨魔还是暗影猎手。

当他告诉维尔纳多自己作为一名暗影猎手的职责就是确保巨魔一族的最大利益时，他并没有撒谎。加入一个血腥的组织并协助其重建千万年前的古老帝国，显然已经与这个理念相违背。并不是因为这项事业将会牺牲许多性命，而是因为这件事对于现实世界根本毫无意义可言。部落是他的家，暗矛部族是部落的一分子，而部落又是现实世界不可或缺的一部分。部落的命运与巨魔的命运之间已经建起了紧密的联系，任何不承认这个事实的行为都是极其愚蠢的。

沃金握住双手之间的黄金锁链。"过去是很重要。我们可以，也必须从过去中汲取经验，但它不该成为我们的桎梏。从前一个由千军万马缔造的古老帝国，放到现在，一个连队的地精炮手就可以将其瓦解。

古老的经验弥足珍贵，但这仅仅只能作为我们构建未来的基础。"

巨魔伸出一个手指指向提拉森。"就好像你，我亲爱的朋友。你很擅长杀戮，但你也可以学习如何精通建设——尽管我不得不承认，现在杀人这项技能用到的地方更多。还有你，老陈，你渴望一个家，渴望家人，这给予了你强大的力量。在保卫家人的勇士面前，英勇的战士也只能拜倒在地。还有你，曹大哥，以及跟你一起捍卫和谐平衡的影踪人。你们是让船得以航行的海水，也是稳定住航船，不让它们走得太远的船锚。"

提拉森低头看着他。"我知道你看中我的杀戮技巧，但是我不会用它来为赞达拉卖命。"

"我的朋友，我希望你能在为我卖力的时候用到它。"沃金轻轻一扭，镣铐中间的黄金锁链便应声而断，"他们造出这个牢笼用以囚禁赞达拉。但我不是赞达拉，我是暗矛部族的一员，我是暗影猎手。是时候让他们瞧瞧自己犯了多大的错误了。"

第 27 章

其他几人也依次挣脱了身上的枷锁。沃金一颗紧张的心慢慢地放松下来。对于自己当时没有立即拒绝卡拉的提议,他也感到十分讶异。他想要让自己相信方才的犹豫不决是因为老陈等人还在卡拉手上,但事实并非如此。就算自己接受了卡拉的提议,郝督军也不可能放过他们。在没经过一番仔细思量之前,他不能轻易拒绝她。但现在,他弄清了家的意义,明白了将为谁而战,就再没可能接受卡拉的提议了。

巨魔点点头,压低声音说道:"现在,我们要做的第一件事情是……"

"我们四周都有人看守。"提拉森的目光越过沃金的头顶,"一共有十二名守卫。其中有八名是古拉巴什,每两人一组,分别守在东南西北四个方向。他们是因为受处罚才被派来接这份苦差。还有四名是赞达拉,是刚入伍的菜鸟,守在外面的路上。那边要暖和一点,没有那么潮湿，臭虫也少得多。"

沃金皱起了眉毛。

"我了解赞达拉，记得吗？守卫们总是会相互抱怨和辱骂，各个小队之间的交接简直就是一团糟。"

老陈伸直了身子。"牢门是新近安装上去的，上锁的一侧非常坚固，但转轴的一侧却不是。底部的螺丝几乎都要掉出来了，而顶部的螺丝则把木头都挤破了一块。"

沃金满怀期待地看着曹大哥。

曹大哥点点头。"如果提拉森偷听到的信息是正确的话。下一轮巡查会在十五分钟后开始，由北边开始，历时大约二十分钟。而他们轮岗的间隔是八小时，下一次换岗将会在半夜十二点。"

沃金将双手放在腿上，站起身来向他们鞠躬。"两个小时之内，你们就能逃出去。"

"郝督军想要把所有熊猫人全都杀死，我可不喜欢这个想法。"人类对着他回鞠了一躬，"等我们出去以后，如果你不介意的话，我们会宰掉雷电之王来打发打发时间。"

"雷电之王有魔古人、蜥蜴人和大量的魁麟兽保护着。他还有强大的魔法。要想搞定他，你得带上一整支军队。"

老陈皱起眉毛。"那，我们先逃出去？"

沃金点点头。"是的，如果我们想阻止这场入侵的话。"

曹大哥扬起眉毛。"杀掉雷电之王不正是阻止入侵的最好方法么？"

"记住，皇帝的工作是指挥军队，他们自己可不擅长亲赴战场。"沃金冷笑道，"如果我们杀掉那些帮他攻城略地的人，就等于是断掉了他的四肢，这可比送他一个人回坟墓强多了。"

＊＊＊

午夜如期而至，守卫士兵也如预料之中一样换班完毕。这些刚换班过来的士兵们很快便各自就位，然后用毯子把自己裹起来，开始咒骂这份让他们远离温暖火堆的苦差。沃金在每一个军营都听过类似的抱怨。抱怨天寒地冻的牢笼，抱怨难以下咽的食物，抱怨自负的军官，这些几乎占到了士兵们谈话内容的九成，而作用不过是排挤一下心中的无聊和恐惧。士兵们很容易陷入负面情绪之中，他们的世界会因此闭合为一个狭小的空间，那里除了类似的对话和抱怨，再没有别的东西。

提拉森和曹大哥警惕着周遭的动静，而老陈和沃金则开始想办法解决牢门。熊猫人抓住栅栏蓄势以待，巨魔则抓住门杆用力扭动。他们都尽力把力道控制在一个合适的范围内，以免弄出太大动静。

沃金的手搭在门框上时，他嫌弃地哼了一声。"这监狱连侏儒都困不住。"门框嵌得不深，因为在沼泽地中任何一个坑槽都会很快被水填满。那些挖掘工人一旦挖到相对稳定的泥浆，就会草草把柱子放进去。

巨魔就跟拔掉一颗快脱落的牙齿一样轻松地将这根门柱拔了出来。老陈也把另一边的门柱拔了出来，现在他们轻而易举就可以推倒牢门了。随着锁片上螺栓悄无声息地滑落，沃金又多了一个理由来坚定自己的选择。

死在这沼泽地里也比指挥这群笨蛋强。

四人一同溜出了牢笼，潜入沼泽之中，然后往西边的岗哨移动。当此处的守卫踱步穿过灌木丛去解决内急时，老陈和曹大哥一同出手，悄无声息地将两人拿下。提拉森和沃金跟了上来，各自从尸体上取走了一把匕首。沃金还顺手捡起一把大头棍棒，这种兵器很适合熊猫人使用。

接下来的十五分钟里，他们从南边移到东边，再潜到北边，把这三个方向的守卫逐一解决干净。沃金没有使用任何魔法，因为他觉得这些士兵根本不配享用暗影猎手那近乎艺术的夺命咒法。在外围的赞达拉守卫开始绕场巡逻之前，老陈和曹大哥及时赶回了东边的岗哨。沃金则留在了北边的岗哨，他穿上一名古拉巴什卫兵的制服，把自己裹在毯子下面。提拉森则把这八名守卫的尸体拽到沼泽地深处，留给小岛上的龙龟当作夜宵。

时间到点，两名巡逻的赞达拉士兵来到了北边的哨岗。其中个子较矮的一人——即便如此还是要比沃金高出不少，踢了一下沃金的屁股。"懒狗，起来。你的搭档到哪儿去了？"

沃金嘟囔着往沼泽地远处指去。当两名赞达拉回头望向那边时，沃金猛地起身，把身上的毯子扯下来罩在其中一人头上。卫兵本能地想要掀开毯子，但沃金已经用匕首狠狠地在他身上留下了三个窟窿。其中一击显然切开了这名赞达拉的动脉，灼热黏稠的鲜血当场喷涌而出。

这名赞达拉抖动着身子倒在了沃金的脚下。

他的同伴也跟着倒在了他的身上。较高的这名赞达拉根本没有察觉到提拉森就在他身后，直到人类抓起他的头发，猝然往后拉扯。古拉巴什的匕首并不算锋利，提拉森不得不抵在他露出的喉头上反复拉锯。幸运的是，第一刀就锯到了足够的深度，切断了这名赞达拉的喉管，让他刚要喊出口的求救声在夜晚的冷风中渐变成了沙哑的低吟。鲜血仍在从喉头不断涌出，而沼泽已然恢复了先前的宁静。

相比之下，老陈和曹大哥的战斗场面则要干净得多，丝毫没有见血。当负责巡逻的两名守卫走向沃金时，他们便立出手即制服了留守的两人。其中一名赞达拉的颅骨被拍得凹了下去，另一名则看起来像是陷入了安眠一般。提拉森点点头，把这两名赞达拉拖到了武僧视线之外，然后为防万一还是在他们的喉咙上各补了一刀。他们同其他所有被杀掉守卫一起，隐没在了这篇黑暗的水域中。

古拉巴什的外衣上有着一股令人作呕的恶臭，但沃金还是强忍着穿在身上。不过其他人就没办法用同样的制服进行伪装了。就算是最蠢的巨魔也不会把人类或是熊猫人看成自己的同类。

但事实是，根本就没有人用心巡查。沃金在某种程度上能够理解这种懒散。没有任何一支被赞达拉认定为敌人的势力知晓雷电之王岛屿的所在，也没有任何人拥有能一举夺下此地的力量。如果联盟或是部落发动突袭，海港的激战就能拖延足够的时间，以便驻扎军队组织反击。当战场被逐渐牵引到沼泽中时，对地形的熟知会让巨魔们占尽上风。

守卫们有的正在岗位上瞌睡，有的正迈着飞快的步子跑过巡逻路线，以便尽快完成任务回去陪伴朋友。这让沃金削弱他们侵略力量的计划变得容易了许多。为了执行这个计划，他们本需要杀死沿路遇到的所有守卫，但现在不用了。他们在军营中如同幽灵一般行走，而提拉森和沃金尤其显得如鱼得水。

巨魔们的营地布置的整齐规矩，但略显乏味。每支队伍都在自己的营地正中插着一面旗帜表明从属的部族，同时还在军官的帐篷面前插上一支略小一些的旗帜。沃金穿行于营地之中，杀掉一个又一个的队长和军士。这两个职位在军队的运作中起着非常关键的作用。没有队长解释说明指令，没有军士确保命令执行，就算是最高明的战略也会土崩瓦解。

沃金冷静而高效地执行着自己的任务，如同黑暗中掠过的闪电。一个又一个巨魔喘息着，无力地倒在自己的睡垫上。沃金毫不动容，他很乐意将这些巨魔们送到邦桑迪冰冷的怀抱中去。他们的愚蠢早就为自己判了死刑，而沃金不过是一名执行者而已。

并且，每杀掉一名巨魔之后，沃金都要留下一个干净清晰的脚印。

很明显，在这条向着码头而去的路线上，他们不可能杀掉所有军官。当沃金和提拉森在军营中进行偷袭的时候，曹大哥和老陈一前一后地守在沼泽边缘保持警戒。提拉森没有偏离沼泽太远，但沃金总是习惯深入进去贴身暗杀。如此一来前进的步伐变得相当缓慢，当黎明将临之时，所有人便不得不丢下手上的工作尽快逃命了。

沃金并没有清算自己的战绩，但是哪怕只解决掉了一半的军官，也算是个相当大的惊喜了。

这会起到一些帮助，但是还不够。

提拉森重新回到了队伍中，带着一把上等的赞达拉战弓和一个填得满满的箭囊。"我从一个军士手上取走的，反正他也用不到这些东西了。现在，我总算不用再裸奔了。"

他们加快速度朝着海港的方向推进，从沼泽地一直来到了仓库旁边的低矮山丘上。此时工人们正在港口上忙着卸载货物，粗壮的人流从货轮上走下来，然后化作涓涓细流去往不同的货仓。而船上的工匠们也片刻未歇，不停地用锤子发出砰砰的声响。就沃金推测，这是在改造舱体的构造，以便当作运兵舰来使用。

但并不是所有的船舶都在被改造。他微笑着转身对提拉森说道："我想你现在应该很高兴之前教会了我机会棋。"

沃金指着其中一条被拖到海滩上的渔船。这条船面朝大海，小巧而坚固。"老陈，在你看来，这艘船能开到潘达利亚吗？"

酿酒大师点点头。"只要船底没有窟窿就可以。"

"很好，你和提拉森把它弄到水里，驶到离海港中间那艘三桅船船尾一百码的地方。半小时内完成，赶在黎明之前。"

"应该可以做到。"

沃金抓住提拉森的前臂。"随时做好放箭的准备，见机行事。"

"当然。"

"出发。"

当老陈和提拉森溜出去的时候，武僧一直都在看着沃金。巨魔指向一个独自守在海港入口处，沿着低矮的防浪堤巡逻的士兵。"我需要一个活口。曹大哥，你到那里去，搞定他。破晓之时带着他来与我们会合。"

那武僧鞠了一躬。"谢谢你，沃金师傅。"

"去吧。"

沃金一直看着熊猫人消失在视线范围内，然后才溜下山丘往仓库的方向走去。他设想着可以从刚才杀死的赞达拉身上剥下一套制服。倘若如此的话，尽管他比大多数赞达拉都要矮上一头，也可以壮起胆子沿着码头走向方才所指的那艘小船。他甚至还想过要装出一副大摇大摆、骄横跋扈的样子，好让所有挡在路上的人都知趣地让开。

不过这样做的成功率恐怕很难达到预期，所以他不得不装扮成另外一副模样。他让自己整个腰部以下以及袖子上沾染血迹的地方，都浸上了一层沼泽的淤泥。然后他把肩膀蜷缩起来，右脚一拖一拽地向前走着，就好像自己身侧的伤口至今仍未痊愈一样。同时他还把一顶皮质的帽子斜斜地扣在头上，并且把脑袋歪向另外一边。

他沿着码头一直向前，摆出一副身负重任的匆忙样子，所以舷梯上的守卫几乎没怎么打量就直接放他上了船。

但是在上层火炮甲板附近的赞达拉军官却没有忽视他。"你是做什么的？"

"我的主人让我想办法给他弄一只仓鼠。不能太肥，也不能太瘦，最好是白色的，白色的尝起来总是最最美味。你懂的。"

"一只仓鼠？你的主人是谁？"

"谁知道一个巫医脑子里在想些什么。有一次我被他踢醒，仅仅是因为他想要三只不叫唤的蟋蟀。"沃金耸起肩膀，低着脑袋，就好像已经做好了挨打的准备一样，"那些蟋蟀不好吃，不管是叫得厉害的还是不叫唤的。至于老鼠，有些人会直接剥了它们的皮，但我不会这么做。你只需要用一只棍棒不停地碾它们，直到……"

"是，是，很美妙，当然。"这名赞达拉看上去就像是刚被塞下了一肚子老鼠，露出一脸恶心的表情，"继续干你的差事吧。"

沃金再次低下头。"谢谢你，大人，我会顺便给你抓一只又肥又大的。"

"不用了，你动作快点。"

暗矛巨魔往船舱里走去。走下两层甲板之后他便挺直身子，径直向弹药库而去。一名水兵坐在门口把守着，但船舱随着波浪轻柔地起起伏伏，已经让他舒服得进入了梦乡。沃金抓起他的帽檐，抬起他的下巴狠狠一拧。巨魔的脖子当场断裂，一点声响也没发出。沃金在死去的水兵身上找到了弹药库的钥匙，这倒省下了不少工夫，不用再回到甲板上杀掉那个军官了。

沃金把尸体拖进了弹药库里面。他首先捡出四袋火药放在一边，每一袋都装着足够填满一尊大炮的分量。接着用手肘撞开了一个火药桶的顶盖，将其倒过来放在舱口。然后带着四袋火药离开了弹药库，关上舱门。桶中漏出的黑火药从舱门下缘伸出来半寸有余。沃金便沿着舱壁用其中两袋火药在地上连出了一条导火线,一直延伸到船尾的舱室之中。

船尾显然是一间医疗室,从甲板上扯过来的铁链上还挂着两盏油灯。沃金便把余下的两袋火药都倒了出来,分别在两盏油灯的正下方高高堆起,然后点燃了灯芯。

他把门闩扣上,带着笑容得意地看着自己的杰作。接着,他打开船尾的窗户溜了出去。他用手紧紧抓住窗沿,把脚悬在距离黑暗水面仅仅一尺高的地方。他望了望自己的脚趾,小心翼翼地松开双手落入水中,在合适的姿势下只微微溅起了些许水花。然后他离开了这艘舰船,潜在水底朝着之前约定的会合地点游去。

他在半路浮出水面,然后深吸一口气,以最快的速度完成了剩下的半段路程。老陈和提拉森把他拉上了渔船。他躺在船底,往回一指。"看到那两盏灯火了吗……"

提拉森将箭搭在弦上,微微一笑。"机会棋。纵火船。"他蓄力在臂,将弓身拉到极限,然后松手。

一支利箭消失在夜幕中。提拉森的箭术一向让人放心,但沃金还是担忧了那么一下,然后他听到了什么东西被打破的声音。他想,这应该是箭矢穿过玻璃的声音。提拉森证实了他的猜想,那一箭穿透窗户,射中了油灯。

火油洒遍了整个船舱。火光大作,浓烟阵阵,低沉的轰隆声宣告着火药已经被点燃。沃金可以想象得出那名当值军官转身看见阵阵浓烟升起时的表情。他现在要么正在拉响警报,要么正在弃船逃跑,但他怎么也想不到这会是那个抓仓鼠的人所为,也想不到这会跟他手下的一场瞌睡有着直接关系。

接着弹药库爆炸了。火药桶里溢出的东西点燃了整艘舰船。火焰不断地从甲板下方喷出，舰船上的各个角落都在不断传出爆炸的声响。一袋袋火药撒了出来，让剩下火药桶也跟着被点燃。爆炸接连不断，最终汇聚成一团巨大的亮光。轰隆一声巨响之下，舰船的整个右舷都已经不复存在。

船身猛地向码头方向倾斜，直撞了上去。停泊舰船所用的木桩随即穿透了船体。爆炸仍在继续，掀掉了火炮口上的盖子。其中一门火炮应声射出，炮弹击穿了整个尾舱，落到了码头之上。

在沃金的想象中，这一炮应该干掉了不少正在逃命的值班军官。

伴随着一阵雷鸣般的巨响，一道火柱直冲天空，彻底宣告了这艘船的终结。桅杆变成了一道道黑影，在火海中高高地喷射出去。它们直冲而上，仿佛已经触碰到了天上的群星，但紧接着便又翻滚着落下。其中一根桅杆掉下来刺穿了另一艘舰船，还有一根则裂成碎片掉到码头之上。

大炮在空中旋转，枪支也从集装箱里掉了出来。有一发炮弹落在岸上，疯狂地旋转着。它弹跳着从两名巨魔中间穿过，轰塌了岸上的一个仓库。

四处都是燃烧着的木头残片。它们向四周喷射开来，如雨点般落在其他的船上，以及更远处的仓库顶棚上。燃尽的小火苗像夜晚空中的星星一般散射开来。火焰闪烁着，发出绚丽夺目的光芒，照出了巨魔和魔古人惊恐逃窜的影子。

船首船尾都在缓缓沉没，下沉时产生的一股大浪卷向了沃金他们的小渔船，把他们的小船推向了远方的大海。老陈双手抓住桅杆，躲避着空中散下的燃烧未尽的碎片，提拉森和沃金则将一块三角形的帆布装上桅杆。

他们朝着曹大哥正在等待的地方前进。沃金笑着说:"好箭。"

"一支箭就击沉了一艘战舰,重创了一个港口。"人类摇摇头,"等提拉森·克尔特归西之后,就没人会相信这个故事是真的了。不管是从谁嘴里说出来,这个故事都太难以置信了。"

第 28 章

当这名古拉巴什跪在维尔纳多面前,没完没了地哭诉的时候,卡拉是有些同情他的。然而当他讲述整件事情经过的时候,他的解释听起来还要更加可悲。事实是,他被一名暗矛巨魔羞辱了。古拉巴什抬头望着赞达拉将军,泪眼汪汪地乞求着怜悯。

"他们在我身上浇了一桶水把我弄醒,我的主人。然后那个巨魔抓起我的下巴,让我替他带信给你。他的脸在港口的火光照耀下,显得特别凶狠。他说他是一名暗影猎手,这些事情都是他做的。他跟一名人类还有影踪派的人在一起,他说如果我们发动入侵,他肯定会让我们得不偿失。然后他对我做了这个!"

这名古拉巴士掀起耷拉在额前的赤褐色头发,一个粗糙的暗矛疤痕被刻在他的前额上。"他说用这样的方式,没有任何一个人会遗忘暗矛部族。"

维尔纳多一脚踢在这个巨魔的肚子上，然后看着卡拉。"这都是你的错，卡拉，都是你造成的。你被他骗了。"

她扬起下巴。"他没有欺骗我，我的主人。我们本来已经掌控住他了，他的头脑和他的真心都已经归顺了我们，直到郝督军影响了我的权威。"

这位魔古督军方才一直都站在一旁静静地听那个气喘吁吁的巨魔回报情况，直到此时才终于一面漫不经心地看着自己的手掌，一面开口说道："那家伙曾经跟影踪派混在一起。他永远都不能被信任。"

她强压住内心的愤怒。"我会处理他的。"

"就像他处理你的军官和你的战舰那样？"

在一个你的主人可以通过梦境建造建筑的小岛上，他会不知道沃金逃跑了吗？她迟疑了一会儿，怀疑雷电之王早就知道沃金已经逃跑了，但却什么都没说，这很有可能。愚蠢，看上去很聪明的国王实际上真够愚蠢的，所以他才会被熊猫人推翻。

她把这个想法暂时搁在一边，对她的上级报告道："他们造成的损失，无论从数量还是程度上来说，都是无关紧要的。军队的警觉性现在变得更高了，这对我们夺回潘达利亚的行动反而是有好处的。失去一条战船确实很可惜，但主要的损失还是来自大火。那些火把货仓卷了进去，看来我们的行动要缓上一阵子了。因为这场意外，我们得花上两个星期的时间修整码头，清扫海港的各种残骸。"

维尔纳多笑了。"郝督军，你看，我们在两个星期后就可以出发了。你的主人对此会满意的。"

魔古人摇摇头。"你们会在两周后出发，但我在一周内就会启程。这些影踪人必须被铲除，我会跟我的护卫队一起见证它的。"

卡拉皱起了眉头。护卫队？唯一跟在郝督军身边的魔古人就是在墓地里递给他斗篷和权杖的那两人。"你有多少人手？"

"两个。"他仰起头，"我只需要两个。"

"你不知道那儿有多少武僧，郝督军。"

"无所谓，我们肯定会战胜他们。"

巨魔将军扬起了眉毛。"请原谅我的无礼，但是今时不同往日了。"

"这不是往日，维尔纳多将军。"

不，现在早就不能同日而语了。现在可是我们把你从墓穴里拉出来的——从你被挚爱的主人杀死的地方。

维尔纳多变得面无表情。"我的朋友，我希望接下来这个好消息可以让你感到惊喜——是关于如何铲除影踪派的。"

"什么意思？"

巨魔将军朝着卡拉点点头。"我将会命令我的副官去对付他们。她会带领五百名赞达拉精英战士——其中大半都是来自我的亲兵部队。当你的主人登陆潘达利亚的时候，他们会带着所有影踪人的头颅来作为贺礼——加上那个暗矛巨魔以及他的同伙。"

魔古人睁大眼睛，目光从这个将军身上移到卡拉身上，然后又看了回来。"她？这个让暗矛巨魔溜走并制造了一起破坏的人？难道其他的赞达拉这几个世纪以来都老得不能动了吗？"

"我的朋友，你有没有想过为什么我会如此放心地让她把沃金带到这里来？来观看一场示范吧，如果你不介意的话。"

卡拉点点头。她用一个脚指头戳了戳地上那个古拉巴什。"起来。"紧接着踢来的第二脚和一个更为严厉的命令声让他根本站不稳脚。

她用力揪着他的左耳。"滚到门边去，如果能跑到门边的话，你就可以活命，滚！"

这个巨魔用手摸着耳朵，转过身拼命往门口跑去。卡拉抬起右手，手上拿着那把藏在袖子底下的匕首。她把手向后一扬,同时双目凝神测距。那名古拉巴什再次加快了速度,他的手甚至都已经伸到了门外。

她把手中的匕首向前一投。

那名巨魔蹒跚了两步,接着便开始抓住自己的胸口大声喘气。他双膝跪地,然后重重地侧身倒下。他的手掌伏在打磨得十分光滑的大理石地板上,身体还在不住地抖动着。他的背弓作一团,然后发出了最后一声叫嚷,双眼几乎立刻就黯淡了下来。

那名魔古人大步走过去,脚步踏得地板阵阵作响。他死死盯着那名古拉巴什,但是没有弯下身子仔细检查。这个巨魔无疑已经死了。但是胸口上丝毫看不到被匕首刺穿的痕迹,身下也并没有血迹流出。

郝督军转过身来,点了点头。"我还是会派出我的贴身侍卫,和你一起去对付那些影踪派。而且,有一点我得提醒你。"

卡拉放肆地一笑。"什么?"

"如果能让那些熊猫人死得比这个巨魔更惨的话,我的主人会更加高兴的。"

* * *

那个魔古人一离开,卡拉马上对维尔纳多深鞠一躬。"主人,你对我的信心让我感到很振奋。"

"权宜之计罢了。现在你已经跟郝结下了梁子,他会针对你向雷电之王进谗言。你必须如承诺所说的献上那些人的脑袋,不然,我就只能把你的头献给他了。"

"明白,主人。"卡拉抬起头,"那五百人,你是怎么考虑的?"

"至于这五百人,被选中的人都会把执行这项任务当作荣誉。此外，你觉得他们会把这当作是一场傻瓜式的轻松任务呢，还是一场孤注一掷的赴死行动？看轻他们会让整个军队都为之寒心的。而且，说真的，被困在山上的不过是一名暗矛巨魔、一名人类，还有一些熊猫人。影踪禅院不可能再派出更多人支援他们了，就算有也不会超过十二名。对付这点杂碎，你还需要更多人手吗？"

"你是对的，我的主人，五百人已经远远超过需要了。"她笑了，"我会让他们付出巨大代价的。"

"我相信你当然会。"这位将军指着倒在地下的古拉巴什，"我很欣赏你的杰作。"

"这是我的荣幸，主人。我会让人把他拖走的。"她鞠了一躬，然后朝大门走去。她毫不犹豫地踏过那具尸体，仿佛刚刚用匕首射死的不过是一个幽灵。

这个古拉巴什的死是故意做给魔古人看的。那把匕首在郝督军转身观察飞行路线时，就已经被卡拉迅速收起藏回了袖中的鞘里。那名古拉巴什的死并不是因为无形利刃，而是在卡拉扭他的耳朵时，就已经悄悄将手上戒指里藏着的毒针刺进了他的身体。这毒素一旦进入身体，只要数十下，中毒者就会倒地身亡。卡拉在心里数到第八下的时候佯装投出飞刀。虽然没有发动任何魔法，却好似用了魔法一般杀死了这个巨魔。这会让这个魔古人猜想当魔古族在地底沉睡之时，赞达拉是不是已经掌握了什么新的力量。

这可不仅仅是为了欺骗魔古人。卡拉觉得在接下来摧毁影踪派的行动中，这会起到更多的作用。毕竟，沃金抛弃了她，她不得不把他跟那些熊猫人划为一派。她认为沃金知道一些自己不知道的事情，她得到的教训必须以血偿还。

* * *

在老陈的指导之下,沃金和其他人已经在桅杆的承重范围内尽可能多地挂上了帆布。尽管并不是这个世界上最有经验的水手,熊猫人还是一直努力驾驭着他们的小船朝南边的潘达利亚驶去。虽然一边控制渔船,一边要留心观察有没有追兵消耗了他们不少的精力,但每当想起自己是如何逃出来的时候,大家都忍不住想要放声大笑。

正午太阳直射着头顶的时候,沃金发现自己正和曹大哥一起站在船中央。这名武僧一直很安静,这并不反常,但是沃金觉得可能是他们逃跑途中发生的事情让他变得更为安静了。

"曹大哥,我对那个古拉巴什士兵的所做所为——把他搞成那样是很残忍的行为,这是毫无疑问的,但是我确实不是为了残酷地对待他才那么做的。"

熊猫人点点头。"沃金师傅,我理解你为什么要这么做。我也明白平衡并不只是好像富足对立贫困那样简单。理论上来说,和平和战争互为平衡,但是实际上,暴力只能用同等的暴力去平衡——方向相反的暴力。"

曹大哥张开手爪。"你可能觉得影踪禅院是一个遗世独立的地方,因为我们从未见过你们所做的那些事情,但是我确实明白暴力之间也是有着微妙的差别的。一把砍不到任何人的宝剑能造成什么伤害呢?你只要割伤那个巨魔,让他失去平衡,无法反击就可以了。杀死那些士兵意味着我们持剑的双手是软弱的。"

沃金摇摇头。"我所做的是确保他伤害不了任何东西,否则他迟早会伤害我们,尤其会伤害影踪派。我们所做的会让那些魔古人感到害怕,会迫使那些赞达拉要铲除影踪派。你也看见那些在岛上集结的军队了。"

"他们是强大的。"这个熊猫人笑了,"赞达拉把我们看作是一道亮光,而魔古人把我们看作是一股热浪。他们没有感觉到我们是炽烈之火。这是一个他们会为之后悔的错误。"

* * *

老陈把小船停在晴日峰石尖塔下的小港湾里。他们把船拖到海滩上有水位标记的地方,将它拴在那里。他们明白这艘船对他们来说已经没有用了,但是就这么把它放走好像又对不起这段时间以来它所提供的服务。

他们沿着石坡一路往上爬,有时候他们不得不攀爬那些近乎垂直的陡峭山峰的侧面。沃金想象着赞达拉布满了同样的岩石堆的情景。在他的头脑里,他们攀爬悬崖的画面化成了一片起伏的黑色波浪。他让自己沉溺在这样的幻想中——一场雪崩引发了大石头源源不断地向他们滚去。被压碎的巨魔们流着血摔死在岩石堆中,其他的巨魔则滚下山摔到海里,他们慢慢下沉,气泡溢满了他们的肺部。

但他不知道这种情况要怎样才能发生。

其实对赞达拉来说,最好的方案并不是对影踪禅院发起强攻。他们应该做的是派军队将这座山峰围上两三层防线,同时用一个连队的翼龙骑手钳制住影踪派的翔龙骑士团。这样便可以将山上的武僧和潘达利亚彻底隔绝开来,防止他们去援助其他地区。当赞达拉和魔古族占领了四风谷、翡翠林和螳螂高原之时,这些影踪武僧就会彻底陷入无助与绝望。只要巩固了这些地区,他们就可以轻而易举地拿下影踪禅院。

但是维尔纳多恐怕没有机会来施行这个战略了。因为魔古人碍于先前的惨败,必定会对影踪派发起猛攻。若是他们成功地剿灭了影踪派，接下来就会考虑自己还需不需要赞达拉的协助。而若是魔古人失败了，赞达拉不单得替他们收拾残局，还得应付一个暴怒的雷电之王。

此外，整个巨魔军队都已经知道了那个暗影猎手和人类在岛屿上时有多致命。谣言会传遍整个军营，沃金确信他会被那些巨魔当作是被影踪武僧训练出来的暗影猎手，或者是那些武僧接受了他这个暗影猎手的特殊训练。不管是哪一种想法，都向他们暗示着潘达利亚大陆上突然出现了能在军营中自由穿梭且看不见的威胁力量。这会让士气和军心深受打击，会让士兵们深深陷入恐慌。

在成功逃回影踪禅院之后，沃金向祝踏岚解释了他的想法。对于看到他们，这个老武僧并没有表现出太大的惊讶。他知道他们没有死，因为他们的雕像并没有从山脉之骨上坠落。而得知女僧李泉的雕像也同样没有坠落时，这群亡命归来的旅者又安心了几分。

祝踏岚跟沃金还有提拉森站在一起研究着昆莱山脉的地图。"根据你们的估计，接下来，赞达拉就会派出他们的精英部队对我们发起进攻。只有这样做才能激励士气，让那些魔古人满意。"

沃金点点头。"如果是我的话，我会一方面派重兵从卓金村往南推进，同时派出另一支军队向西进攻，将此处同翡翠林和螳螂高原的联系完全切断。即便精英部队未能一击得手，也足以让你们无法撤退。"

提拉森用一根手指指着地图南边的边缘地带。"如果我们现在就动身，撤退到四风谷，就可以逃出他们的陷阱。我们留下一小部分人，营造出影踪禅院仍有人活动的假象。然后当赞达拉逼近的时候，再派翔龙在夜间将他们接走。"

老武僧双手背在腰间，若有所思地点点头。"这是个明智的计划，我现在就安排你们疏散。"

沃金眯起双眼。"这么说，你不跟我们一起撤走？"

"没有任何一个影踪武僧会。"

巨魔盯着他。"是我把赞达拉引到这里的。我让你们成为了目标。我这么做，都是为了让你们转移到别的地方，然后再带领大家发起反击。"

祝踏岚慢慢摇着头说道："我很欣赏你为自己的行为负责所做出的尝试。但是沃金，并不是你让我们变成了目标。在这里，我们计划并推翻了魔古人的统治。是历史让我们成为被攻击的目标。你的提议或许可以解一时之困，但他们还是会来找我们的，他们定会如此。

"而且，还有一个原因，让我们不能离开。"这名武僧张开手掌，指着地图说，"只有在这里我们才能保卫潘达利亚的自由。这是唯一一个我们可以保住潘达利亚自由的地方。如果晴日峰沦陷，和平与宁静就会从我们的家园消失，但这是我们的家园，你们不必负担这样的义务。我并不期待你和老陈留下来。你们应该往南方走。你的人民有权力反对这种入侵，去警告他们，让他们明白这些道理。"

沃金感到一阵战栗。"你们有多少人在这里防守？"

"算上归来的曹，一共有三十人。"

"三十一人。"提拉森用手钩了钩腰带，"我打赌，老陈不会离开。"

"再加上我和提拉森，就是三十三人。"

祝踏岚朝着他俩深深鞠躬。"容我谦卑地向你们的姿态致以敬意。但我不会留你们在此。回到你们各自的人民那里去吧，我没有理由让你们死在这里。"

巨魔仰起头。"你不是都把我们刻进山脉之骨了吗？"

老武僧严肃地点点头。

"那么影踪派的武僧就是我们的人民，他们就是我们的家人。"沃金笑了，"而且我可不打算死在这里，我的朋友们。死的会是那些赞达拉。"

第 29 章

沃金感应到了父亲的存在,却不敢睁开双眼。这名暗影猎手躲在禅院的房间里把自己同外界隔绝了开来,完全不去管周围正在紧张进行的备战工作。他曾对祝踏岚说自己属于这里,说他的相貌已用山脉之骨雕刻完成,禅院已经成为了他的新家。对此,他深信不疑。

他的负罪感如此之强烈,他觉得自己需要立即与洛阿神灵进行沟通。他毫不怀疑自己的所作所为是正确的,但他还是能想象得到洛阿神灵正在弃他而去。他们或许已经见到了赞达拉所造成的伤害,但沃金对熊猫人的承诺亦会对巨魔族群造成同样的伤害。

对父亲的感应令他安心了不少,至少他没有嗅出敌意。沃金努力让自己呼吸变得均匀。他把一些古老的训练与禅院所学结合在了一起。他坚定不移地以一名暗影猎手该有的姿态来到了洛阿神灵身边。然而,作为一个尊重并真爱父亲及其梦想的人,他始终还是把父亲年轻时的梦想摆在第一位。

沃金依然没有睁开眼睛,他用意识观察着。父亲站在那里,由于年龄的关系已经有些驼背,但目光依然明亮,一如沃金记忆中的模样。他穿着一件羊毛编织的厚重蓝色带帽斗篷,斗篷上的兜帽垂在肩上。父亲似乎正在微笑。

暗影猎手并没有试图掩饰喜悦,但也没有让脸上的笑容持续太久。"我做的那些决定可是你所期望的吗?"

"待在这个一定会让你堕落的地方对抗赞达拉?为了一群不理解你也无意理解你的人,投身于一场毫无胜算的战争?"森金的肩膀沉了下去,他摇了摇头,"不,我的孩子。"

沃金垂下了目光,内心绞痛无比。这感觉就像一条锈迹斑斑满是长钉的锁链缠住了他的心脏,并且不断收紧。如果说他的人生中只有唯一一个目标的话,那便是令他的父亲感到骄傲。可是,如果我不得不让他失望的话,我也只能如此。

父亲的声音忽然变得柔和起来,庄重之下还潜藏着一丝欣喜。"沃金,这不是我所期望的你,但却是洛阿神灵们所期望的暗影猎手。我对你并没有这样的期待,因为我知道一旦时机来临,你自会上升到那样的高度。"

沃金抬起目光,心中的压力有所缓解。"我好像没有完全明白你的意思,父亲。"

"沃金,你是我的孩子。我为你和你取得的成就感到无比自豪。"父亲的灵魂抬起一根手指,"但当你成为一名暗影猎手之时,你的身份就不再局限为我的孩子了。你已经成为了整个巨魔族群的父亲。你将要为我们所有人负责,将会为我们成为什么而负责。我们的未来在你手中,我也想不出任何一个更加值得信任的人。"

沃金周遭的世界变幻了。他自己并没有挪动半分，却已然站在了父亲身边。他看着夜空中漫天繁星不停地闪烁爆发，看着艾泽拉斯从无到有，看着洛阿神灵降临，授予巨魔们属于自己的天性，以此换取他们永恒的祈祷与尊崇。战争、祸患、良辰、美景都——从眼前闪过，这些时刻在历史的缎带上闪动着柔亮的光泽。

画面频频交替，每一场变迁都转瞬即逝，但沃金还是注意到了一名暗影猎手——或许是两名，又或许是五名。有时他们会出现在显著的位置，通常都是站在一名充满活力的领袖身旁，偶尔也会像议会一般集聚在一起。他们总是在寻求众人的一致认同，而他们在决议中流露出的智慧也都会受到尊重。

在赞达拉开始分裂之前，一切事宜看起来都显得合情合理。在那个时代，巨魔们逐渐变得成熟世故起来。他们停止了徘徊，开始敛聚财富，修筑工事。他们建造了庙宇和圣殿，同时还出现了一大批洛阿神灵的代理人，专司祭礼和阐释真神的旨意。随着人口不断增长，巨魔们亲近自然，倚赖洛阿神灵的习性也逐渐改变。古老的训诫随着时代的变迁被赋予了新的意义。赞达拉在此番追求中找到了毕生的事业，这意味着他们必须强调每个人扮演的角色，否则等级制度就没有存在的理由。

然而这样一来，就需要给暗影猎手的身份一个新定义。的确，能够完成培训和试炼是一件伟大的事情，是人人都会庆祝的福祉。暗影猎手上升成了一个富有英雄色彩的神秘团体，受人尊敬的同时也为人恐惧。因为他们曾与洛阿神灵并肩同行，并且，已经不再清楚凡人的需求。

沃金一阵战栗。渴求赞达拉的认同是许多巨魔与生俱来的欲望，沃金承认这一点，但他坚信自己和其他沉溺其中的部族并不一样。卡拉也是这种情感的受害者，但那是另一方面的。她看重沃金暗影猎手的地位并希望缔结同盟。这种合作关系可以让她的诉求变得更加正当。

直到我离开，并毁了那一切。

当历史推演到关键点的时候，画面的速度放慢了下来。眼前的景象变得愈发宏伟，人群蜂拥汇聚，口号亦愈发激烈与尖刻。暴虐的怒火横扫着散布在整片大陆上的各个部族。

然而在这些画面中，沃金并没有看到暗影猎手。也许在偶然一瞥中能够发现，但那也都是正在离去的背影。一如曾经的我，在我受邀加入祖尔之时，在我与加尔鲁什决裂之时。

突然之间，最后一个画面切了进来。那是赞达拉正把自己当作洛阿神灵的发言人。也许他们相信自己与洛阿神灵是平等的，因此自然也会认为自己与其他的巨魔不同。他们更加优秀，数量更多。其后的古拉巴什与阿曼尼都一直在尝试效仿赞达拉的步伐，复兴他们的荣光，被同样的虚荣与浮华所折磨。这种自负滋生了狂妄，让他们的努力全都毁于一旦。

在每一场变故中，都可以看到暗影猎手转身离开。巨魔们把这理解为是过去的残余在抗拒着未来。站在他们的角度，他们找不出其他合理的解释，但这种解读最终让他们把自己和自己的巨魔天性分离了开来。

暗影猎手或者可以进行商讨，或者可以率领部众，但这些都并非其真正目的，亦并非是洛阿神灵走向他并依靠他的理由。暗影猎手是衡量一名巨魔的真正标尺。所有的巨魔，他们的所有行为都会与暗影猎手相较。能够看到其中行为的区别，对应能力或潜质，这一点至关重要。毫无疑问，暗影猎手要比大部分巨魔更加优秀，但是，每一名巨魔都可以追赶暗影猎手的脚步，为整个部族做出贡献。而这，将会让他们得以确证自己的巨魔身份。

沃金想象自己站在一个简单的天平之上。卡拉和维尔纳多分别走上相反的秤盘。天平按照沃金的心思倾斜起来，赞达拉的一头开始向上扬起。他可以看到，他的敌手们是如何站在自己的立场上，理所当然地认为沃金跟他们比起来根本不配做巨魔。

他们消失了。老陈取代了他们，然后是祝踏岚和曹大哥，他的老朋友雷克萨也出现了，接着连提拉森也站在了天平上。他们一个个依次站在托盘上，天平几乎都是平衡的。最后轮到加尔鲁什，他像一枚地精火箭一般跳了出来。

沃金苦苦思忖着，自己内心感受到的真性情究竟是来自于禅院里的同伴，还是源自于部落。熊猫人和人类当然与他的巨魔身份不同，但他们为了潘达利亚而付出的努力却毫无疑问与他过去的付出是一致的。他们对于自由的向往、他们的无私、他们的牺牲精神，都与沃金完全契合。如果用那样一把天平来衡量，他们的天性与心灵中的每一丝一毫都有着与巨魔相当的分量。

雷克萨也同沃金一样深爱着部落，亦同他一样拥有这些品质。沃金希望这位来自莫克纳萨的朋友能够与他并肩作战，不是为了同生共死，而是为了豪气干云地一起同赞达拉干上一架。雷克萨会非常乐意如此，无论最后的结果会有多么伤悲。

部落的许多其他人亦是如此。我想，大部分都是如此。

部落、影踪派，甚至提拉森都比赞达拉更契合巨魔的灵魂。过去赞达拉和他们的族人就像缩着尾巴的野狗，朝着狼群抱怨哀鸣，只因为他们曾经孤傲如狼。现在他们重新崛起了，并且比从前更加强大。的确，他们的战衣或许更光鲜，他们在任务中的表现或许更出色，他们的寿命或许更长，但他们却忘了这些东西没有一样可以代表狼。狼的天性便是如狼般行事。这个真理曾经被人遗忘，被新的"真理"掩藏。然而无论那些道理听上去有多聪明，它们终归只是那个唯一真理下的阴影而已。

沃金歪着头，看着他的父亲。"巨魔的身份与外形或血统没有任何关系。"

"你无法完全无视这些东西的影响，但是内在精神的确是巨魔之所以成为巨魔的原因，是这一点为我们赢来了洛阿神灵的关注，让我们成为如今的模样。"父亲咧嘴一笑，"而且，正如你所看到的，暗影猎手拒绝走上会把我们与那种精神剥离开来的道路。精神塑造了我们，所以若是在他人心中发掘到了共鸣，那便是值得庆贺的事。"

沃金大笑道："你愿意让我相信部落比赞达拉更契合巨魔之道？"

"这话或许没错。"父亲面带微笑道，"你知道在巨魔这个称呼之前，我们称自己为什么吗？"

"我从未……"沃金蹙起眉头，"我不知道，父亲。是什么？"

"孩子，我也不知道。"巨魔之魂涌进了沃金的脑海，"但是在我们成为巨魔之前，我们肯定具有某种身份，在那之后很可能也是一样。赞达拉一直以来都在试图塑造我们，而其他人也在利用环境氛围来给这些想法添油加醋。可是两万年后，我毫不怀疑会有人问起同样的问题，'你知道在我们自称部落之前，别人是怎么称呼我们的吗？'"

"这便是你看到的关于巨魔的幻象吗，父亲？"

森金缓缓地摇了摇头。"关于巨魔，我只看到过一个简单的幻象——看到我们又重新开始追随暗影猎手的脚步，但这就需要一些特别的东西了，怎么说呢，需要一名可以作为领袖的暗影猎手。而沃金，我的孩子，你便是一名可以带领我们远离灾难的暗影猎手。你将会带领我们到一个充实的心灵比族群琐事更加重要的地方，一个行动比意图更加重要的地方,如此,我们才能得以繁荣昌盛。"

"洛阿神灵也是这样认为的么?"

沃金转过身面向邦桑迪,这位洛阿神灵轻蔑的冷笑在空中荡起涟漪,生生地穿过巨魔的胸膛。"你没有仔细听你父亲所言吗,暗影猎手?洛阿先于巨魔来到这个世界,于是你的父亲便问我巨魔在被称为巨魔之前叫作什么。对此我也深感兴趣,你们在这之前叫作什么呢,更早之前呢。如果你是一条河流,有的人就会说这意味着你是水。他们会给你定性,让你停滞不前。但你得明白,作为一条河流,你不仅仅是水,你还有更深一层的含义。"

"那部落呢?"

这位洛阿神灵摊开双手。"河流就是河流。有的深,有的浅;有的宽阔,有的狭窄;有的湍急,有的舒缓……这都无所谓。身为神灵,我们所关切的是你的灵魂。信守我们的约定,忠于你许下的诺言,你会成功的。"

"不久你就会被赞达拉的灵魂填满。"

邦桑迪阴郁的笑声再次响起。"你永远也无法填满我的欲求。"

"我会一个接一个地杀下去。"

"我会表示欢迎。我的大门对所有巨魔敞开。"

邦桑迪的话语让沃金感到莫名地舒畅。不是因为他有任何赴死的欲望,而是因为这意味着他不用跟自己的朋友们分离。看起来死亡的威胁并没有想象中那么大,眼下,对这名暗影猎手来说,这便已足够。

第 30 章

小撮灌木丛挡在了巨石堆的前面,老陈颇有些为它们感到难过。这些石块每一块都差不多有巨魔脑袋那样大,足以把那些灌木统统折断。若是这些石头一起崩塌,向前横扫过地面,那么就连植被也会被连根拔起。运气好的话,如果碰到正在朝着禅院向上攀缘的赞达拉士兵,还能撂倒六七个。

老陈将最后一块石头放在顶端,然后蹲下身开始观察这个斜坡。这些石块会顺势滚进一个狭窄的通道,一直撞到陡峭的山壁为止。敌人的战士们会在攀登山壁的时候重叠起来,也就使得这里成为一个绝佳的伏击地点。即使是最警觉的双眼,也可能会因为这撮灌木丛而忽略掉这些石块,但赞达拉绝不会如此。

我们也不想让他们忽略。这位熊猫人从腰间的小包中抓了一把小木片出来,插进了石块之间的缝隙。等这些石块滚落下山之时,这些木片也会随之一起滚落,赞达拉会从自己的伤口中发现它们的存在。

小径再往上一些，雅丽亚正半跪在老陈身后的一个地洞里。她需要进入到洞穴的最深处，把里面每一根面朝天空的尖头竹棍都固定加紧。这些竹棍老陈也帮忙削了不少，先是把它们砍成尖头，然后再一一削出牢固的倒钩。

他小心翼翼地躲避着机关，往上攀爬至了半山腰。离雅丽亚的陷阱约一英尺的距离拉着一根绊线。他们是这么想的，那些巨魔应该会率先派出一名探子，他会越过陡峭点继续往上，一旦走到与石块平行的位置，他很可能就会发现那些石块，然后他还会看到那条掩藏得不是很好的绊线，自然就会想到它肯定会触发那些石块。接着他就会聪明地跨过那条线，一脚踩进雅丽亚的陷阱里。他也许会高声尖叫，又或许他的朋友们看到他掉了下去，便会冲过来救他。

与此同时，立在稍远一点山坡上的一台小型投石器便会装填好石块。落石会猛攻那块区域，随即触发崩塌，让更多的巨魔因此遭殃。

老陈向雅丽亚伸出手爪。她最后看了一眼铺设在陷阱上方的纤薄瓦片，然后便握住了他的手，并肩而立。

她没有很快松开握紧的手，这让老陈很是开心。"你完成得很好，雅丽亚。你还弄了一层灰上去，让那里看起来久无人迹。提拉森会为这个陷阱感到骄傲的。"

她露出一个微笑，但稍纵即逝。"这些陷阱不是为愚蠢的生物设置的，对吗？老陈？"

"对，赞达拉相当聪明，这就是为什么我们还埋下了木片的伏笔。不过别担心，在你的精心准备之下，他们会上钩的。"

她摇了摇头道，"我不是担心陷阱。这些都会奏效的，全部都会。"

"哪？"

"我问这个，是因为我必须要问。"雅丽亚叹了口气，一半是因为疲惫，一半是因为别的，"我发觉我很为自己的工作感到骄傲，即便我知道它会带来痛苦。当我意识到这一点之后，我告诉自己我的行为是正义的，那些赞达拉都是禽兽，是盲目的杀人机器。我试着把他们看作是一些不值得活下去的生物，但这种判断太过于一概而论。他们不会全都是那样的，对吗？"

"不会。"老陈捏了捏她的手爪，"你能这样想非常好，这同样也提醒了我。即使是面对那些与你为敌的人，你也愿意去发掘生命的珍贵。这是智慧的象征，也是我爱你的理由之一。"

雅丽亚害羞地低下了头，但没过一会，她又说继续道："你会倾听，也会认真品读我所说的话，这是我爱你的理由之一。老陈，我期望我们能有更多的时间，我希望我们能够朝夕相伴。你长久以来都在寻找一个能够称之为家的地方，我希望你已经在这里找到了这个家，但这里的安宁很快就会被打破，这让我非常伤心。"

他抬起手，拭去了雅丽亚脸上即将坠落的泪珠，以免滴湿她柔软光洁的毛发。"不要悲伤。寻找一个家是为了变得完整。这种愉悦感非常奇妙，再多的时间都换不来这种感觉。我明白，我都明白，因为现在我知道了自己是谁，也知道了我注定要成为什么样的人。"

"这是为何？"

"我的所有酿造都是为了记录某些地点或某些时间而做的一种尝试。吟游诗人会吟唱歌谣，艺术家会编织画卷，他们是用耳朵和眼睛来做这些尝试，而我则是用嗅觉与味觉，或许还有触觉。我一直都在寻找完美的酿造，希望能够找出一种美酒用来描绘我人生中的空虚，以及填补这种空虚。但此时此地，我知道我已经变得完整。如今我依旧可以用自己的工作来记录良辰与美景，但同时，我还拥有了幸福与喜悦。而这都是因为你走进了我的生命。"

雅丽亚靠近他，手臂绕过他的脖颈。"也许，我就是那个自私的人。我想要更多，我想要永远。"

"会有永远的。雅丽亚·圣言。"老陈把她拉得更近一些，然后紧紧抱住了她，"我们已是永恒。我们的雕塑也许会与山脉之骨脱离，但即使整座山峰陷落，我们也不会被遗忘。吟游诗人会为我们歌唱，艺术家会将我们的容颜从这里一路画到奥格瑞玛，然后再画回来。酿酒师们会世世代代宣称他们拥有我的酿酒秘方，是这佳酿一直支持着那支三十三人的小分队。他们或许还会直接将它命名为'三十三'。"

"然后我们这一对就会永远活在他们的记忆中？"

"从此潘达利亚上没有一个男孩不在寻找着他自己的雅丽亚，一旦找到了，便会把自己视作命运的宠儿。而女孩儿们若是驯服了她们浪迹天涯的老陈，亦会深深沉浸于幸福。"

雅丽亚退后一步，扬起眉毛。"这是你认为的我的想法吗？"

老陈亲吻了一下她的鼻尖。"不。你与我分享了你的安宁。你是海洋，也是锚点。任何桀骜不驯的小伙子找到她的雅丽亚，都会得到这种恩赐。他们会成为生活得最富足的熊猫人。"

她不顾一切地吻了他的唇，激烈而深情，几乎令他窒息。他也紧紧地拥她入怀，一边亲吻一边轻抚着她的后脑。他希望此情此景能够永世铭刻，他希望艺术家与吟游诗人们能够真心真意地成人之美。

过了好一会，雅丽亚将头靠在他的肩膀上。"我希望我们的孩子也会那样想。"

"我懂。"他轻抚着她的毛发，"我懂。我知道其他许多年轻人也同样会去寻找自己的幸福，这让我倍感宽慰。"

她无言地点点头，两人手牵着手，良久地依偎在一起。之后他们便分开，各自踏上了上山的路途，沿路设下更多陷阱，为后人留下了更多可供吟唱的诗篇，同时也在准备着很久之前就应该开始的，对赞达拉部族的学习研究。

* * *

"魔古人也许一辈子都找不全你藏匿的箭矢。"沃金抱起双臂对刚站起身来的人类说道，"你为岛上的每一名入侵者都准备了一支。"

"为每个军官都准备了两支。"提拉森耸了耸肩，"而且我藏起来的不止是箭袋，还有匕首、剑、木棍和弓弩。我在外面埋下了重型长弓，非常适合在射击范围外使用长箭进行狙击。而我在这里准备的则是轻弓以及短箭，便于近战。"

沃金环顾白虎寺。"如果战火引到了这里……"

"你是指……"人类正坐在一只白虎的雕像上，忽地猛拍了一下石雕肩部，"知道这个你肯定会很高兴的，这只白虎的尾巴里卷着半打飞刀。"

"也许这上面还藏着把利剑，在我够得着而你够不着的地方。"

"你答应过会替我干掉那个杀死我的人。我得确保你有工具去完成。"

"我会的。"沃金向后伸手，抽出了那把一直绑在身后的崭新阔剑，"曹大哥为了锻造这把阔剑着实费了不少功夫。老陈向他描述了我平时惯用的武器，而曹大哥还额外融入了一些适合对抗赞达拉的设计。"

"他也对你提起过，说战争与杀戮是不一样的？"

沃金点点头。"区别这二者能给他带来平静。"

提拉森研究了一番那柄武器，而后会意地笑了。"他把剑身做得更长了，还做成了更为凶险的倒钩状。两面的剑刃都能很好地砍杀或是刺击。但这中间的剑柄似乎加粗了。"

"是的，单层的剑柄会过于飘忽。"沃金将之从剑鞘中抽出，在空中飞快地舞动着，让利刃发出阵阵低吟，"完美的平衡感。他说这是根据我的前臂尺寸打造的。比先前遗失的那把还要适合我。"

"一位熊猫人武僧打造了一把传统的巨魔武器。"人类微笑道，"这世界似乎已经不再是我们了解的那个模样。"

"一名人类和一位巨魔正在为了他人的自由携手同心，而曹大哥的工作和这一样伟大。"

"滚蛋，谁要跟你携手同心了，我喜欢女人的。"

"我想现在我已经开始欣赏人类的伶牙俐齿了。"沃金把阔剑插回剑鞘，"我们巨魔是一种完全不同性情的生物，我们不会这么口没遮拦。"

提拉森看了他一眼。"那么，你曾经对加尔鲁什说你会杀了他，那算不上口没遮拦？"

"毫无疑问，那是鲁莽。但即便是经过深思熟虑，说出口的话语也还会是一样。"巨魔张开双臂，"我不后悔，即使我预知到了未来会发生些什么。说起来，死在这里固然会觉得遗憾，但这也就意味着那些兽人再也无法找我寻衅。"

人类苦笑道："我很抱歉不能遵守再一次回到家乡的誓言了，但现在，这里就是我的家乡，我会很乐意安居在此一辈子。"

沃金环顾四周。"说真的，这地方用作墓地还是不太好。尽管赞达拉不会好心掩埋我们。"

"魔古人也不会把这地方留下来的。他们会把所有石块都丢入汪洋，会让秃鹰蚕食他们的手下败将，然后把我们的骨头碾磨成灰，让风将我们肆意吹散。"提拉森耸了耸肩，"如果海风足够猛烈，说不定最后还是会让我回到家乡的山峦之中。"

"那我希望能有善良的风。"沃金蹲坐在地上,用指甲把玩着两块石砖之间的缝隙,"提拉森·克尔特,我想说的是……"

"别。"人类摇了摇头,"不要说再见,不要温柔地道别。我不想让事情就这么板上钉钉,也不想让自己觉得所有该说的话都已经说完。如果这样做了,我会放弃得更早,否则我还会一直存有一些愿望,会想要再跟你说点什么,或许会在你找到我藏匿的利剑时开怀大笑,又或许会在一箭杀掉正要撕裂你喉咙的敌人之后想要见到你,这些愿望都是支撑我前行的力量。我们很清楚我们没有未来,但是,我们可以争取多一分,多一秒,这就足够多杀死一个敌人。他们想要断送我的未来,那我就反过来断送他们的。这种交易很公平,而且我会一整批一整批地买进。"

"我明白。我同意。"巨魔点点头,"你做了其他人做的那些事吗?老陈给他侄女写了信……"

人类垂下头,看着自己空空如也的双手。"写信给我的家人吗?不,我不会这么直接。我有给丽丽写过一封简短的便条,如果她能见到我的孩子的话,可以帮我照顾她们。她不需要告诉她们其中缘由,甚至不用跟她们说起我。你给谁写了什么吗?"

"写了一些。"

"没给加尔鲁什写点什么吗?"

"或许我亲笔所书的手札能吓到他,但我的死讯会让他笑得合不拢嘴的。我不会给他奉上这种快感。"

提拉森皱起了眉。"你有想过用这来实施复仇么?"

"我没有向其他人宣扬过他的所作所为。他会宣称纸条是伪造的,或是被赞达拉胁迫的。"沃金摇了摇头道,"我只告诉过族人我为他们对部落的忠诚感到骄傲，同时也为部落象征的梦想感到骄傲。他们会理解我的用意的。"

"这些都没有直接杀掉加尔鲁什来得畅快，不过也足以让你在墓中安息了。"提拉森笑了，"尽管我实在是很想围观你亲手射杀他的场面。我总是在设想着我制作的箭矢中会有一支被用来完成这个任务。"

"它一定会正中目标，这我毫不怀疑。"

"如果你活了下来，帮我从死掉的赞达拉身上捡回几支箭矢吧。它们至少可以用来射击两次。"人类双手合掌道，"如果这就是临别时分，那我会握着你的手，告诉你我们需要去干活了。"

"不，不是离别，我们只是各自去干活了而已。"这名暗影猎手微笑着，最后环视一遍四周，"我们会移动石块，让敌人困在山中，同时让鱼染上剧毒，杀死那些我们未能亲手抓住的敌人。非常简单的计划，但足以制造出无穷的乐趣。"

第 31 章

阿曼尼巨魔的惨叫声让卡拉全身都僵住了。她竖起耳朵等待着，想听那尖叫会不会再次传来，想确认那声音是不是被什么情况突然打断的，同时还注意着有没有更多石块随着尖叫声落下。那名巨魔果然又哀嚎了一声，但接着就低哑下来，变成了一阵无意识的呻吟。他要么是在大惊小怪地吓唬自己，要么就是伤重得已经不省人事。

卡拉从没想过要把阿曼尼和古拉巴什派上战场。她带来如此多的随从，只是因为她从不指望赞达拉战士能自己生火做饭、打扫卫生，以及搬运物品。不幸的是，她的部队在踩到敌人的陷阱后竟然一声不吭。他们既不尖叫也不惊慌，但这同时也意味着其他同伴得不到警告。

四下里危机暗藏，她知道这十有八九是暗影猎手干的好事。敌人已经占尽地利，机关、陷阱、滚滚落石，以及可以用弩机发射的暗器都已经准备妥当。面对这条夺命小径，赞达拉不得不尽量收缩阵形，减缓行军的速度。环境让赞达拉开始保持警惕，这样才能把遭受袭击时的损失降到最低。

至少是有形的损失。

由于巨魔惊人的恢复能力，那些没有当场毙命的巨魔们很快就开始恢复。赞达拉将包扎在身上的绷带视为勇气的证明，并且毫不畏惧敌人苍白无力的反抗。但卡拉看出这些陷阱已经对军队产生了影响，让战士们前进的步伐变得越来越小心谨慎。这并不是什么坏事，但是当她需要看到果敢和魄力的时候，属下们却变得愈发优柔寡断起来。

前方是一个看似平静但却凶险万分的隘口，于是卡拉的军队便开始娴熟地沿着两面的峭壁往上攀爬。在山顶，他们发现了一台小型攻城器械曾被组装过的痕迹，并且沿着此处的足迹一路追寻，来到了一个内部纵横交错的洞穴的面前。洞穴中很可能已经被设下了陷阱，而且低矮的空间对于高大的赞达拉来说显得尤为狭小。他们小心翼翼地探索着，但每一条曲折蜿蜒的岔道，都在往里走上五十到一百步后就被堵死了。

同样令人感到沮丧的是，几小时之后，这些手指被划损，指甲缝里被扎得满是碎屑的巨魔们，忽然感觉他们的手指和脚趾开始又麻又痛，患处逐渐肿大，很显然攀爬时的抓握之处都被抹上了毒药。虽然并不致命，但这毒药引起的可怕幻觉足以让他们丧失行动能力。从那以后，但凡碰上有油状物或是有些潮湿的地方，士兵们都会犹豫不前。他们把全部精力都集中在了防范毒物上，使得原本的任务大受拖延。

沃金在攻击他们的精神，折磨他们的意志，正在有效地摧毁他们。

暗影猎手同时也在嘲弄他们。卡拉用手指飞快地翻动着一枚小小的木制徽章。它的一面被烧焦了，上面用巨魔一族的符号标示着数字"三十三"，另一面则雕刻着魔古族的花纹。他们发现这些徽章有的散落在地面的陷阱里,有的则无故出现在斥候已经查验过的地方。更有谣言说在卡拉的帐篷里也发现了一枚这样的徽章,这暗示着,暗影猎手可以像他在雷神岛上暗杀那些军官一样轻易地干掉她。关于那个数字,有很多猜测,有的说这数字与雷电之王殒命千年之后出现的某种奇门秘术息息相关,还有的说这是一个独有的传统,是为了凸显沃金作为第三十三代暗影猎手的身份而制。然而这些信誓旦旦的人谁也不能对这个所谓的传统说出一个所以然。卡拉不得不杀掉一名阿曼尼巨魔来以儆效尤,可是谣言一旦在人群里生根发芽,就很难再驱除出去。

她最乐意听到的一种解释,就是每一名抵御者都保证会在死之前杀掉三十三名敌人——这意味着她的大军所面对的敌人不会超过十八人。这样的誓词也就是在游吟诗人的颂歌里才有那么点价值,但这的确让她变得更为谨慎了。你的三十三个目标里有我么,沃金?

她静静地倾听,但耳畔的轻风并没有带来任何回答。

这时尼尔赞船长跑到她面前敬了个礼。"一名阿曼尼厨子溜达到我们还没有清查过的地区去方便,结果恰巧踩在了敌人的陷阱上。他跌落下去扑倒在地,大腿、腹腔和一只手都被刺穿了,但他还活着。"

"他已经被你们救上来了?"

"没有。"

"安排一下,在今天早上队伍继续开进的时候,让每个人都从他面前经过,好好观摩一下。"

巨魔勇士点点头。"如您所愿,我的女士。"

"很好。要是他能苟延残喘到队伍全部走过,就救他起来。"

"是,主人。"

看到他并没有马上离开,卡拉扬眉问道:"还有什么事?"

"一个传令兵带来了舰队的消息。他们要返回卓金村海岸了,因为一场猛烈的风暴即将从北方袭来。这场风暴会带来强风、冰雹和霜雪,从雷神岛过来的后续部队也都要延期了。"

"很好,这么一来,待我们消灭那群武僧之后,就会有更多时间来巩固潘达利亚了。"卡拉抬头扫视了一遍目标处的绵延山脉,然后低头看看自己的营地。四下里都遍布着行军帐篷,同往常一样,他们并没有在背坡处扎营,这样就不会受到雪崩的影响,敌人也难以发动突袭。即便天寒地冻,他们也从不生火,这样敌人也就无从弄清他们的具体人数。

她伸出一根手指在嘴唇上轻轻拍了一下,然后点点头。"我们必须快速向前推进了,而不能在风雪天暴露在室外。越靠近影踪禅院,我们就越有可能找到庇护之处。在一天半的时间内登上峰顶,能完成吗?"

"按我们现在的行军速度,没有问题。我们会在风暴来临之前抵达目的地。"

"安排两支最优秀的连队,让他们跟古拉巴什分遣队互换外衣。我想让他们走在前面和两翼,在午夜之前把剩下的洞穴都清查完毕。我们必须在午夜前找到栖身之所,以防这场风暴移动得比我们预想的更快。剩下的人继续向前,打通那些武僧们逃跑用的秘密隧道,然后攻进去。把那些已经受伤的人留下,让他们稍后自己跟上来。一起行军只会拖累我们的速度,我们必须快速推进。

"还有,今晚把火都升起来,不用在冷营中休息了。每个营帐都给我生上两堆篝火。"

她的下属眯起了眼睛。"主人,这会消耗掉我们大部分的木柴。"

"大部分?把它们全都用掉。"她指向影踪禅院,"如果我们的战士还想再次体会温暖的感觉,那便是在影踪武僧的火葬堆前!"

* * *

沃金看着那些屈服于黎明之前漫漫长夜的敌人，忍不住笑了起来。他在取笑那些赞达拉。他们的陷阱和偷袭没有杀死预期中那么多数量的巨魔，但是卡拉已经被迫采取了近乎绝望的行动。她将两个连队从主力中支了出去，这削弱了她的兵力。这些攻击也吓唬住了不少她手下的士兵，等他们抵达影踪禅院之时，肯定会满怀愤怒、沮丧，而又疲惫万分。这三种情绪可是行兵大忌，任何一个将军都不会希望这种情况出现在自己的士兵身上。

除了那两个先锋连的士兵栖身在山坡更高处之外，其他赞达拉都在沃金预料之中的位置驻扎了下来。对此，祝踏岚决定把留守的三十三人都召集起来。实际上，集合起来的是三十一人，因为当众人在住持的命令下聚集到白虎寺的时候，曹大哥和提拉森正领命去担任第一轮岗哨。

武僧们在祝踏岚面前排成三排，前两排都各有十名武僧，最后一排有八名武僧。老陈和沃金则站在最后一排队列的两侧。在队伍旁边摆着一张桌子，桌子上放着老陈刚刚拿出来的美酒和佳肴，他声称这是自己最好的收藏。沃金没有怀疑这一点。他很少看见老陈在一件事情上如此专注，他的话语中带着真诚，没有丝毫夸张。

祝踏岚伸开手掌。"你们都还很年轻，对我们当年推翻魔古族统治的情况根本没有任何记忆。当然，说句玩笑话，我也还很年轻。尽管如此，我还是被允许去知晓那些历史和记忆，去知晓从影踪禅院存在之前就一直代代相传的故事。从那时开始，我就不仅仅把反抗魔古族当作是一个至高无上的荣誉，而是将它当作一份我必须承担的责任。

"现在你们也要继承这光荣的传统了。我们所有的兄弟姐妹都是如此。许多其他的影踪武僧也希望留在这里跟我们一起战斗，但是为了完成既定的目标，我们不得不让他们到别的地方去支援村民。我想你们会很高兴得知女僧李泉还没有牺牲，她的雕像没有从山脉之骨上掉下来。我们当中又多了一个活下来的人，一起并肩对抗这古老的对手。"

沃金点点头，感到十分欣慰。他确定李泉肯定已经向联盟通报了详细的信息，他们很快就会有所行动。部落的间谍也会将这些信息报告给他们的上级。虽然他还是对加尔鲁什听到这个消息后会采取何种行动有些担心，但这一次，加尔鲁什一直以来对战争的饥渴却似乎并不是一个大麻烦。这三十三人会死在这里，但赞达拉的入侵也会随之土崩瓦解。巨魔一族也会得到救赎。

祝踏岚双手合十。"尽管我没有亲眼见证魔古帝国的覆灭，但是我保证这个关于魔古人末代皇帝的故事是真实可靠的。他跟一个熊猫人侍从一起爬到了晴日峰的峰顶，比我们现在所站位置还要更高。他站在那里，伸出双臂兴奋地在原地转起圈来。他俯视着整个潘达利亚，满心欢喜地对着仆人说道：'我希望能做一些让所有潘达利亚子民都为之高兴的事情。'仆人冷冷地答道：'那么，可以请你跳下去吗？'"

武僧们都笑了，欢乐充满了整个房间。沃金只希望当他们重伤尖叫濒临死亡之时，还能够记住这一刻的笑声。他们没有任何理由认为自己还能活下来，根本没有任何人可以幸免。但他暗下决心，如果他是最后一个牺牲的，他一定会放声大笑，并记起此时此刻回荡在这个房间里的欢声笑语。

"没有人知道这个故事里的仆人最后落得什么下场，但是据说这位皇帝感到十分愤怒和痛心，他向世人宣告，那座他被吐槽的山峰，也就是此刻我们所在的影踪院,是一个被污染的地方。从此,再没有任何一个魔古人来过这里,但这反倒给我们留出了一条活路,让我们有地方可以聚集、训练,并且筹谋商议如何推翻他的统治。我们没有被发现,因为他们从没想过要来这里找我们。"

在祝踏岚继续发言之前,他对着老陈和沃金尊敬地鞠了一躬。"数月之前,我和那些魔古人一样从未想过去寻找那些我们需要的东西。风暴烈酒师傅先是给我带来了一名人类,然后就是这位暗影猎手。我让他们留了下来,也告诉风暴烈酒师傅不要再带人过来了。对于这个决定,我感到非常后悔。就在这个房间里,我曾经和风暴烈酒师傅有过一次谈话,我们谈到了船锚和海洋,谈到了火金派和土水派。我问他,在他眼里哪一样才是最重要的,他说都不是,他说最重要的是船员。对于他的回答,我思虑良久,而此时此刻,在我面前站着的你们,就是船员。"

他把双手负在身后。"你们因为不同的原因来到影踪禅院。你们都被教导要团结一心。然而在这场危机面前,在这个崇高的目标面前,你们才真正得以凝聚为一个整体。"

祝踏岚举起一个木质徽章。"风暴烈酒大师已经备好了佳酿。为了纪念我们,他把这酒叫作'三十三'。而作为'三十三'的成员,我们将流芳百世,永垂不朽。人们会怀着自豪来怀念我们,铭记我们。而且,我希望你们能知道,作为这其中的一员,我感到无比骄傲。"

他深深地鞠了一躬,久久地保持着这个姿势,以示内心的敬意。武僧们,还有沃金、老陈,也都向掌门回之以礼。沃金的喉咙变得沉重了起来。他突然发现,他曾认为向其他种族鞠躬是有失身份的,然而现在,他的内心却因为和他们同为影踪派的一分子而感到无比骄傲。

他们就是"三十三",他经常想象部落也能如此。各种不同的力量因为相同的目标而团结一致。他们的精神——就如邦桑迪的意志融入巨魔的意志一样——也已经融入了意志之中。是的，沃金仍把自己看成是一名巨魔，巨魔仍旧是他最重要的身份，但这已不能代表他的全部。

武僧们都直起身来，解散了队伍然后直奔盛宴而去。战前的美食佳酿总会带来愉悦，老陈的美酒振奋了他们的精神，让他们有勇气去抵御任何困难。武僧摆出了大量的食物——如果影踪院最终沦陷，敌人会发现让粮仓空空如也的原因，竟然是这些熊猫人们不做饿死鬼的觉悟。

老陈在雅丽亚的陪同下，递给沃金一大杯溢满泡沫的啤酒。"我确实是把自己最好的收藏留到了最后。"

沃金举起酒杯，一饮而尽。浆果和香料的芬芳触动着他的嗅觉。这杯啤酒温度适中，味道丰富，细品起来还有着苹果酒的刺激浓烈。这酒的滋味非常奇特，又酸又甜，还带有些许辛辣，这些味道全部在他的舌尖跳跃。酒里混合着各种味道，他甚至很难分辨出其中的一半。而它们融合得如此完美，执意分辨未免又显得太煞风景。

沃金用袖子擦了擦嘴。"这让我想起了我们夺回回音群岛的时候，我在岛上度过的第一个夜晚。那个温暖的夜晚、那阵轻拂的暖风、那片海洋的味道。我毫无畏惧，因为那是我命中注定的地方。谢谢你，老陈。"

"我欠你一句感谢，沃金。"

"为了什么？"

"因为你曾告诉我，最好把所有想做的事情都付诸行动。"

"那么你是我们当中最伟大的，因为你把自己的真心全部交给了我们。这是我们所有人的家，在这里我们不会害怕。"沃金点点头，又喝了一口，"至少，在赞达拉来临之前，这里不会有害怕。他们会带着恐惧到来，而那时，我们会用行动为他们奉上更深的恐惧。"

第 32 章

沃金忽然想到，激战爆发之前的这么一个细微而短暂的瞬间，恐怕便是自己死前能够记住的最后一刻了。这个念头就这样攫住了他的心。黑云压城，天色早早地暗了下来，但是赞达拉依然推进至了落英林。初雪撒落得好似尘埃，徐徐飘荡，任由反复无常的微风肆意摆布。树上结满了粉色的花朵，遮住了敌人的行迹，但这并未给他们带去任何实质的优势。

在他右手边的十几码处，提拉森拉弓上箭，随着些许轻微的嘎吱声，他一箭射出。时间仿佛慢了下来，沃金几乎都能看到那支箭离弦之前弯曲的一刹那——能够看到猩红的箭杆、蓝色的尾羽和条纹，以及专为穿透锁甲而设计的钩刺。箭消失在了粉色的花海之中，只有两片细小的花瓣跟随雪花摇摇晃晃地坠落，表明它们曾经来过。

远处，有个声音在昏暗的薄暮中湿咳起来，然后一个身体砰的一声倒在了地上。紧接着，便传来了属于战争的尖啸、哭号，以及古老而邪恶的诅咒。赞达拉倾巢出动,开始向前猛攻。

有些人在穿越小树林之时便倒下了——他们的双脚再一次踩进了陷阱之中。即便陷阱里没有那些能够刺伤他们或是困住双脚的利器,单是这些巨魔冲刺的速度与力量就已足够令他们折断双腿,扭伤膝盖。没有人因为队友的失足而停下,大部分人都选择直接跳过他们,继续前行。

情况严峻异常,祝踏岚告诫武僧们一定要倾尽自己的全力。他挑选了六名技艺最精湛的弓箭手与沃金共同协作。他们设计了一种让每一支箭都能够射杀好几名敌人的战术。当侵略者穿过树林时,沃金严肃地点了点头,六名武僧便搭箭射了出去。

树林中设下的埋伏不仅仅只是几个陷阱而已。修剪好的树枝被削成了长钉状,有一些还和镰刀绑在一起,还有一小部分从头到尾都缠绕着倒钩的锁网。所有的机关都掩藏在粉色的花海之中,它们都用仪式结绑着,完全不着痕迹。

武僧所用的箭矢上都装着狭长的锐角箭头,箭刃打磨得十分锋利,非常利落地射断了林中的绳索,让树枝纷纷回弹。

锁网像恋人的拥抱一般裹住了一名赞达拉。他奋力晃动着身躯,徒劳地想要挣脱束缚。而此时镰刀也在不断地划过其他敌人的脖子,或是狠狠地刺穿他们的身体,让他们一一倒下。其中一把砍在了一个巨魔的脸上,划瞎了他的双眼,割掉了一只耳朵。他枯坐在树下,试图用自己血淋淋的手指把耳朵重新拼凑回去。

在北面的封印之厅门口,一批小型攻城武器咔嚓作响。几十只小陶罐翻滚着直冲而上,朝着那座通向禅院中心小岛的索桥而去。这些陶罐有的装着之前抹在石块上的那种剧毒,有的则填满了油脂,用来让地面打滑,还有的则在碎裂之时散布出一股股白色、紫色、绿色的苦涩烟雾。

沃金希望这场面能够拖住巨魔。不幸的是，狂风稀释了那些烟雾。落雪开始变得密集，洋洋洒洒地替代了先前的雾霾，但他还是一眼便望见前方的赞达拉正穿越树林排山倒海而来。沃金站在小岛正中的亭子里等候着。他与敌人之间只剩下一座架在沟壑之上的索桥相隔，而这并不能减缓赞达拉的脚步。

"提拉森，撤到安全的地方去吧。除非我前去阻挡，否则他们不会停下。"巨魔抽剑出鞘，"所有人，按照计划，撤退。感谢你们的努力。"

人类和武僧们一起沿着另一座桥撤到了攻城器械所在的地方，接着又迂回到了雪流道场南面，在这里见到了曹大哥和他带来的命令。

此时，在沃金的对面，赞达拉已经抵达小峡谷的边缘。他们犹豫着是在大举进攻之前休憩片刻，还是继续推进，然后出其不意地攻向那名在岛上独自等待的暗矛巨魔——那名暗影猎手。沃金告诉自己他们一定会选择后者，因为赞达拉无论如何都不会迟疑。

他将手中的阔剑高举过头顶，在狂风中大喊道："我，森金之子，暗矛部族的沃金！我乃暗影猎手！若有何人相信自己的血统、勇气、本领能够在我之上——我在此恭候，以决斗见分晓！如果你们心怀荣耀，或是笃信自己乃无惧之勇者，就上前来接受挑战！"

对面的巨魔们被震慑住了，愕然地面面相觑。队伍推推搡搡地骚动着，突然间有一人被推出队列，坠入了峡谷。他落在一堆积雪之中，抬头看了看沃金，然后在峡谷的墙面上扒寻摸索，而他的同胞们只是在一旁嘲笑着他。赞达拉做出这样的行为颇有些古怪，但沃金没有时间去考虑这到底预示着什么。

这些傻瓜们没有相信我。沃金看着深坑里的那名巨魔。他的身上沾满了雪花，而沃金念出的咒语已经将他冻住。巨魔崩溃了，他颤抖着，却依然还在迟缓地抓扒着墙壁想要逃脱。

一名手持刺矛的魔古人用宽阔的双肩挤出一条路来，走至桥头。"我乃邓泰，邓冲之子。我的家族早在暗矛出现之前就已在侍奉不朽之王。我，血统不凡，无所畏惧。我的武技会让你饱受千刀万剐的淌血之苦。"

沃金点了点头，然后退开一步，示意魔古人走上前来。邓泰踏上索桥，绳索立刻绷得紧紧的，木板亦随之嘎吱作响。沃金颇有些希望能有一支箭矢直接射断桥绳，然而实际上这只会激怒魔古人，并让自己蒙羞。

但若是恰巧那一坠足够致命，沃金也便能用羞辱换来活命。对于那把刺矛，他并不是非常有把握。它的矛身极短，矛刃反倒很长，看上去异常锋利，并且还带着钩刺。手持这把武器，只需简单出招，便可以击倒一头公牛。

幸运的是，我并非公牛。

这名魔古人仅比沃金高出一寸，肩膀却足足宽出了一半。他身上罩着一层锁子编成的内衬，外面附着严严实实的板甲，但行动的步伐却丝毫没有因此而放慢。他以惊人的速度笔直冲向沃金。

邓泰握矛直刺。沃金举剑将其格向左侧。矛锋击中了亭子里的一根石柱，擦出点点火星。沃金挥剑向下，又将之举起横扫一圈。剑刃尖端划到了魔古人的右腕，它顺势而下，划破了锁甲和护腕，直至击穿护手，让黑色的血液喷薄而出。

这是魔古人首次见血，但巨魔还没来得及高兴，敌人的长矛便又刺了过来。这一次敌人将矛柄反转了过来，用柄末的金属球猛地击中了沃金的肋骨。这一招把巨魔挑到了半空之中。沃金立刻调整平衡，以蹲伏的姿势落回地面，勉强招架住魔古人紧接而来的一击。

飞雪凌乱于风中，在他们之间形成了一道天然的帘幕。对手的踪影逐渐消失在了视线中。

沃金低落地继续用剑挥砍着。魔古人的矛锋几乎贴着他头顶划过。他反手刺出，猛地击中了什么，似乎是脚踝，而且毫无防御——看起来是从铠甲的缝隙间刺了进去。

沃金收起手臂往右翻滚。他压低重心，防范着长矛的横扫攻击。接着，他期待的事情发生了，魔古人的巨大身形隐隐约约地出现在了风雪之中，他负伤倒在沃金之前躺着的地方。那支长矛直刺入了地底五尺之深，将所在之处的石块击得粉碎。

沃金抓住时机，立刻起身疾奔过去。他斜挑阔剑，由左下划至右上，曲刃刺入了魔古人的腋窝。连接锁甲的铁环砰地断裂开来，鲜血顷刻涌出，但不管锁环还是鲜血都不足以证明这造成了足够的损伤。

沃金回旋身子，重新面向树林，那里一众巨魔们还等在小峡谷的边缘。此时一名赞达拉军官出现了，他粗鲁地打着手势发布命令。尽管沃金从一片白茫茫之中只能捕捉到几个朦胧的轮廓，风声也将对面的命令声吞噬，但毫无疑问，他定是在命令战士们进行攻击。

敌人的队伍开始从沟壑中蜂拥而至。

沃金本想喊出一个警告，但那名魔古人再次攻向了他。他并没有将长矛从地底拔出，而是扭动着矛身，将之折断，握在手中蓄力挥出。对沃金发出的那一击划过了他的腹部，将他击回了亭子的石柱边。暗影猎手一头撞了上去，眼冒金星，整个人缩了下去。

邓泰站到了他跟前，将矛身反转过来，让那枚金属球泰然自若地停在那里，随时准备过肩一击，以粉碎沃金的头骨。魔古人笑着说道："他们为何会惧怕你？我不明白。"

沃金也咧开嘴笑道:"因为他们知道暗影猎手从来都是致命的。"

邓泰盯着他,不得其解。雪花在小岛上盘旋飞舞,遮掩着其中的战士,一如潘达利亚上空的迷雾遮掩着这片大陆。尽管视线如此糟糕,一支黑色的箭矢还是刺破风雪射了过来。提拉森本打算杀掉那名魔古人,但他失手了。不过,这支箭仍然像面纱一般,在邓泰眼前划过。

这便已足够。

矛身坠落在地。

魔古人一瞬间的分心,为沃金赢得时间闪到右边。金属球未能命中他的头部,只击中了他的左肩。沃金听到了清晰的骨头碎裂声,比他自己能够感知到的还要真切。他的左臂失去了知觉,要是放在其他时刻,这也许会让他异常心焦,但现在他感到与痛觉已经失去联结,对于未来亦不再忧虑。

事实上,唯一让他能感到联结的便是禅院与武僧,以及那些曾经历经的苦训。其他的一切都不再重要,其他的一切也无需重要了。赞达拉不配拥有这片土地,如果他们自认为能够击垮我,那他们就太愚蠢了。

他一个回旋,挥动阔剑砍向魔古人的膝盖,黑色液体不断涌出。更重要的是,他的膝盖弯曲了下来。

邓泰踉跄往左边跌去。他重重地倒下,受创的膝盖正好撞在了地上,这让他不禁发出了疼痛的呻吟。他抓住自己的左手,努力伸直右腿让自己平衡一些,接着挥动着矛身,试图阻止沃金趁机袭击自己。

沃金自小就一直与小型猛禽为伴,这种把戏根本难不倒他。他身体后倾,那只金属球呼啸而过,只击中了下巴。沃金顺势狂怒地踹出一脚,从侧面踢中了魔古人的右膝,接着他狠狠地踩了上去,将其碾得粉碎。

邓泰用矛身狠命击向沃金的臀部，矛身断裂了。沃金打了个趔趄，但很快便又稳住。魔古人的右手继续横扫而过，沃金用阔剑轻轻挑过他的手腕，他的手掌便随着长矛的残片一齐旋转着没入了风雪之中。

魔古人死死盯着残肢上不断涌动的鲜血。接着沃金朝着魔古人的脖颈处挥动阔剑，干净利落地切下了他的头颅。

一位洛阿——也是唯一一位能够做到此事的洛阿——让风雪停滞了一瞬间。风声消散殆尽，空气也明澈了。魔古人的头颅连带着他胸前的护甲一齐缓缓滚落下来，这一刻万籁俱静，没有一丝响动。它在雪堆前停住了，空洞无神的双眼仍凝视着那具无头尸体，就像一位被抛弃的爱人紧紧地盯着自己不忠诚的配偶一般。

战场四周停滞了这么短暂的一瞬。巨魔和武僧们全都目不转睛地看着这座小岛。魔古人跪在了这名暗影猎手的面前。他的头颅似乎是在点头，身体则砰地向前倾下，仿佛是一个完整而又正式的鞠躬。

紧接着，巨魔船长手持长剑指向沃金。"他单枪匹马，身负重伤。杀了他，杀了他们所有人！"

平静与空气中的沉默一道被打破。赞达拉部队奔腾而来。

第 33 章

当对面的巨魔们穿过木板桥踏上小岛边缘之时,沃金确认了一件之前就已经注意到的事情——他所面对的并非赞达拉,至少不全是。那些高大的巨魔肯定都是,他们的身高暴露了身份,以致许多人在抵达此处之前就已经被红色的箭矢插进了眼睛或喉咙之中。而其他人尽管都身着赞达拉的盔甲,但他们肯定是古拉巴什和阿曼尼。

在精英部队抵达之前先派出少量部队压制敌人,这是一种沃金早已熟知的战术。卡拉肯定是认为自己才智过人才想得出这么一招,但是在沃金看来,卡拉恐怕很快就会得到教训了。望着这支没有头领的军队,沃金相信自己定能将其摧毁。

战斗必定会带来毁灭,否则就不能称之为真正的战斗。卡拉的军队在体型上占有压倒性的优势,除了正在迫近的战士以外,牧师和巫医也从树林中出现了。黑暗能量在他们的双手之间咝咝作响。咒语释放了出去，一道电弧闪向了正在防御封印之厅的武僧们。一些武僧应声而倒，但少数几名影踪派唤雷者随即做出了回应。他们的咒语在巨魔中间炸开，有些人瞬间便被点燃，至少有一名巨魔被烧毁了胸腔。

扰人耳目的雪幕被风卷起漩涡，在战场上恣意乱舞着。沃金的左肩此时已经恢复了些许知觉。他昂首冲进巨魔阵中，把自己当作是狂风中锐不可当的复仇者。当霜风雪雨几欲吹破衣衫刺痛身体之时，沃金的阔剑深深地割了下去。它刺入赞达拉的臀侧，切断大腿动脉。它扫过敌人们的脖颈，让热血纷纷喷射而出，将正在坠落的白雪染成一片片墨色。而刀锋片刻不停，一次又一次地穿透腋窝，切断跟腱，剜出眼球。

他没有对敌人的喉咙下手，以便他们能够宣泄恐惧与痛苦。

有一些士兵勇敢地与他相搏，另一些则缓缓地，试探性地接近他。他们在寻找着弱点与破绽。沃金坦然地亮出破绽。长久以来他都当自己是死人一个，所以他们那些轻微的砍杀穿刺根本不起作用，如果一招未能直接将他毙命，那就跟失手无异。

沃金内心深处知道自己不会一直占据上风，但他口中的怒吼、眼中的光芒和想要砍人的渴望显然都在抗拒着这一点。他的敌人们已经清楚地意识到了，眼前这名巨魔虽然衣甲残破、浑身浴血，但绝不会停止前行。如果没有阻止他或是杀掉他的自信，恐惧便会侵蚀他们的胆量。

于是，沃金冲入了敌阵。

他飞快地掠过一名正在将断肠塞回烂肚的巨魔，但回过神时便发现自己已经被团团围住了。他被迫转了回来，和身后的侵略者一起直面这激烈的战场。咒语引发的奥能震荡点亮了战场的右侧，而如箭的霜雪正片片往左飘落。一片朦胧之中，巨魔们攀上了小峡谷的边缘，开始攻向守卫封印之厅的武僧。那里有一处避难所，但沃金知道自己去不了那儿了。

忽然间，随着一片如电光般闪过的火浪，老陈出现在了小岛之上。当面前的赞达拉转过身来面向他时，老陈再次鼓动火焰。巨魔的脸立刻变得像熔化的蜡油一般，他的头发化作了火炬，肉体也跟着温柔地烧灼了起来。

在他身后，雅丽亚、曹大哥还有另外三名影踪武僧正沿着索桥跑向小岛。老陈用火烧出的这一条血路，被棍棒和刀剑继续拓展开来。雅丽亚身手矫捷，即便没有落雪也很难看清她的招式。她一击出手便在盔甲上留下了一个凹痕，接着将藏在里面的骨骼也震得粉碎。每一记重击都伴随着尖叫与骇人的诅咒，每一记勾拳都从碎裂的下巴里带出牙齿。

老陈张开手爪大喊道："快点！"

沃金惊愕万分，武僧的行为让他犹疑起来，而赞达拉的包围圈很快就会再度将他困住。但武僧们冲了上来，用身体将他团团围住护在其中。一时间拳影交错，刀吟剑啸。武僧们拨开拳脚，阻绝刀剑，如若一面不可撼动的铁壁。他们迅捷的步伐在敌阵中撕开了一道口子，但却并没有试图利用这一优势。他们似乎只是为了营救沃金而来，并没有尽可能消灭敌人的念头。

沃金抓住老陈的手爪，全力冲向索桥。他不愿就此罢战，但这小岛并非合适的战场。如果他留下，他们所有人就都会留下，然后死在这里。于是沃金只得跟在井然有序的武僧队伍身后，一同撤离到封印之厅门口的平台之上。

正当他在思忖着守在桥头断后的时候，雪流道场的警钟洪亮地敲响了。它急促地响了六声，而后戛然而止。他望了过去，巨魔们正从道场中倾泻而出，显然赞达拉们根本就没有在意他们的褴褛衣衫。

在那边一同站着的，是卡拉和一名魔古人。

祝踏岚掌门出现在了封印之厅的正门口。"全部后撤！"这道命令并无一丝慌张，且威严不容抗拒。武僧们立刻往大厅中撤去，走在人群最后的沃金和老陈也同样照做。

赞达拉们一副稳操胜券的模样，愉悦地看着他们离去。

沃金驻足在门廊里，望向雪流道场。飞雪一点一点模糊着他的视线，他最后看到的便是赞达拉们正在把死去的武僧们扔至小峡谷中。他找寻着提拉森的踪影，但鲜血已经渗进了眼里。

两名武僧关上了沃金身后的华美铜门，然后用一根粗重的木棍插在了门闩里。沃金单膝跪下，喘着粗气。他一把抹去脸上的血迹，再度抬起头来。

三十三人迎敌，十四人折返。除了祝踏岚以外，其他人都满身是鏖战的痕迹。许多人的长袍被血污所染，许多人的身躯被法术烧灼。至少有两名幸存者正在忍受着骨折的剧痛，而沃金怀疑其他人多多少少也都隐瞒了伤势。雅丽亚看起来肯定断掉了几根肋骨。老陈的右手也在不住往下滴血——不是敌人的残血，而是来自他自己的伤口。

巨魔瞥了一眼影踪派掌门。"他们是怎么进入雪流道场的？"

"他们应该是凿穿了我们堵上的密道。"祝踏岚心烦意乱地摆弄着手指，"还有一些敌人试图从下方攻入这里，但是被拦了回去。"他瞟了一眼一尊虎雕后面半开着的壁龛。沃金有些好奇在这里曾经发生了多么激烈的酣战。

暗影猎手皱着眉头直起身来，开始活动左肩。"卡拉派遣了一些她的精英部队衔接侧翼。她强迫其他人充当这次进攻的先头部队。我们做得很好，已经宰掉了很多。"

"但还是不够。"祝踏岚点了点头,在狂风的号叫声中他露出了笑容,"也许这寒冬会替我们干掉他们。"

沃金摇摇头。"我觉得他们不会等这么久。"

封印之厅是一幢丁字形布局的建筑。主门设在三翼交会之处,面向一片环形的低地。而从主门进入之后,左侧走廊的尽头还立着另外一道双扇门。敌人正在那里敲击着,想要突入进来。

老陈大笑道:"我觉得我们不用理会那扇门。"

"同意。"沃金从一扇门望向另一扇,"我猜想卡拉应该会先调集火力攻打远处那扇门。然后声东击西,迅猛地击破这扇门。老陈,如果你愿意热情地欢迎她一下……"

熊猫人点点头。"乐意至极。"

"曹大哥,远处的那扇门就归你了。"沃金走到提拉森藏着一只箭袋和一把小型马弓的地方。他展臂开弓,试了试张力。"我就守在此处,大厅的正中,见机行事。"

祝踏岚掌门点点头,然后步上台阶,在正对主门的那道走廊中间坐下,让自己沉静下来。与其他十三人截然相反,他看上去纯净而安详。沃金本想抗议,但祝踏岚平和的心境与置身事外的超然征服了暗矛巨魔。如果连他都不担心,我又何需担心?

赞达拉从侧门开始了进攻。咒语无情地敲打着巨门,如同铁匠单调而反复地敲打马蹄铁一样。木质横杆对面的金属开始显出暗红色的光芒,木头上也开始冒出灰烟。武僧们紧握武器严阵以待,而老陈和雅丽亚则紧紧拥在了一起。

紧接着便是一场巨大的爆炸。炙热的金属残渣在大厅中四处飞溅。双扇门的其中一扇垮了下来,另一扇则弯了进来。那根橡木制成的门闩烧成了灰烬,在门前为侵略者们铺就了一摊红色的地毯。

沃金尽其所能飞快地张弓射箭。提拉森说得没错，在如此近的距离上使用短弓，只要力道足够便能贯穿盔甲。赞达拉密集地聚在一起，从破门之处汹涌而入，沃金甚至不需要瞄准就能直接命中目标。利箭所到之处，中者非死即伤，他们的生命被永远地定格在了这一刻，颓然倒地不起。

武僧们英勇地抗击着。室内温暖的灯光下，刀剑不时地闪耀着金色或银色的光芒，饱饮巨魔的鲜血。山呼海啸的敌潮使得沃金绝无可能失手，但也使武僧们无法自由行动。若是在更为开阔的战场上，他们便能穿插分割，将敌人化整为零。不过即便场地受限，许多巨魔也已经被夺走了生命。这并非因为他们是担任炮灰的古拉巴什和阿曼尼，而是因为他们居然胆敢攻击影踪武僧。

长矛与剑器饥渴地追寻着敌人，但同时，武僧们也一个接一个地倒下。曹大哥是坚守到最后的人之一，他的脸庞被劈成了两半，旋转着倒下。其他人则隐没在了一片巨魔血肉的海洋之中，死时也许会因为自己手刃了许多陪葬的巨魔而心怀满足。

第二场爆炸响起，前门应声而破。老陈吹出火浪，将当先的赞达拉包裹其中，但更多的精英部队疯狂涌入，直冲雅丽亚和他而来。带领这场袭击的船长从外面飞奔向前。在他身后，卡拉与另一名魔古人站在一起。她审视着此处，一副胜券在握、只等清点尸体的模样。

沃金把弓扔到一边，放倒了一名正在催动黑暗魔法的巨魔。接着他抽出了阔剑，截住那名赞达拉军官，让他把注意力从雅丽亚那里移到自己身上，然后点点头引诱他上前。"面对我，然后惧怕我吧！"

赞达拉咆哮着冲他而来。在战斗中，魔古人倚赖力量，而巨魔靠的是速度与技巧。他的军刀低吟着砍落，沃金侧头闪开。暗影猎手反手猛击他的中腹，但也被险险躲过。赞达拉未能占到上风，他回转一圈，又冲了回来，凶狠地砍向暗矛巨魔的身体。

沃金顺势接招，将敌人的砍杀挡在高处或身旁。军刀对阵阔剑，金属与金属之间的相互招架不停嘶鸣。刀锋与剑刃似乎都活了起来，如毒蛇般进击，又如幽魂般消退。佯攻与躲闪，跳跃与袭击，他们两人都以极具威胁力的流畅动作穿插走动。他们愈斗愈快，让周遭火光四溅。

沃金一剑刺了过去，赞达拉回避闪躲，就只差么一尺的距离。暗矛巨魔往下瞥了一眼，脸上的得意转瞬便被怀疑所取代。敌人此刻应该已经被开膛破肚然后流出内脏才对。但是，他就这么莫名其妙地、幸运地又躲过了一刺。

接着沃金左手施力刺出，然后右手侧向收回，这个动作使得阔剑的曲刃向后回勾，撕裂了赞达拉的背部。沃金将双手反曲向上。剑刃熟练地挖出了一颗肾脏，同时割断了腿部的动脉。他猛地一拉剑刃，洒出一大片深红。敌人下肢已然报废，软软地瘫倒在地上，鲜血溅得满地都是。

"沃金！小心！"

沃金的侧身被人推了一把。他被死去敌军的腿绊倒，狠狠地摔在地上翻滚了几圈。他站起身来，怒视着这名方才一直在静待时机的魔古人。他本该已经一击得手，但却在最后的关头被人搅局。提拉森在千钧一发之际推开沃金，让长矛刺在了自己身上。那股力量贯穿了人类的身体，一直把他推倒墙边，甚至连矛刃都已经深深地嵌入了石壁。人类低下头看着自己被刺穿的身体，面容定格在了一个扭曲的表情。

魔古人高举双手，向着沃金冲了过来。他甚至都没看一眼自己的长矛。他眼中的狂怒与抽搐着的手指暴露了他的意图——将沃金肢解。

若非祝踏岚发起一记飞腿，那魔古人的意图或许真会实现。影踪派掌门击中了他的左侧，盔甲凹陷了下去。这一击力道非常，让魔古人踉跄地朝右边倒去，撞入了赞达拉对雅丽亚和老陈的包围圈。他猛地摔在一个人身上，但又很快又站了起来。看上去他要碾碎一名巨魔的头骨完全不在话下。

沃金拾起阔剑重新起身的时候，那名魔古人正朝着祝踏岚猛掷石块。每一声沉闷重击响起之处，都是祝踏岚前一个瞬间站立的地方。他们的搏斗让石块为之碎裂，让大地为之震颤。重拳轰然锤落，劲腿扫剪劈折。这名魔古人的肉搏战技巧十分娴熟，体型上也占据着绝对优势，但他就是碰不到熊猫人一分一毫。

祝踏岚不住地躲避、回闪、翻滚。他跳过扫腿，从一连串组合连击中溜了出去。魔古人改变了自己的招式——得益于曾经经历的苦训，沃金认出了其中一些——但熊猫人并没有采取对应的武技。他始终难以捉摸，如同幻影。魔古人逼迫得越紧，他反倒闪躲得越轻松，直到魔古人精疲力竭。

然后祝踏岚出击了。他几乎像玩耍一般跳上前去，往上一个踢腿，然后又回转向右。他击中了魔古人左腿中段，干脆地将之踢断。在其落地之前，他伸出右腿又是一踢，魔古人的另一条大腿也伴随着一声清响折断了。

魔古人向前倒去，祝踏岚接着一记勾拳袭来。他如同刀刃般的利爪生猛地刺穿了魔古人的护胸甲片，将大半条手臂都插进了魔古人的胸膛，而他硬挺的手指势头不减，一直刺到了后背，让背甲亦随之凸起。

这名老武僧抽出手爪，向后跃回，留下魔古人一头栽倒在地。祝踏岚看了他一会，然后抬眼看向茫然不知所措的赞达拉。他扯了扯自己猩红的衣袖，接着说道："我给你们两个选择：转身离去，或者全部死在这里。"

第 34 章

卡拉抬起右手,在沃金的警告声出口之前,把匕首掷了出去。毒刃锁定了那位最年长的武僧,然而当它仍在破空飞行的时候,卡拉本人也已经握剑在手跃入厅内,朝着同一个目标冲了过去。

祝踏岚伸出手爪,从内向外划出一个圆弧。他用手背轻柔地拨开匕首,转换了它前进的方向。下一个瞬间,匕首就出现在了一名赞达拉的喉头。受害者和他的同伴们没来得及在武僧的警告下做出反应,甚至也没意识到这是他们领袖掷出的匕首。他们被这一连串的事件弄得目瞪口呆,痴痴地定在原地。

而此时沃金已经挡在了卡拉和祝踏岚之间。"你恐怕得不到仁慈了,我为你安排了更好的结局。"

她双眼闪着火光。"你辜负了我为你安排的锦绣前程,沃金。"

"暗影猎手可不需要什么锦绣前程。"

卡拉出手了，娴熟程度与沃金适才杀掉的那名巨魔不相上下，也许速度还要更快。她的剑刃阴险毒辣地扭动挥砍。沃金并没有强行招架，而是侧身闪躲或将力道卸到一旁。她没有给他留下任何可供攻击的破绽，但就算她有，也没什么关系了。因为沃金的肌肉已经透支。他不确定自己能否用足够的速度击破她的防御。而且她看上去似乎在等待着什么，看着他战斗的样子，她已经从中得到了想要的信息。

她看到了什么？

卡拉压制住了他，就像能读懂他的心思似的。她时上时下地砍杀，接着又绕到右面——沃金完好无损的那一面。她也许注意到了他袒护着自己的左肩，但他的损伤已然恢复。如果不是为此，她想挖掘的又是什么？

然后他意识到，她注意到了什么不重要，重要的是她不知道的那些信息。当她猛地砍向他的腹部之时，他把武器移到了左侧。他没有接招，只是削减了其速度，而后探上前来。她的剑刺进了他的髋部，正是邓泰之前用长矛袭击的位置。沃金感到了痛楚，但却仿佛是来自不可思议的遥远之处。

他降下左臂，死死钳住了她的手腕。她抬起头，眼中的暴怒仿佛就要喷薄而出，将他灼烧致死。他轻蔑地迎上她的目光，并非因为她是敌人，而是因为她的存在将会让潘达利亚和所有巨魔都陷入堕落腐化。他们死死地对视着，直到沃金相信卡拉已经明白他的眼神，然后……

迅速地，毫无悔意地杀死了她。

每一次她在场的时候，他都手持一把阔剑用最传统的方式进行搏斗。她唯一没有见过，且从未听闻过的，便是他在影踪派接受的训练。正适合我赤手空拳将她杀死。

他手握矛柄，猛地向前补上一刺，击穿了她的喉头与气管。他收紧手指继续用力。她的椎骨应声断裂,骨头的残片把骨髓捣得破碎不堪,原本硬挺的脊椎转眼变得像稀粥一般瘫软。

卡拉借着下半身仅存力量摇摇晃晃地向后退开。很快她的腿便再也无法动弹。她面色紫青地溃倒在那名死去的魔古人的脚上,恶狠狠地盯着沃金,试着想要喘出最后一口气。

她失败了。

赞达拉军队站在那儿,脸上全是毫不掩饰的惊愕。卡拉死了,他们的船长死了,两名魔古人死了,还有他们无数的同僚也死了,厅里厅外都充斥着悲啼与死亡。古拉巴什和阿曼尼已经开始撤退。后备队伍的人潮变得越来越稀薄。

沃金重新用右手握住阔剑。"邦桑迪会在前方等着问候你们的。"

他的话语让许多人都感到战栗。他们和余下的同伴们一起隐入了风雪之中,只有几名执迷不悟的巨魔再次冲了上来。祝踏岚就像驱赶苍蝇一样,清淡描写地出招,便让他们骨折倒地,在地板上挣扎着蠕动。

祝踏岚回退几步,温和地挥动手爪。"跟着他们走吧。离开这里。你们可以走了。"

他授予的许可似乎是一道命令,最后的赞达拉部队也消失了。一小部分人拖着他们受伤的队友离去了,唯独剩下浴血后的左翼大厅横尸遍野。老陈和雅丽亚一瘸一拐地走上前去,留心着敌人,祝踏岚和沃金则走到了提拉森身边。

猩红的血液斑驳了人类的嘴唇,他虚弱地微笑道:"我动不了了。"

沃金看着那把长矛。矛头明显刺穿了他的脊椎,割断了他的肠子。更糟糕的是,矛上的十字护手如同倒钩一样卡在了身子里面。并且矛刃也深深地钉在了墙里,根本无法拔出。"稳住别动。我知道有个咒语……"

当老武僧在他身上摸索着各处伤口的时候，人类摇了摇头，嘘声说道："不用了，我的任务结束了。这结局挺好。我可以安心地去了。"

巨魔艰难地哽咽着。"愚蠢的人类，你怎么能就这样安心死去。"

"告诉我我错了，那我就保证不会。"提拉森叹了口气，"让我走吧。没事。"

人类的身体渐渐僵硬了，而长矛还在摇晃着。他身后有些东西断掉了。他向前倒下，祝踏岚接住了他。沃金帮着武僧把他放到地面上。提拉森已经闭上了双眼，所以沃金不知道他是否还能听见，但他依然开口说道："我不会让你死的。我没有干掉杀死你的那个人，而且你还欠我一支要奉给加尔鲁什的利箭。"

沃金将双手压在他的伤口上，固定住矛刃。他朝祝踏岚点点头。熊猫人轻轻抽动矛身，缓缓地将它拔了出来。还有大约四英尺的矛头仍然插在墙壁里，血淋淋的边缘看上去就像是因为金属疲劳而断开的。沃金对于武僧到底是怎么把矛刃斩断的一无所知，但他也没时间去想这些了。

他用双手盖住伤口，但人类的血液还是不断从指缝中渗出。沃金唤出一句咒语。金色的能量在他的掌心集聚，脉动着进入了提拉森体内。魔法触到了地板，又回弹了上来。雅丽亚和老陈都依次被它震颤。它甚至流到遍地尸体之中，灌注进了一名被埋在死去敌人之下的武僧的身体。

他等待着提拉森的动静，但是单靠魔法显然是不够的。他闭上双眼搜寻着。他不需大费周折或是搜寻得很远，因为邦桑迪气息正笼罩着整间禅院。

"这个人不应该被收走。"

"暗影猎手,你如此放肆,竟敢告诉洛阿什么能做什么不能做?"

森金的声音在沃金耳际响起。"也许他的意思是最好现在别收走这个人类。"

"是的。他还有未尽之誓言,未尽之义务。"

亡者之神放声大笑。"如果这点理由都能阻拦我,那我的王国就会空无一物,再也没有亡者入住了。"

"一名暗影猎手的誓言。"沃金仰起下巴,"也许这个足够影响你。"

幽魂般的洛阿神灵耸耸肩膀。"你倒是为我供奉了许多。"

"他也一样。"

"的确。而且会有更多的人在接下来的寒冬中死去,或是在回报战况的时候因为怯懦而被处决。"邦桑迪笑了,"丝舞者会在你为她编织的这张网中感到欣喜的。所以,好吧,带走你的人类吧。暂时带走。"

"感谢你,邦桑迪。"

"但不是永远,沃金。"伴随着悠远的低语,洛阿消散无影,"没有什么是永恒的。"

提拉森的身体晃动了,他的肌肉抽搐着,而后又松懈了下去。他的呼吸变得均匀了些。

沃金蹲坐在自己的脚后跟上,擦干了他大腿上的血迹。"我已经尽我所能了。"

祝踏岚笑道:"我想我们有条件可以让他恢复健康。"

沃金站起来。地板上血肉模糊,已经没有了可以动弹的生灵。雪花游玩似的飘荡进了厅内,而血迹则缓缓地滴在台阶上,在寒冷的侵袭下变得愈发浓稠,凝固得好像一摊摊红蜡。如此吉祥的景致,就像是在抗拒着残酷的现实。

但死去的人已经不重要了。老陈和雅丽亚开始去寻找其他被压在死人堆里的幸存武僧，而沃金则弯腰将人类揽入怀中。"来吧，祝踏岚掌门，是时候开始治疗了。"

* * *

老陈把最后一根点燃的熏香插进了装满细沙的铜罐，然后面朝隔板鞠躬。

雅丽亚也调整好了最后一尊石雕，过来加入老陈。他们久久地屈身，而白色的烟雾缭绕在石像周围，散发着松木与大海的香气。这些石像都是他们从深山之中取回并一一修复的。

然后他们直起身来，不知怎的，她的左手就这么握住了他的右手。

"在这最后的几天里，你一直都是支撑我的力量，陈·风暴烈酒。"雅丽亚害羞地低下了头，"接下来还会有许多残忍的事情需要完成。我不知道自己能否独自面对这一切。"

他用手爪托起她的脸蛋凑到自己跟前。"我很不想离开这里，雅丽亚。"

"不，当然不想。那名负伤的人类也是你的同伴。"

他摇了摇头。"你知道我想说的不是这个。"

"我知道你是在为侄女的安危感到焦心。"

"还有你的家人。"老陈面朝石像点点头，"赞达拉的侵略不会止步于此。魔古君王仍在，赞达拉部队的行军步伐也仍未停止。"

她点点头。"我希望它结束，这算不算自私？"

"我想，期望和平永远也算不上自私。"老陈微笑道，"至少，在我看来是这样。我也想要它结束，因为结束就意味着恐惧不会再笼罩我的家乡，意味着我不用再离开你。"

雅丽亚·圣言向他靠了过去，两人深情一吻。"我想要的与你一样。"她往前挪动了一些，手臂绕住老陈，紧紧与他相拥，"我会跟你一起走……"

"这里需要你。"老陈也紧紧地抱着她，不想松手，亦不想分离，"我会回来的。不要怀疑这一点。"

雅丽亚退回身来，眼眸里已经开始闪烁泪光，但她的脸上仍旧挂着笑容。"我不怀疑，也不害怕。"

"很好。"老陈轻啄了一下她的脸颊，接着亲吻了她的嘴唇和前额。她靠在他的臂膀里，感觉此刻是如此完美。他深深地嗅着她的气息，陶醉在她的体温之中，"而且我还知道：距离我们的雕像脱离山脉之骨，还有很长很长的年月。我想说的是，我们可以一起度过这些时间，越多越好。你在何处，何处便是我家。"

* * *

沃金发现提拉森坐在床沿，腹部仍然绑着绷带。这个人类已经能把自己的脚塞进拖鞋了，巨魔把这看作是他双腿逐渐恢复知觉的信号。因为两天前，这家伙在做同样尝试的时候没能成功。

"山林在等着你。"

人类笑了。"我会让它等着的。我把最好的那把匕首留在了隧道里的一名赞达拉身上。我还期盼着能把它取回来呢。"

"我想你需要去找回两打匕首。"

提拉森点头道："也许是的。我下到那里的时候，从没想过还可以重见天日。"

卡拉的精英部队凿穿障碍进入了禅院的地下隧道，然后压制住了雪流道场的武僧。他们进入那幢建筑时并没有遇到提拉森。人类耐心地潜伏在隧道中，沃金早已见识过他的手段。他尾随着那些想要进入封印之厅的赞达拉，让许多人再也没法前进。箭矢在黑暗之中毫无用处，所以他用短剑、匕首，还有几乎跟他脑袋一样大的石块来进行杀戮。巨魔很肯定丧命在他手下的受害者并没有全部被找到，因为许多人都是趴在地上死去的。

"我很高兴你成功了。你救了我的命。"

"你也救了我的命。"提拉森垂下目光，他的唇边挂着一丝若有若无的微笑，"我说的那些什么让我走的话……"

"那是饱受苦痛时的胡言。"

"是的，但并非身体上的苦痛。"人类看着自己大腿上摊开的双手，"我觉得我更愿意死掉，因为这就意味着我从此可以脱离苦海，脱离那源自家庭的痛苦。你做出抵御赞达拉的决定时所说的那些话，关于家的话，始终萦绕在我心头。我们决定留下来战斗，就是出于勇气与荣耀，出于对家园的热爱。"

"也有很多人会说，是出于愚蠢。"

"他们大概是对的，但理由不对。"提拉森唏嘘着，"我求死的意愿跟勇气无关，但无论我是谁，我都不想没有胆量或没有荣耀地活着。"

沃金点点头。"我同意。很多事情都需要这两种品质来完成，太多太多。包括一名神射手的准头。"

"我知道。我会为你准备那支献给加尔鲁什的夺命箭的。"

"但在那之前你还有事情要办？"

"你进入我思维的时候，了解了太多我的事情。"

沃金摇摇头，然后把两只手都放在了人类的肩膀上。"在与你同行的日子里，我了解得更多。"

提拉森笑了。"我会在这儿待一段时间,让身体恢复,顺便做一些力所能及的事情。然后我就得离开了。我曾经许下诺言要再看一看家乡的山谷,是时候去兑现了。我的消失对我自己来说也许是最好,但若是要说这对我的家人也是最好的话,那我就是在欺骗自己。我的孩子需要了解父亲是什么样的人。我的妻子需要知道她的所做所为我能理解。也许我无法再弥补什么,但我不会再让谎言来安慰自己事情并没有那么糟糕。不是为了她们,也不是为了我。这不是我想要穿越的那扇门。"

"我明白。在这件事情上,你比大多数人都要勇敢。"沃金后退几步,在胸前抱起双臂,"而且在我需要使用那支箭的时候,我相信你定会出现。"

"就像我相信若是我被人干掉了,你一定会帮我解决掉那个凶手。"人类尽力支撑着自己,但仍有些摇晃,"我也希望你得花上很多年才能摆脱这项义务。"

* * *

沃金站在那座他手刃魔古人的小岛上,往落英林望去。白雪把一切都裹住了。他分不清那些雪堆究竟是石块还是尸体。不过这又有什么所谓呢。白色雪花随着旋风翩翩起舞,它们的纯真无邪掩盖了一切。

沃金情愿让眼前的景象说服自己,哪怕只是一瞬间,说服自己相信这个世界一片和平。

祝踏岚出现在他身旁。"和平是一种自然状态。你可以在这里享受这种状态,只要你愿意,多久都可以。"

"你真是个好人,祝踏岚掌门。"

熊猫人笑了。"但你不会让自己在这里享受的。"

"这样做就太自私了。"沃金面向他,"你向我提议的这种平和非常诱人,但它就像那颗颅骨或头盔一样,是一个陷阱。"

祝踏岚抬起头。"你真的明白了么?"

"是的。这寓言说的并不是颅骨或者头盔,而是说当一个人定义自己的时候,他所要接受的限制。蟹之所以把自己看作是蟹,定义它的并非是它所找到的庇护所,而是那种它寻找庇护所的需求。我不是一只蟹。我的未来不取决于自己能够找到什么样的东西来充当我的外壳。我有很多其他的选择。"

"和很多其他的义务。"

"所言极是。"巨魔深吸了一口气,又缓缓地吐出。加尔鲁什背叛了部落,而且他会继续这样做。这是他的天性。他让自己被私欲与恐惧所定义。他永远都不会做出改变,他会诉诸许多东西——可怕的东西——来巩固他的地位。为了达成目的,他会让血液流成江河,再让洪水将其洗刷。

"祝踏岚掌门,你在这里有家人需要照顾。老陈也是。提拉森也会回到他自己的家人身边。"沃金目光变得锐利,"而我的家人便是部落。就像提拉森不能让他的家人相信他已经死了一样,我也不能让部落这样想,他们应当得到和平。若是我选择在这里享受和平,那就是背弃他们的和平。"

"这是暗影猎手不能做的事?"

"能或不能,不重要。暗影猎手或巨魔,也不重要。"沃金缓缓地摇了摇头,"暗矛沃金不会丢下自己的人民。那不是我的作风。是时候提醒我的敌人们这个事实,让他们为自己犯下的恶行付出代价了。"

© 2016 Blizzard Entertainment, Inc. All Rights Reserved. VOL'JIN: Shadows of the Horde, Diablo, StarCraft, Warcraft, World of Warcraft and Blizzard Entertainment are trademarks or registered trademarks of Blizzard Entertainment in the U.S. and/or other countries. All other trademarks are the property of their respective owners. Original English language edition published by Simon & Schuster, Inc. 2012. Simplified Chinese translation by New Star Press Co., Ltd. 2014.

图书在版编目（CIP）数据

部落的暗影：沃金／（美）斯塔克波尔(Stackpole,M.A.)著；江流译.
—北京：新星出版社，2013.9（2016.7重印）
ISBN 978-7-5133-1280-6

Ⅰ.①部⋯ Ⅱ.①斯⋯ ②江⋯ Ⅲ.①长篇小说－美国－现代 Ⅳ.① I712.45

中国版本图书馆CIP数据核字（2013）第181221号

部落的暗影：沃金

[美]迈克尔·A.斯塔克波尔 著　江流 译

策划编辑：贾　骥　陈　曦
责任编辑：高微茗
责任印制：韦　舰
插画作者：格伦·拉内
美术编辑：九　一

出版发行：新星出版社
出　版　人：谢　刚
社　　址：北京市西城区车公庄大街丙3号楼　100044
网　　址：www.newstarpress.com
电　　话：010-88310888
传　　真：010-65270449
法律顾问：北京市大成律师事务所

读者服务：010-88310811　service@newstarpress.com
邮购地址：北京市西城区车公庄大街丙3号楼　100044

印　　刷：北京鹏润伟业印刷有限公司
开　　本：910mm×1230mm　1/32
印　　张：10.125
字　　数：177千字
版　　次：2013年9月第一版　2016年7月第十四次印刷
书　　号：ISBN 978-7-5133-1280-6
定　　价：27.00元

版权专有，侵权必究；如有质量问题，请与印刷厂联系调换。

相关阅读推荐！

迷雾之彼岸

暴雪娱乐首次授权，魔兽世界®同人画册震撼发售！

咬人、十字、Breathing、艾洋……
97位国内优秀画师，用心描绘的艾泽拉斯世界。

熊猫人、死亡之翼、巫妖王……
196幅精美插画，完美展现八年中国魔兽历程。